GOLDMANN

Buch

»Wenn Sie wirklich wollen, daß ich Ihnen mein Leben erzähle, Señor, werde ich es tun. Ich weiß zwar nicht, wozu es gut sein soll, aber wenn Sie von so weit hergekommen sind, werden Sie wohl Ihre Gründe haben. Am liebsten würde ich damit anfangen, wann und wo ich geboren wurde, aber ich weiß weder das eine noch das andere. Meine Mutter muß es vergessen haben, und sie wäre die einzige gewesen, die es hätte wissen können, falls meine Geburt irgendwo registriert wurde. Was ich nicht glaube. Meine Mutter war nämlich eine Hure.«

Jésus Chico Grande ist einer von unzähligen Jungen, irgendwo in Kolumbien geboren. Ein namenloses Kind, das von klein auf ums Überleben kämpfen muß. Ein Kind unter vielen, das in den Straßen von Bogotá als Bettler und Taschendieb, als Drogenhändler, Hehler und Killer sein Unwesen treibt und sich von Abfällen ernährt. Ein Kind, das den Großstadtdschungel Lateinamerikas von seiner unerbittlichen Seite kennenlernt, aber darüber doch nie seinen unbeirrbaren Lebensmut verliert.

Mit »Die Kinder von Bogotá« ist es Alberto Vázquez-Figueroa gelungen, ein brisantes Thema der Gegenwart auf unvergleichlich packende Weise zu behandeln. Seine ganze Sympathie gehört den Menschen, die von der modernen Gesellschaft an den Rand gedrängt und zum Untergang verurteilt werden. Das Schicksal des Jésus Chico Grande, der als Bettelkind aufwächst und zum Killer wird, ist eine bewegende Geschichte, die unter die Haut geht.

Autor

Alberto Vázquez-Figueroa wurde 1936 auf Teneriffa geboren und verbrachte einen großen Teil seiner Kindheit und Jugend in Marokko. Nach dem Studium hat Alberto Vázquez-Figueroa als spanischer Auslandskorrespondent und Journalist fremde Länder und Kontinente hautnah erlebt. Heute lebt er in Spanien. Zu seinen erfolgreichsten Büchern zählt der Roman »Tuareg« sowie die Océano-Trilogie.

Als Goldmann Taschenbuch sind folgende Titel lieferbar:

Tuareg. Roman (9141) · Ébano. Roman (9181) · Manaos. Roman (8821) · Nacht über Panama. Roman (9907) · Océano. Roman (9701) · Yaiza. Roman (9922) · Maradentro. Roman (41226) · Hundertfeuer. Roman (41496) · Santa Maria. Roman (42193) · Die Gärten der Königin. Roman (41564/März 1994)

ALBERTO
VÁZQUEZ-
FIGUEROA

Die Kinder von Bogotá

ROMAN

Aus dem Spanischen
von Jean Paul Ziller

GOLDMANN VERLAG

Die deutsche Erstveröffentlichung erschien
unter dem Titel »Bogotá«.
Titel der spanischen Originalausgabe: »Sicario«
Originalverlag: Plaza & Janes Editores, S.A., Barcelona

Umwelthinweis:
Alle bedruckten Materialien dieses Taschenbuches
sind chlorfrei und umweltschonend.

Der Goldmann Verlag
ist ein Unternehmen der Verlagsgruppe Bertelsmann

Genehmigte Taschenbuchausgabe

Umschlaggestaltung: Design Team München
Umschlagfoto: Hartmut Bühler, Düsseldorf
Druck: Elsnerdruck, Berlin
Verlagsnummer: 42807
UK · Herstellung: Heidrun Nawrot
Made in Germany
ISBN 3-442-42807-6

1 3 5 7 9 10 8 6 4 2

Wenn Sie wirklich wollen, daß ich Ihnen mein Leben erzähle, Señor, werde ich es tun.

Ich weiß zwar nicht, wozu es gut sein soll, aber wenn Sie von so weit hergekommen sind, werden Sie wohl Ihre Gründe haben.

Am liebsten würde ich damit anfangen, wann und wo ich geboren wurde, aber ich weiß weder das eine noch das andere. Meine Mutter muß es vergessen haben, und sie wäre die einzige gewesen, die es hätte wissen können, falls meine Geburt irgendwo registriert wurde. Was ich nicht glaube.

Meine Mutter war nämlich eine Hure.

Hure, Säuferin, Diebin und wahrscheinlich auch rauschgiftsüchtig. Das einzige, woran ich mich erinnern kann, sind leere Flaschen, die über den Fußboden rollten, Männer, mit denen sie sich schlug, der Gestank nach Erbrochenem und lautes Schnarchen, das mich fast die ganze Nacht wachhielt.

Ich erinnere mich auch an eine lange Reise. Ich muß damals zwei oder drei Jahre alt gewesen sein. Ich werde den Verdacht nicht los, daß es mehr eine Flucht war als eine Reise. Es kam mir vor wie ein ziemlich überstürzter Aufbruch. Meine Mutter hatte einen Kunden bestohlen und hoffte, mit dem Geld »ein neues Leben« anfangen zu können, weit weg von unserem Dorf.

Eines möchte ich klarstellen: Es hat mir nie etwas ausgemacht, daß meine Mutter Hure war, aber ich hab auch nie erfahren, warum sie's geworden ist. Wenn ich ehrlich sein soll, habe ich seit der Zeit eine Abneigung gegenüber Frauen, die Männer ausnehmen, nur weil diese ein paar fröhliche Stunden mit ihnen verbringen wollen und großzügig sind. Kann nämlich gut sein, daß die armen Schweine sich hinterher bis auf den letzten Heller ausgeraubt finden.

In der Stadt ging es uns nicht viel besser. Meine Mutter hat wohl das ganze Geld ziemlich schnell ausgegeben. Der einzige Unterschied war, daß die Kunden nicht mehr alte Bekannte waren, die zu uns nach Hause kamen, sondern daß sie sich ihre Freier jetzt auf der Straße suchen mußte. Die Konkurrenz war hart, und die Kälte fuhr ihr in alle Glieder.

Das führte dazu, daß sie noch mehr als üblich trank. Sie war so schlecht gelaunt, daß sie keine Gelegenheit ausließ, mich zu verprügeln oder mir mit einer Zigarette den Handrücken zu verbrennen. Sie sagte, auf diese Art würde ich wenigstens für eine Weile Ruhe geben.

Wir wohnten in einem winzigen Loch. Wenn sie tagsüber ihre Freier empfing, schickte sie mich zum Spielen auf die Straße. Wenn die Männer aber nachts kamen, mußte ich mich unter einem Haufen alter Decken verstecken und durfte mich weder bewegen noch einen Mucks von mir geben. Wenn es nicht anders ging, mußte ich mir sogar in die Hose machen.

Wenn einer der Freier aus irgendeinem Grund Verdacht schöpfte, sagte meine Mutter, um ihn zu beruhigen, es wäre die Katze. Sie wußte nämlich, daß die Männer nervös wurden, wenn sie erfuhren, daß ein Kind im Zimmer war. Viele machten sich dann auch aus dem Staub und nutzten die Gelegenheit, sie um ihr Geld zu prellen.

Meine Mutter war nämlich nicht besonders attraktiv.

Sie bestand nur aus Haut und Knochen, und da sie immer schmutzig und zerlumpt herumlief, hatte sie gelegentlich sogar Mühe, einen Besoffenen abzuschleppen, den sie dann besonders gut bedienen mußte, um keinen Ärger zu bekommen.

Aber wollen Sie wirklich, daß ich Ihnen das alles erzähle?

Nein, macht mir nichts aus. Außerdem ist es schon lange her.

Kommt mir vor, als wäre es einem anderen passiert.

Wo waren wir stehengeblieben? Ah ja! Meine Mutter. Manchmal lugte ich aus meiner Ecke und beobachtete, was sie mit diesen Pennern trieb, und Sie können mir glauben, es ließ mich absolut kalt.

Manche sagen, Kinder hätten die Pflicht, ihre Mütter zu lieben und mit ihnen zu leiden, wenn ihnen was passiert. Aber ich schwöre Ihnen, für mich war sie nur eine stinkende Hexe, die mir hin und wieder etwas zu essen besorgte und für mich nicht mehr empfand als für eine Katze.

Nach außen war ich alles, was sie hatte. Trotzdem lag es auf der Hand, daß ich nicht da war, weil sie mich liebte, sondern, damit ich ihr Unglück teilte und als Blitzableiter diente.

Mir eine Tracht Prügel zu verpassen oder mit einer Zigarette die Hand zu verbrennen, entschädigte sie dafür, daß kein Glas Rum in Reichweite war. Und mich zu schlagen war die einzige Möglichkeit, ihrem Spiegelbild zu entkommen – falls sie überhaupt je in den Spiegel sah.

So wurde mein Leben immer schwieriger. Im Dorf hatte es selten einen Tag gegeben, an dem nicht eine Nachbarin mir ein Stück Brot zu essen gegeben hätte, aber in der Stadt schien man mich überhaupt nicht wahrzunehmen.

Eines können Sie mir glauben, Señor, oder zumindest hab ich es damals so empfunden: Mit vier Jahren kann man Hunger, Kälte und sogar die Tatsache aushalten, daß ein stinkender Kerl mit seiner dreckigen Schnauze zwischen den Beinen der eigenen Mutter rumschnüffelt, aber das schreckliche Gefühl, daß es allen egal ist, was mit einem geschieht – das ist irgendwie unerträglich.

Ich bekam von meiner Mutter gar nichts. Nicht einmal

einen Namen gab sie mir, geschweige denn einen Familiennamen. Ich meine, einen simplen Taufnamen, um mich rufen zu können. Wenn sie mit anderen von mir sprach, nannte sie mich immer *el Chico*, der Kleine. Und wenn wir allein im Zimmer waren, rief sie mich nie beim Namen. Ich war sowieso der einzige, der sie hören konnte.

Ein paar Mal hab ich sie darauf angesprochen, aber sie ist ausgewichen, und so verstärkte sich nur das Gefühl, daß es ihr egal war, ob ich getauft war oder nicht. Meines Wissens hat sie keinen Gedanken daran verschwendet, wie sie mich von den Millionen anderen Hurensöhnen unterscheiden könnte, die auf der Welt rumliefen.

Also war ich *el Chico*, und als Jahre später die Gesellschaft darauf bestand, aus mir eine »juristische Person« zu machen, legte ich mir den Familiennamen »Grande« zu. Er schien mir genauso gut wie jeder andere, und er paßte zu meinem Leben.

Sie sehen also, Chico Grande ist keineswegs ein gewöhnlicher Spitzname, wie die meisten denken, sondern mein tatsächlicher Name, der auf all meinen Papieren steht.

Ironie des Schicksals für ein Kind, das nie eine Kindheit hatte. Und obendrein kränklich und schwächlich war.

Eines Nachmittags, während sich meine Mutter und eine andere Nutte um drei Typen »kümmerten« – ich weiß nicht, wie sie das angestellt haben, wenn man bedenkt, wie klein das Bett und das Zimmer waren –, lief ich auf der Straße Ramiro über den Weg. Er war ein hochaufgeschossener Rotzlöffel, mit Beinen so dünn wie Strohhalme. Er trieb ziellos durch die Welt, seit sich seine Mutter, die anscheinend genauso eine Nutte war wie meine, aus dem Staub gemacht und ihn ohne ein Zuhause zurückgelassen hatte.

Ramiro war höchstens ein Jahr älter als ich, aber er kannte das Leben. Er wußte, wo man etwas zu essen auftreiben konnte und wo es ein warmes Plätzchen zum Schlafen gab.

Ich ging mit ihm.

Ich ging für immer. Schon deswegen, weil ich keine Ahnung mehr hatte, wo ich war, als wir in der City ankamen, oder wo mein »Haus« lag, oder wie zum Teufel ich je dorthin zurückfinden sollte.

Aber wenn ich ehrlich sein soll: Es kam mir auch nie in den Sinn zurückzugehen. Ich hab meine Mutter nicht ein einziges Mal im Leben vermißt.

Die City zog mich vom ersten Augenblick in ihren Bann.

Ich, der bislang in einem Vorstadtviertel gewohnt hatte – ich hab nie erfahren, in welchem, aber es waren die üblichen Bretterbuden und »Straßen« aus Schlamm, wo die Tage fast immer grau und die Nächte stockfinster sind –, fand mich plötzlich auf einer prächtigen Plaza wieder, umgeben von hohen Gebäuden mit erleuchteten Fenstern und Luxuskaufhäusern mit bunter Leuchtreklame. In den Schaufenstern lagen mehr kostbare Schätze als in der sagenhaften Höhle von Ali Baba.

Vier Tage lang kriegte ich den Mund vor Staunen nicht mehr zu.

Ramiro zeigte mir das Leben.

Überleben wäre wohl das richtigere Wort in diesem Fall. Denn die prunkvolle Welt, in die ich hineingeraten war, entpuppte sich sehr schnell als feindselig. So wie uns gab es Hunderte von Kindern auf der Straße, die ein Stück Brot suchten, um ihren Hunger zu stillen.

Ist nicht einfach, von der Nächstenliebe zu leben, wenn das Betteln einem zum Beruf wird und man immer der letzte ist und auch der kleinste und nicht mal äußerliche Gebrechen vorzuweisen hat, um das Mitleid der Passanten zu wecken.

Damals beneidete ich die Hinkenden und die Einarmigen, denn sie brauchten sich nur an einer Ecke zu postieren, ihre verkrüppelten Gliedmaßen zur Schau zu stellen und zuzusehen, wie sich ihr Hut mit glänzenden Münzen füllte.

Bei Ramiro und mir war das anders. Wir mußten neben den Passanten herlaufen, an ihren Mänteln zupfen oder schluchzen, und trotzdem wurden wir meistens nur weggeschubst oder kassierten eine verächtliche Ohrfeige. Das heißt, wenn wir Glück hatten und sie uns nicht mit ihren schweren Schuhen auf die Füße traten.

Mir tat der Nacken weh, so angestrengt mußte ich nach oben sehen.

Auf meiner Höhe gab es nur Ramiro, ein paar andere Jungs und hin und wieder einen Hund.

Damals wurde mir zum ersten Mal klar, daß es eine Welt der Erwachsenen gab und daß diese Erwachsenen nicht zu meiner Gattung gehörten. Sie waren nicht da, um mich zu beschützen, im Gegenteil. Sie waren meine Erzfeinde. Von ihrer Größe ging die stärkste Bedrohung aus.

Es waren die Erwachsenen, die uns mit Ohrfeigen traktierten, wenn wir in ein Restaurant gingen, um sie anzubetteln, weil sie sich da die Bäuche vollschlugen. Es waren die Erwachsenen, die uns aus den warmen Hauseingängen vertrieben, wo wir uns nachts versteckten, und es waren die Erwachsenen, die uns einen Tritt in den Hintern gaben, wenn sie uns erwischten, wie wir unter einem Baum unsere Notdurft verrichteten.

In die Toiletten der Bars ließen sie uns nicht hinein, aber sie wollten auch nicht, daß wir unser Geschäft in der Öffentlichkeit erledigten. Was jedem Hund gestattet ist, war uns verboten, und das kapierten wir nicht.

Was sollten wir machen?

Die öffentlichen Toiletten kosteten Geld, aber die Reichen mit ihren Klunkern wurden keineswegs gezwungen, mit ihren verdammten Kötern solche Orte aufzusuchen, damit sie die Gehwege nicht beschmutzten.

Ich hab nie mitten auf den Bürgersteig gemacht, das schwöre ich Ihnen.

Bin immer auf der Plaza hinter ein Gebüsch gegangen, aber selbst dahin verfolgten mich die wütenden Wächter. Dabei haben sie zuvor seelenruhig zugesehen, wie ein riesiger deutscher Schäferhund seinen Haufen genau da hinmachte, wo alle Leute reintreten konnten.

Warum war meine Scheiße schlechter als die eines Hundes?

Ich glaube, es war zu der Zeit, da hab ich angefangen, die Hunde zu hassen, nicht weil sie es besser hatten als ich und mehr Zuneigung bekamen, sondern weil sie scheißen durften, wohin sie wollten.

Warum grinsen Sie?

Finden Sie es vielleicht komisch, daß die Gesellschaft einem Köter mehr Rechte zugesteht als einem fünfjährigen Kind?

Ich glaube, wir sollten lieber aufhören. Sie scheinen nicht der Typ zu sein, der verstehen könnte, was ich Ihnen zu sagen habe.

Nein. Ich rege mich nicht auf. Aber gehen Sie mal auf die Straße, wenn Sie es nicht mehr zurückhalten können, und versuchen Sie, fünf Meter vom Haufen eines Hundes entfernt zu scheißen.

Meinen Sie etwa, ich hätte meinen Hintern gerne zur Schau gestellt?

Meinen Sie, es macht Spaß, plötzlich davonlaufen zu müssen und sich von oben bis unten vollzumachen?

Als erstes brachte Ramiro mir bei, nie mit runtergelassener Hose zu scheißen, denn dann konnte man nicht einfach abhauen, wenn die Wächter auftauchten, und endete unweigerlich mit Schlägen und vollgeschissenen Hosenbeinen.

Wie kalt es auch war, man mußte die Hose ganz ausziehen, um den Körper knoten und stets auf der Hut sein. Denn wenn man es am wenigsten erwartete, bekam man einen Tritt in den Hintern, so daß man mehrere Meter durch die Luft flog, oder das Arschloch von Gärtner bespritzte einen mit seinem verdammten Wasserschlauch.

Und wehe, man hatte Verstopfung!

Glauben Sie nicht, ich erzähle Ihnen das alles bloß aus Spaß! Sie sollen verstehen, daß für einen Bettler in der Großstadt das Scheißen manchmal genauso schwierig sein kann wie das Essen. Oder sogar noch schwieriger, denn wenn man nichts ißt, knurrt einem der Magen, aber wenn man nicht scheißt, kratzt man ab.

Ob ich mich geschämt hab?

Noch heute wache ich erschrocken auf, weil ich geträumt habe, ich hocke mitten auf der Straße und die Menschen gehen an mir vorbei und starren mich angeekelt und böse an.

Manche beschimpfen mich sogar.

Ich kann mich noch gut daran erinnern, wie ich mal schreckliche Bauchschmerzen hatte, weil ich irgendwas Verdorbenes aus einer Mülltonne gegessen hatte. Da kommt ein Kerl vorbei, knöpft seinen Hosenschlitz auf und pinkelt mich voll an.

Ich war noch keine sechs. Ich lag auf der Erde, mit kaltem Schweiß bedeckt, und wenn ich mich recht erinnere, habe ich sogar Blut gekotzt, aber dieser verfluchte Hurensohn machte sich einen Spaß daraus, mir ins Gesicht zu pinkeln.

Jetzt grinsen Sie nicht mehr?

Ist wohl nicht mehr komisch, wie?

Schon gut. Irgendwie war es ja doch lustig, denn plötzlich tauchte Ramiro mit einem Stock auf und verpaßte dem Dreckskerl einen Schlag auf den Pimmel, daß er vermutlich noch heute schreien muß, wenn er ihn anfaßt.

Ramiro war für mich mehr als mein eigener Bruder.

Soweit ich weiß, hab ich nie einen gehabt, aber ich denke, daß ein Bruder jemand ist, mit dem man nicht nur die Eltern, sondern auch Freude und Leid teilt.

Weder Ramiro noch ich hatten Eltern, geschweige denn Freude. Da wir nur Leid und Elend kannten, waren wir uns näher, als Brüder je sein können.

Ein Taschenmesser, eine Decke und eine Blechdose waren alles, was wir besaßen, und irgendwie genügte es uns. Vor allem, wenn wir die Dose mit etwas Eßbarem füllen konnten, irgendwas zum Abschneiden hatten oder ein Eckchen fanden, wo wir uns unter die Decke kauern konnten.

Ramiro redete nicht viel. War nicht seine Art. Und es wäre gelogen, wenn ich sagte, daß wir einander von unseren Zukunftsträumen und Illusionen erzählten, denn wir hatten keine Ahnung, was das war.

Wir träumten höchstens davon, wie es wäre, sich in ein Luxusrestaurant zu setzen und all die Gerichte zu bestellen, die wir sonst nur von der mitternächtlichen Futtersuche in den Mülltonnen kannten, die vorn auf der Straße standen. Aber ich muß zugeben, daß wir so weit nur im äußersten Notfall gingen, und das war selten.

Manchmal, wenn es stark regnete, wenn sich ein richtiger Wolkenbruch über die Stadt ergoß und man den Eindruck hatte, als quetschte eine riesige Hand die Wolken aus wie eine Zitrone, war der Hunger am schlimmsten. Die wenigen Fußgänger eilten von Hauseingang zu Hauseingang und hatten weder Zeit noch Lust, die Hand in die Tasche zu stecken und Almosen zu verteilen.

Die Autofahrer kurbelten ihre Scheiben hoch. Wenn man auf dem Bürgersteig stehenblieb und auf eine milde Gabe hoffte, raste garantiert ein Bus durch die großen Pfützen und spritzte einen von oben bis unten naß.

Und vor lauter Zittern kriegte man noch mehr Hunger.

Die Regentage waren hart, wirklich hart.

Wir mußten in den nassen Klamotten schlafen, und am nächsten Tag taten uns die Knochen weh. Wenn man morgens wach wurde – vorausgesetzt, man hatte ein trockenes

Plätzchen zum Schlafen gefunden – und als erstes das Rauschen des Regens hörte, war man so niedergeschlagen, daß man lieber tot sein wollte, als noch so einen Tag erleben zu müssen.

Trotzdem hab ich nie an Selbstmord gedacht.

Weder ich noch einer von den anderen Jungs, mit denen ich damals zusammen war.

Hunger und Kälte warteten nur darauf, uns den Garaus zu machen, und wir dachten nicht daran, ihnen die Arbeit zu erleichtern.

Die Erfahrung hat mich was gelehrt, Señor. Je erbärmlicher das Leben ist, um das man kämpfen muß, um so mehr hängt man daran, vor allem, wenn man wie ich nie ein besseres gekannt hat.

Mit sechs Jahren steckte ich so tief in der Scheiße, daß allein die unbewußte Vorstellung, tiefer könnte es nicht gehen und alles, was ich von nun an erreichen würde, wäre ein Schritt vorwärts, mich daran hinderte, Schluß zu machen.

Hätte ich damals gewußt, wie gründlich ich mich täuschte, hätte die Sache ganz anders aussehen können.

Um nochmal auf unsere Träume oder Illusionen zurückzukommen – eigentlich haben wir immer nur gehofft, daß es bald aufhört zu regnen.

Nach fünf Tagen Regen wird aus jedem kleinen Bettler ein kleiner Dieb.

Denn bei Regen kam es uns vor, als hätte sich sogar die Natur gegen unsereins verschworen, da wir immer kurz vor dem Verhungern waren.

Im Sommer, wenn die Menschen müßig durch die Straßen flanieren und ihnen das Geld lockerer sitzt als sonst, nimmt einem die Hitze den Appetit, im Winter aber, wenn man die Tage, wo man eine traurige Münze ergattert, an einer Hand abzählen kann, sorgt schon die Kälte allein für einen Mordshunger.

Deshalb blieb uns manchmal eben einfach nichts anderes übrig als zu stehlen.

Hab es nie gern getan, nicht weil mir unter den Umständen die Tat an sich was ausgemacht hätte, sondern weil es verdammt gefährlich war.

Doch so kam es, daß wir beim Stehlen Abigail Anaya kennenlernten.

Stellen Sie sich das vor! Er war kaum zwei Jahre älter als ich und schon ein Straßendieb, und das, obwohl er Namen und Familiennamen hatte.

Ramiro war Ramiro und ich *el Chico*. Von allen anderen, die in unserem Revier rumlungerten, kannten wir höchstens die Spitznamen oder Vornamen, aber Abigail Anaya prahlte damit, im Standesamt registriert zu sein, und bestand darauf, mit vollem Namen angesprochen zu werden, sonst reagierte er nicht.

Ein Typ, der mit allen Wassern gewaschen war, wirklich.

Nicht umsonst war er bei seinem Vater in die Lehre gegangen. Wir hatten Glück, denn der Alte war gerade in den Knast gewandert, und Abigail suchte jemanden, der für ihn als Lockvogel arbeitete. Das hatte er vorher bei seinem Alten gemacht.

Ramiro und ich lenkten die Aufmerksamkeit der Angestellten in den Geschäften auf uns, und er erledigte die »Arbeit«.

Er war gut, wirklich.

Lief stets sauber und gepflegt herum, mit Sohlen unter den Schuhen und in einem kostbaren gelben Regenmantel. Er sah immer aus wie ein braver Junge. Meistens wartete er mit einer Liste Besorgungen, die »meine Mama mir aufgetragen hat«, in der Schlange und half den mit Paketen beladenen Damen.

In diesem Augenblick betraten Ramiro und ich den Laden, schmutzig und verlaust, mit hungrigem Blick – zwei kleine Hungerleider, die es auf ein Stück Brot oder eine Wurst abgesehen hatten. Während sich jeder auf uns konzentrierte und versuchte, uns trotz unseres Protestes wieder loszuwerden, raffte er alles zusammen, was er tragen konnte und machte sich blitzartig aus dem Staub.

Hab nie verstanden, wie zum Teufel er das anstellte. Abigail Anaya könnte da sitzen, auf Ihrem Platz, und eine Sekunde später würden Sie nicht wissen, wo er hin war.

Oder er tauchte aus heiterem Himmel da auf, wo man ihn am wenigsten erwartete.

Später teilten wir die Beute in vier Teile. Zwei für ihn und der Rest für uns.

Das war nur gerecht. Zwar kassierten Ramiro und ich die Ohrfeigen und Fußtritte, aber es war Abigail, der das Risiko auf sich nahm, in Sesquilé zu landen, wo er wahrscheinlich nicht ohne ein paar gebrochene Finger oder ein blaues Auge wieder herausgekommen wäre.

Wir waren Kinder. Sie konnten uns nicht festhalten, und es gab keinen Ort auf der Welt, wo sie uns hätten hinschicken können. Daher blieb ihnen nichts anderes übrig, als uns zu verdreschen und zu hoffen, daß uns das von der Straße fernhalten würde.

Doch den Hunger konnten sie uns nicht austreiben, und er besiegte sogar die Angst vor Prügeln. Ich versichere Ihnen, Señor, wenn es etwas gibt, das ein Kind die Angst vergessen läßt vor den Bullen aus dem »Retén de la Treinta« oder aus Sesquilé, die mit Knüppeln bewaffnet und entschlossen sind, ihm sämtliche Rippen zu brechen, dann ist es der Hunger. Wenn ihm der Magen dermaßen knurrt, daß es Krämpfe hat, spürt es, daß seine Existenz auf dem Spiel steht.

Es war ein besonders harter Winter.

Kalt, traurig und verregnet, die Straßen wie ausgestorben, leere Hotels und Restaurants. Es gab kaum Gäste, die etwas zurückließen, das wir aus den Mülltonnen hätten klauben können.

Dabei waren wir so viele.

Tag für Tag kamen neue Ströme verzweifelter Menschen aus den Dörfern und Vorstädten, wo der Schlamm mittlerweile kniehoch stand. Sie erinnerten an eine Landplage – Zombies, eine Invasion ausgemergelter Leichen, die um jeden Preis wiederauferstehen wollten.

Ihr Hunger war noch größer als meiner, obgleich es mir heute schwerfällt, das zu glauben.

Wenn ich daran zurückdenke, will ich kaum noch wahrhaben, daß es während all der Hungerjahre auch eine Zeit gab, in der ich mir anderen gegenüber irgendwie überlegen vorkam. Zumindest war ich ein alter Hase und wußte, wie man sich auf den Müllkippen zurechtfand, hin und wieder etwas zu essen auftrieb oder im Trockenen schlief.

In jener Zeit kam ich zum ersten Mal mit dem Tod in Berührung.

Abigail Anaya hatte es geschafft, die Tür eines Umzugslasters aufzubrechen, und wir drei hatten darin geschlafen, eng aneinandergekuschelt und warm, obwohl draußen ein eisiger Wind blies. Als wir uns früh morgens aus dem Laderaum stahlen, fanden wir die Leiche einer Frau in kauernder Stellung unter dem Anhänger.

Ihre Haut hatte sich bereits bläulich verfärbt. Sie war noch jung, sie schien zu lächeln. Vielleicht wollte sie uns sagen, daß dort, wo sie jetzt war, alles viel besser sei als auf der Erde.

Sie war barfuß und trug einen dunklen Poncho und einen bunten Rock wie die Bäuerinnen aus den Bergen. Wir wußten nicht, warum, aber wir setzten uns stumm hin und betrachteten sie, bis der Wagenbesitzer kam und bei ihrem Anblick laut zu fluchen begann.

Er muß es sehr eilig gehabt haben. Vielleicht hatte er auch keine Lust, sich mit der Justiz anzulegen.

Was dann geschah, hat sogar mich überrascht. Ich kann

mich noch gut daran erinnern. Nachdem er die Lage der Leiche genau studiert hatte, schwang der Kerl sich ans Steuer, setzte einige Male vor und zurück und fuhr dann halb über den Bürgersteig davon, ohne sie auch nur zu streifen. Er ließ sie einfach liegen. Mittlerweile hatte der Regen wieder eingesetzt und prasselte auf sie nieder.

Aber sie lächelte.

Ein paar Passanten, die früh unterwegs waren, blieben kurz stehen und musterten die seltsame Gruppe von drei Kindern, die um eine Tote hockten. Doch erst als der Schallplattenladen öffnete, kam jemand auf die Idee, die Bullen zu rufen. Vielleicht war es ihm peinlich, vier Meter von einer Leiche entfernt laute Musik zu spielen, selbst wenn sie barfuß war. Mögen Sie Salsa?

Mir persönlich gefällt Cumbia besser. Meine einzige Freude in jenen Jahren war es, vor einem der unzähligen Plattenläden auf der Carrera Septima stehenzubleiben und stundenlang zum Rhythmus der ohrenbetäubenden Musik zu tanzen, mit der die Kunden angelockt wurden.

Und die Carátulas machten mich ganz heiß.

Glänzende Fotos von schönen Frauen und großen Bands mit strahlenden Musikern, die eine Unzahl von Instrumenten spielten, erschienen mir als Kind wie Bilder aus dem Paradies. Wenn es nicht gerade regnete, konnte mich nur der Hunger von den Schaufenstern loseisen.

Aber in diesem verdammt langen Winter klang sogar die Musik anders.

Cumbia oder Merengue muß man in der Hitze des Sommers tanzen und ordentlich schwitzen dabei. Kein Mensch kann sich für etwas begeistern, wenn er vor Kälte zittert und der durchnäßte Poncho schwer auf den Schultern liegt.

Es regnete, Señor.

Es regnete ununterbrochen.

Stunde um Stunde, Tag um Tag. So leise und so flüchtig,

daß selbst die Ohren sich täuschten und man sich nachts am Licht einer Straßenlaterne orientieren mußte, um zu sehen, ob der verdammte Nieselregen aufgehört hatte. Aber er fiel und fiel, sanft und gleichgültig, weil er wußte, wie mächtig er war und wie verzweifelt und hilflos die Menschen.

Haben Sie es je so regnen sehen?

Haben Sie erlebt, wie eine ganze Stadt von einem feinen Regen lahmgelegt wird, der bis in die entlegensten Winkel dringt, die Straßen überflutet, die Kabel tränkt, die Autos zum Stehen, die Glühbirnen zum Platzen bringt und sogar die Seelen erfüllt mit seinem eintönigen Flüstern?

Es ist wie ein Fluch des Himmels, der einem zeigen will, daß er auf einen Schlag mit dem ganzen Elend hier unten aufräumen könnte.

Mit jedem Regen kamen neue Hungerleider.

Was sie hier wollten?

Was sie zwischen all den Betonkästen suchten?

Es kam nur selten vor, daß der Morgen keine neuen Toten zutage förderte. Opfer weniger des Hungers, sondern lähmender Angst und Verwirrung. Dabei hätten die Cholos in ihren überschwemmten Dörfern noch eher Halt gefunden als hier im feindseligen Grau der abweisenden Großstadt.

Arm zu sein ist eine Sache.

Zu verrecken eine andere.

Vielleicht können Sie den Unterschied nicht verstehen, Señor. Vielleicht gibt es in Ihrem Land nicht diese feine Grenze zwischen Hunger, den ein Mensch erhobenen Hauptes ertragen kann, und Hunger, der ihn zwingt, wie ein Tier dahinzuvegetieren. Wer sich da in den Bergen an sein Land klammert, lebt vielleicht ohne Hoffnung, aber wer in die Hauptstadt kommt, stirbt vor Verzweiflung.

Ich gehörte von Anfang an zu den Elenden. Mir fiel das Überleben leichter, denn die drückende Einsamkeit, unter Millionen von gleichgültigen Gesichtern zu leben, machte mir nicht so zu schaffen wie all denen, die ihre Dörfer verlassen hatten.

Wenn ein Cholo in einen Supermarkt kommt, um ein Stück Brot mitgehen zu lassen, schüchtern ihn die Neonlichter und die scharfen Augen der Wachmänner auf der Stelle ein. Wenn ein Indio aus den Bergen sich vor das Portal einer Kirche kauert und stumm die Hand aufhält, heißt das nicht, daß er um etwas bittet, sondern daß er wartet.

Keiner von ihnen hatte einen Komplizen wie Abigail Anaya. Keiner von ihnen traute sich, einen Passanten vier Blocks weit zu verfolgen, bis er resignierend in die Tasche griff und einem eine Münze hinwarf.

Sie kannten weder die guten Restaurants noch die Hintereingänge oder Küchenjungen, die einem irgendwelche Essensreste aufhoben. Sie hatten keine Ahnung, wie man sich hinter einem Portal versteckte, kurz bevor es geschlossen wurde, um sich auf dem obersten Treppenabsatz zusammenzurollen und ungestört zu schlafen.

Sie lebten nicht mehr in ihrer Welt, sie siechten dahin.

Es war ein verdammt harter Winter, Señor. Einer, der uns nicht nur Hunger, Krankheit, Erschöpfung und Tod brachte, sondern auch Hunderte von erbärmlichen Campesinos, die nicht mehr imstande waren, in ihre Dörfer zurückzukehren.

Sie waren wie Fliegen oder nasse Ratten, die die Zähne blecken und zeigen, daß sie dir an die Kehle wollen. Zombies, ja, genau das waren sie, von der Sonne wiederbelebt und aus ihren Gräbern gelockt.

Mit dem Ende des Regens wurde uns erst richtig bewußt, wie viele es waren und wie sie hungerten.

Abigail war der erste, der die drohende Gefahr erkannte.

»Wenn wir zulassen, daß sie sich in unserem Revier breitmachen, werden sie uns noch verjagen«, sagte er. »Diese Hundesöhne werden immer mehr, und wir bleiben gleich viele.«

Ich spürte, daß Abigail Anaya nicht nur der älteste, sondern auch der gewitzteste von uns war. Fast immer hing es von ihm ab, ob wir etwas zu essen ergatterten, fast immer bemerkte er es zuerst, wenn die Lage brenzlig wurde.

Was er unser Revier nannte, reichte von der Plaza de Toros bis zum Friedhof, und von der Avenida Elicier Gaitán bis zur Calle Veinticuatro.

Es war nicht viel, aber für uns war es das Beste, was die Stadt zu bieten hatte, mit Kinos, Restaurants, Blumengeschäften und sogar einem Luxushotel. Die Gäste überlegten nicht lange, bevor sie uns einen kleinen Schein zusteckten. Wenn wir diesen Platz verloren, mußten wir ins Zentrum, wo die größeren Jungs einem das Gesicht aufschlitzten, wenn man ihre »Kunden« belästigte.

In unserem Alter – ich muß sechs, sieben oder acht gewesen sein – war es angebrachter, sich mit einem ruhigen Viertel zu begnügen und mehr auf die Nächstenliebe zu bauen als auf alles andere. Die kleinen Diebstähle in Supermärkten oder anderen Geschäften waren nur die Notlösung für den schlimmsten Fall. Weiter östlich, zwischen der Veintidos und der Tercera, begann jedenfalls der Dschungel, und da konnte einem alles mögliche passieren.

Wir wußten, daß wir noch nicht alt genug waren, um uns der Gefahr auszusetzen, von einem Besoffenen in einen dunklen Hauseingang gezerrt und vergewaltigt zu werden. Leider wimmelte es in jener von billigen Kneipen übersäten Gegend nur so von versoffenen Kinderschändern.

Haben Sie eine Ahnung, wie es ist, wenn einem als Kind Gewalt angetan wird?

Manchmal verletzten sie einen so schlimm, daß man sein Leben lang nicht mehr richtig scheißen kann.

Abigail Anaya wußte das, sein Vater hatte es ihm gesagt. Deshalb hatte er höllische Angst davor, unser vertrautes Revier zu verlassen.

Es war nicht so, daß wir die einzigen dort waren, keineswegs. Jede Menge Bettler lungerten in unserer Gegend herum, aber abgesehen davon gab es nur noch zwei angestammte Gruppen. Die eine hatte ihr Revier genau vor den Toren der Plaza de Toros, und außerdem waren noch zwei Mädchen und ein Junge da, mit denen wir uns an Sonntagen vor der »Casa Vieja« prügelten.

Dann aber gelang es Abigail Anaya, der nicht mehr der älteste, aber immer noch der gewitzteste war, alle unter einen Hut zu bringen. Jetzt waren wir zu elft.

»Entweder wir halten zusammen, oder wir können einpakken«, sagte er. »Zwei verdammte Cholos, die einen Kopf größer sind als wir, treiben sich bereits hier rum, und wo einer von denen auftaucht, sind die anderen nicht weit.«

»Sie sind stark.«

»Es sind nur zwei.«

»Aber stark.«

»Aber nur zwei. Und sie sprechen nicht miteinander. Der eine kommt aus Boyacá und der andere aus Tolima, und die Jungs da unten sind sich nicht grün. Nicht mal der Hunger schweißt sie zusammen.«

Sie waren älter als fünfzehn und gingen wie auf der Pirsch, mit finsterem Blick – vor allem der zweite, der aus Tolima. Er war ein Brocken von einem Kerl und mußte früher gut zu essen gekriegt haben, denn er hatte die breiten Schultern eines Chircaleros.

Die Chircaleros leben vom Ziegelbrennen. Das viele Schleppen macht ihnen den Rücken kaputt, aber sie können einem mit einem einzigen Hieb den Kopf einschlagen.

Ein gefährlicher Gegner für Jungs wie uns, die ihm nicht mal bis zur Brust reichten. Abigail hatte völlig recht. Wenn wir warteten, bis er sich mit anderen zusammentat, die so groß waren wie er, würden wir das Nachsehen haben.

Plötzlich wurde uns allen, die wir glaubten, nichts zu besitzen, auf einen Schlag klar, daß wir doch etwas hatten: die Mülltonnen, die Abfälle und die Almosen eines Viertels, das nicht größer war als vier Blocks.

Und wir hatten Abigail Anaya, der mit Engelszungen reden konnte.

Eines Tages kam er barfuß und ohne seinen leuchtend gelben Regenmantel. Er war schmutziger als gewöhnlich, so wie diejenigen von uns, die sich nicht die Mühe machten, sich im Brunnen auf der Plaza zu waschen. Auch seine Stimme war anders als die, mit der er sonst Touristen oder Ladenbesitzer ansprach und mit der Liste von Besorgungen, »die meine Mama mir aufgetragen hat«, ablenkte.

An diesem Nachmittag, als wir auf dem Rasen saßen, der von der Carrera Diez zur Plaza de Toros hinaufführt, wurde ein Anführer geboren. Und bald wagte keiner der Anwesenden mehr, ihm zu widersprechen, das können Sie mir glauben, Señor.

»Zuerst nehmen wir uns den Cholo aus Tolima vor«, sagte er. »Danach den anderen.«

Das war der Anfang der »Hirschtöterbande«. So nannten wir uns, um unseren Feinden angst zu machen. Doch dieser Name hielt sich nicht lange, denn bald sollten wir als »Zementbande« in aller Munde sein. Zu den Gründen komme ich gleich, Señor.

Abigail Anaya teilte die »Arbeit« in präzise Schichten ein. Innerhalb einer Woche wußten wir über die Gewohnheiten des Cholo aus Tolima genauestens Bescheid: wo er aß, schiß, schlief und sich vollaufen ließ, sobald er ein paar Pesos in den Fingern hatte. Er hielt sich über Wasser, indem er die Scheibenwischer von den Autos klaute, die nachts in unserer Gegend parkten.

Zu dieser Zeit gab es Bauarbeiten auf der Plaza mit dem Brunnen. Die Avenida sollte verbreitert werden. Am folgenden Samstag warteten wir geduldig bis spätabends, als schließlich unser Mann in eine Ecke des Kinoeingangs torkelte, wo er mit Vorliebe seinen Rausch ausschlief.

Als er am nächsten Vormittag aufwachte, saß er, in einen alten Stuhl ohne Sitzfläche gequetscht, mitten auf der Plaza. Er schlug die Augen auf und schaute sich ungläubig um. Wie zum Teufel war er dahin gelangt? Dann stellte er fest, daß er sich nicht rühren konnte. Seine Füße steckten bis zu den Knöcheln in einer Zementmasse, die bereits erstarrt war.

Ich muß heute noch lachen, wenn ich daran denke.

Dieser Teufel von Abigail hatte echt eine Mordsphantasie!

Können Sie sich vorstellen, was es für ein Gefühl sein muß, mitten auf der Plaza als Statue aufzuwachen?

Die Passanten starrten ihn an, trauten sich jedoch nicht in seine Nähe, weil sie Angst hatten, in der dicken Zementschicht steckenzubleiben. Der arme Kerl schrie vor Angst und Schmerz. Und als er versuchte, sich von seinen lächerlichen Fesseln zu befreien, schürfte er sich nur die Haut auf und verrenkte sich die Knöchel.

Obendrein hatte er sich wirklich einen schlechten Tag ausgesucht, denn sonntags hatten die Arbeiter frei. Es gab niemanden, der bereit gewesen wäre, die Verantwortung auf sich zu nehmen und ihn aus der tückischen Falle zu befreien.

Zwei Polizisten versprachen, eine Streife zu schicken, und kamen nicht wieder. Ein braver Mann suchte nach einer Telefonzelle, wußte aber nicht, wen er anrufen sollte. Ein paar Frauen machten großes Geschrei, daß er Hilfe brauchte und so weiter, konnten aber auch nichts zu seiner Befreiung beitragen, und vier oder fünf Bengel standen um ihn rum und lachten sich krumm. Einer gab ihm sogar eine Banane – gegen den Hunger.

Als es Zeit zum Essen war, verschwanden alle.

Der arme Cholo steckte in seinem Stuhl und schluchzte zum Gotterbarmen.

Damals kam er mir vor wie ein Schwächling. Aber wenn ich heute darüber nachdenke, fällt mir ein, daß er kaum älter als fünfzehn gewesen sein kann. Hab ich das schon gesagt?

Der andere, der aus Boyacá, tauchte nur kurz auf, sah sich um, musterte uns einen nach dem anderen und schien zu begreifen, was Sache war. Dann machte er ohne ein Wort auf dem Absatz kehrt und verschwand in Richtung Zentrum. Er hat sich nie wieder blicken lassen.

Später fing es an zu regnen.

Die Sonntagsspaziergänger gingen nach Hause oder ins Kino, und auf der Plaza blieben nur das einsame Denkmal des Cholo und die Bande der Hirschtöter zurück, die ihn nicht aus den Augen ließen.

Es war ein magischer Augenblick, Señor, verstehen Sie das? Zum ersten Mal in meinem Leben hatte ich das Gefühl, jemand zu sein und irgendwo hinzugehören. An diesem Tag hab ich etwas begriffen. Wie schwächlich ich auch war, wie groß mein Elend und mein Hunger auch sein mochten, ich hatte trotzdem Macht, denn wir Schwachen, Hungernden und Armen waren in der Überzahl.

Der Cholo war ein Halbstarker, doppelt so groß und schwer wie ich, aber da saß er, besiegt, gedemütigt und hilflos wie kaum einer auf dieser Welt.

Vor lauter Angst pinkelte er einfach los. Auf seiner Hose bildete sich ein feuchter Fleck, und unten am Boden rann eine gelbe Pfütze über den Zement.

Kurz bevor es dunkel wurde, baute sich Abigail mit einem Meißel und einem schweren Hammer vor ihm auf.

»Da. Und jetzt hau ab und laß dich nie wieder hier blikken!« Mehr sagte er nicht.

Er warf ihm das Werkzeug vor die Füße und gab am Stand von Doña Alcira eine Runde *arepas* und Schweineschwänzchen aus, um unseren Sieg zu feiern.

Das war eine große Sache, Señor. Eine echt große Sache.

Abigail Anaya schweißte die obdachlosen Mitglieder der »Zementbande« zu einer Art Familie zusammen, in der alles allen gehörte, aber auch Hunger und Elend brüderlich geteilt wurden. Undenkbar, daß sich einer mit einem volleren Magen als die anderen schlafen gelegt hätte.

Ich fühlte mich noch immer Ramiro am nächsten, mit dem mich schwierige Zeiten verbanden, aber wenn ich ehrlich sein soll, galt meine ganze Bewunderung doch dem Boß. Seine Kaltblütigkeit, seine Intuition und sein Durchsetzungsvermögen hoben ihn weit über die anderen Jungs aus den Nachbarvierteln hinaus. Kein Wunder, daß unsere Bande, obwohl wir nicht die Stärksten waren, bald überall respektiert wurde.

Wir konnten natürlich nicht verhindern, daß hin und wieder ein paar Penner oder auch ein Dutzend Bengel tagsüber in unserem Revier auftauchten und bettelten. Aber sobald es dunkel wurde, riegelten wir die Gegend ab und verwandelten sie in eine Sperrzone. Wir versuchten sogar zu verhindern, daß die ewigen nächtlichen Diebe sich über die Verkaufsstände unserer Mitbewohner hermachten.

Deshalb sagte dann auch keiner etwas, als wir uns im Keller eines verlassenen Gebäudes an der Ecke Veinticinco und Novena einrichteten. Es wurde tatsächlich unser erstes gemeinsames Zuhause. Wir hatten ein altes Bett, mehrere Decken, dicke Kartons, die uns vor der Feuchtigkeit des Bodens schützten, einen Tisch, drei Stühle, jede Menge Schubladen, die als Bänke dienten, und sogar eine Glühbirne. Den Strom zapften wir mit Hilfe eines langen Kabels aus einer Straßenlaterne.

Wir schliefen wild durcheinander, einer über dem anderen. Aber wir hatten es trocken und verhältnismäßig warm. Und waren in Sicherheit.

Sieben Jungs und vier Mädchen.

Nein. Es gab keinen Streit. Sex war etwas, das sich unterhalb der Gürtellinie abspielte, und in diesen Zeiten hatten wir nur eine Sorge: wie wir uns den Magen vollschlagen konnten.

Amanda, Rita, Filomena und eine Blonde, von der ich nicht mal mehr den Namen weiß und die uns auch als erste wieder verließ. Sie kleideten sich wie wir, sprachen wie wir, waren so schmutzig wie wir und schlugen sich wie wir. Und keiner kümmerte sich darum, ob sie im Hocken oder im Stehen pißten.

Wenn ich mich recht erinnere, waren Amanda, Rita und Ricardito, genannt *el Calvo*, Geschwister. Sie waren mit ihren Eltern gekommen, einem jungen Paar, das, wie sie selbst sagten, sehr gut zu ihnen gewesen war. Trotzdem hatten sie ihre Kinder eines Tages auf einer Bank sitzen lassen und waren auf Nimmerwiedersehen verschwunden.

Ricardito hat mir mal erzählt, daß ihm in der Nacht, als er merkte, daß sie mutterseelenallein in der fremden Stadt waren, auf einen Schlag das ganze Haar ausgefallen wäre. Und obwohl wir ihm die Birne unzählige Male mit Eselsscheiße einrieben, wuchs es nie mehr nach.

Sie sind überrascht? Ich kenne Tausende von Fällen, in denen scheinbar normale Eltern ihre Kinder im Stich lassen und spurlos verschwinden.

Ich sage Ihnen, Señor, das Hauptübel in meinem Land ist nicht, wie immer behauptet wird, das Fehlen von Rohstoffen, der Drogenhandel oder die grenzenlose Gewalt. Nein. Hier weiß die Hälfte der Bevölkerung nicht, was es bedeutet, wenigstens halbwegs Verantwortung für seine Kinder zu übernehmen.

Die Männer glauben, sie müßten den Macho raushängen lassen und so viele Frauen wie möglich schwängern. Und die Frauen wollen einen Mann, der sie beschützt und für sie sorgt.

Ist doch logisch, daß die Kinder auf der Strecke bleiben. Sie sind eine Last, die keiner haben will. Heute besteht fast die Hälfte der Stadtbevölkerung aus ausgesetzten oder unehelichen Kindern.

Oder unehelichen und obendrein ausgesetzten Kindern.

Wie soll eine Frau, die zwei oder drei Bengel von verschiedenen Vätern hat, jemanden finden, der sich um diese Familie kümmert? Es ist nicht seine Familie. Irgendwann kommt unweigerlich der Moment, wo sie die Suche nach einem neuen Mann über die eigenen Kinder stellt.

Das ist die Welt, in der sie aufgewachsen ist; anders kennt sie es nicht.

Das ist Ihr Beruf. Wenn Sie verstehen wollen, was ich Ihnen erzähle, fliegen Sie hin und überzeugen Sie sich selbst.

Ich erzähle Ihnen nur mein Leben. Das muß genügen; immerhin kostet es mich eine Menge Kraft.

Wo waren wir stehengeblieben?

Ach ja, ich erinnere mich. Im Keller der Zementbande.

Das war die schönste Zeit meiner Kindheit. Sie war nicht lang, aber intensiv. Und weil das Wetter gut war und wir alles miteinander teilten, gab es zum ersten Mal mehr Freude als Leid, mehr Spaß als Angst oder Kummer während der langen Nächte.

Elf Kinder mit Stöcken, Steinen und Messern können sogar Erwachsene in Schach halten. Wenn wir dem Besitzer eines Karrens, eines Ladens oder einer Kneipe klarmachten, daß ihm niemand in die Quere kommen würde, solange wir aufpaßten, konnte er sich darauf verlassen.

Kassieren taten wir entweder bar oder in Form von Waren. Laut Abigail Anaya bestand unsere Aufgabe nicht mehr darin, an den Straßenecken zu betteln oder in Mülltonnen zu wühlen, sondern auf verdächtige Typen zu achten und dafür zu sorgen, daß das Eigentum derjenigen, die ein Abkommen mit uns hatten, nicht angerührt wurde.

Ich gebe zu, irgendwie war ich mächtig stolz auf uns.

War wohl das erste Mal, daß ich auf der Seite des Gesetzes stand.

Wenn nicht des Gesetzes, dann wenigstens der Ordnung. Das hat zwar häufig miteinander zu tun, ist aber keineswegs dasselbe, wie Sie vielleicht wissen.

Ich erinnere mich an einen bestimmten Nachmittag, als ein Kerl mit einem Messer die Kartenverkäuferin im Kino an der Plaza überfallen hatte und versuchte, über die Elicier Gaitán abzuhauen.

Wir hinter ihm her, wie in einem Gangsterfilm.

Was der Typ wohl für ein Gefühl hatte, als er von vier kleinen Rotznasen verfolgt wurde, die Steine nach ihm warfen?

Ein Stein, so dick wie meine Faust, traf ihn am Rücken. Rita, die einen Wurf hatte, von dem jeder Baseballspieler nur träumen kann, streckte ihn mit einem gezielten Kopftreffer zu Boden.

Trotzdem rappelte sich der Mann auf und fuchtelte mit dem Messer rum, aber als er uns mit den Händen voller Steine dastehen sah, wurde ihm wohl klar, daß wir ihn zu Tode steinigen würden. Er schmiß uns das Geld vor die Füße und suchte das Weite.

War richtig so. Wir hätten ihn umgelegt.

Sie haben ja keine Ahnung, was für uns auf dem Spiel stand.

Man muß schon da gelebt und das Elend erfahren haben, um zu verstehen, was das Revier einer Bande bedeutet. Und was es heißt, wenn sich ihre Mitglieder nicht durchsetzen können.

Im Nullkommanichts hat man sein Ansehen verspielt.

Neun Jahre. Vielleicht etwas jünger. Was soll ich Ihnen sagen? Es ist lange her, und ich hab sowieso nie gewußt, wie alt ich bin. Aber einen *gamín* aus Bogotá kann man auch nicht mit anderen Kindern auf dieser Welt vergleichen.

Hier lebt und stirbt man tausendmal schneller.

Hipólito bekam von einem Tag auf den anderen die große Scheißerei und hockte stundenlang auf dem Topf, grüner im Gesicht als ein Salatkopf.

Er war schon immer hager, aber nach vier Tagen bestand er nur noch aus Haut und Knochen. Er sprach so leise, daß man nicht wußte, ob er was sagte oder gerade einen fahren ließ.

Haben Sie jemals die kleinen Vögel gesehen, die aus dem Nest gefallen sind und dann von der Sonne ausgedörrt werden, bis nur noch eine federleichte Kugel von ihnen übrigbleibt?

Genauso ist der arme Hipólito gestorben, auf dem Topf

verdorrt, mit offenem Mund und raushängender Zunge, halb an die Wand gelehnt, die Beine so steif, daß wir ihn auf der Seite liegend begraben mußten.

Unter der Plaza liegt er. Ungefähr vier Meter links von der Statue, wo die große Avenida den Bogen macht.

Bald darauf verschwand die Blonde.

Sie kriegte Brüste und ihre Tage und fing an, uns von oben herab zu behandeln. Es dauerte nicht lange, und sie lebte ihr eigenes Leben. Ging im Zentrum auf den Strich.

Wieso, was haben Sie erwartet?

In diesem Alter und unter solchen Bedingungen gibt man es für Geld oder verliert es mit Gewalt. Ersteres ist lukrativer.

Hab nie gewußt, wer sie war oder woher sie kam. Sie sprach nicht viel und war wohl selbst überrascht, daß sie sich über Nacht in eine Frau verwandelt hatte, ohne auf halber Strecke krepiert zu sein. So ging sie ihren vorbestimmten Weg. Vom Mädchen zur Hure, und keine Möglichkeit, ihrem Schicksal zu entkommen. Blieb ihr ja gar nichts anderes übrig, als ein Kind nach dem anderen in die Welt zu setzen.

Jede Wette, daß sie mindestens vier oder fünf Blagen hat, und alle werden ihrem Beispiel folgen.

So waren wir also nur noch neun, aber noch immer stark genug, um dieses Stück Stadt zu kontrollieren. Wäre nicht Abigails Vater einen Monat später aus der Haft entlassen worden.

Ramiro und ich waren die einzigen, die wußten, daß er ihn jeden Sonntag im Knast besuchte. Er versorgte ihn mit Kleidung, Essen und Zigaretten und brachte ihm auch den größten Teil des Geldes. Weil wir dieses Geheimnis für uns behalten hatten, waren wir um so enttäuschter, weil er uns nichts davon gesagt hatte, daß die Entlassung des Alten unmittelbar bevorstand.

Zwei Wochen vorher fing er an, nervös zu werden. Er war aufgedrehter als sonst, gereizt und sehr ungeduldig, wenn wir etwas falsch machten oder seine Befehle nicht genau befolgten. Irgendwann gab er überhaupt keine Befehle mehr. Er hörte einfach auf, der Anführer der Zementbande zu sein.

Mein Gott, das war ein Schlag!

Wieder fühlte ich mich wie ein Waisenkind. Oder besser gesagt, zum ersten Mal fühlte ich mich wirklich so, denn jedes Kind sieht den Vater in dem, der es beschützt. Zwar war er nur ein paar Jahre älter als ich, aber bei Abigail Anaya hatte ich dieses Gefühl.

Dafür hab ich seinen Alten gehaßt. Er erschien mir so groß, so selbstsicher und erwachsen, daß ich nicht verstehen konnte, warum er uns Abigail wegnahm, obwohl er ihn gar nicht brauchte.

Sie waren sich sehr ähnlich. Hatten dieselben Bewegungen, denselben Gang, dasselbe Lachen und dieselbe weiche Stimme. Konnten aber auch sehr bestimmt auftreten, wenn sie etwas wollten, und ließen keinen über ihre wirklichen Ziele im unklaren.

Sie waren nur zu zweit und doch eine glückliche Familie.

Aber er hätte ihn nicht mitbringen dürfen. Das hab ich ihm nie verziehen, nach all den Jahren nicht.

Nein. Er hätte uns nicht zeigen dürfen, wie stolz er war, einen eigenen Vater zu haben. Warum mußte er uns unbedingt auf die Nase binden, daß er ein Anrecht auf seinen Nachnamen hatte?

Señor, ich hab *gamines* kennengelernt, die eine Mutter hatten, und andere, die von ihren Müttern aufrichtig geliebt wurden, aber ich schwöre Ihnen, Abigail Anaya war der einzige, der damit angeben konnte, daß sein Vater ihn bei der Hand nahm, ihm über die Wange strich oder zärtlich durchs Haar fuhr.

Hört sich vielleicht dumm an, aber für Sie wäre es vielleicht so ähnlich gewesen, wenn Sie als kleines Kind entdeckt hätten, daß Ihr bester Freund der Cousin von Superman ist.

Das war verdammt gemein, nein, nicht gemein, es war grausam!

Ich glaube, danach hab ich ihn eine Zeitlang richtig gehaßt. Er hatte Schuhe mit Sohlen, einen gelben Regenmantel und obendrein einen echten Vater. Zuviel des Guten, finden Sie nicht?

Ich sehe schon, das scheint Sie nicht zu beeindrucken, aber ich sage Ihnen, falls Sie Kinder haben, nehmen Sie sie hin und wieder bei der Hand.

Ich sah, wie sie in den Bus stiegen und sich nebeneinandersetzten. Als er mir durchs Fenster zuwinkte, hatte ich das Gefühl, daß Abigail Anaya gar nicht mehr fähig gewesen wäre, einen Dieb mit Steinen zu verjagen. Er war wieder ein Kind, und neben ihm saß ein Erwachsener, der ihn beschützte.

Bei Einbruch der Nacht war die Angst nämlich immer noch stärker als Hunger oder Kälte.

Den Hunger konnte man mit einer *arepa* stillen, die Kälte mit einem guten Poncho vertreiben, aber die Angst ließ einen niemals los, und wenn es dunkel wurde, nagte sie an den Eingeweiden.

Bogotá ist als gewalttätigste, gefährlichste und härteste Stadt der Welt bekannt. Eine Stadt, in der ein Menschenleben nichts wert ist und Tausende von Verbrechen begangen werden, die nicht einmal untersucht werden.

Eine Leiche wird gefunden, und wenn sich innerhalb von vierundzwanzig Stunden niemand meldet, versieht man sie mit den unseligen Buchstaben »NN« und läßt sie in einem Massengrab verschwinden.

Señor, wenn Sie da ein Verbrechen begehen und nicht belangt werden wollen – kümmern Sie sich nicht um ein Alibi oder irgendwelche Spuren. Sie brauchen nur die Papiere des Toten verschwinden zu lassen, und er wird automatisch zu einem »NN«.

Und natürlich gibt es jede Menge Verrückte, die sich gern an Kindern vergreifen und ihnen anschließend den Hals umdrehen.

Aber das muß es doch auch in Ihrem Land geben, oder nicht? Eines kann ich Ihnen sagen: Wenn die Kerle wüßten, daß man sie nicht zur Rechenschaft zieht, würden sie sich auch bei Ihnen nachts in dunklen Gassen rumtreiben und nach schlafenden Kindern suchen, um ihnen Gewalt anzutun.

In Ihrem Land erschrecken die Alten ihre Enkel mit dem Schwarzen Mann oder dem guten Onkel mit den Bonbons, aber als ich klein war, gab es hier in »La Magdalena« einen Kerl, der drei *gamines* erwürgte und dann ihre Geschlechtsteile verschlang.

Sie waren es doch, der diese Geschichte hören wollte.

Ich hab Ihnen gesagt, es würde kein Zuckerschlecken, aber das hat Sie nicht davon abgehalten, immer wieder hier aufzukreuzen. Wenn ich ehrlich bin, tut es sogar mir beim Erzählen manchmal noch weh.

Ja. Ich hab mir eingeredet, drüber weg zu sein. Hab tatsächlich geglaubt, alles, was damals geschah, wäre längst vergessen und begraben. Aber mit der Erinnerung an Abigail Anayas Vater ist es so, als würde man eine Schublade aufziehen und eine verlorene Uhr wiederfinden.

Man zieht sie auf, horcht und merkt plötzlich, daß sie noch funktioniert, als wäre die Zeit stehengeblieben. Der Sekundenzeiger macht seine winzigen Sprünge, und man entdeckt, daß er seine Arbeit genauso monoton und gleichgültig tut wie vor vielen Jahren.

Einen Augenblick überlegt man, ob man sie wieder bei sich tragen soll, aber dann sieht man ein, daß sie zu schwer ist, zu altmodisch, nicht mal automatisch.

Also wird sie auch die nächsten sieben Jahre über in der Schublade liegen, aber einen Tag, solange sie aufgezogen ist, wird sie so genau gehen wie die, die ich jetzt trage.

Heute, in diesem Moment, ist die Erinnerung an Abigail Anayas Vater für mich genauso wichtig wie das, was mir letzten Monat passiert ist. Vielleicht sogar noch wichtiger, denn mir ist nach so langer Zeit klargeworden, daß es ein Ereignis war, das mein Leben entscheidend geprägt hat. Letzten Monat dagegen hat sich nichts von Belang getan.

Als Abigail Anaya uns verließ, war es aus mit uns.

Oder besser gesagt, wir verwandelten uns in eine gewöhnliche Kinderbande, und das war das Schlimmste, was uns passieren konnte.

Wir gewöhnten uns wieder ans Stehlen und Betteln.

Ohne Abigails Autorität war alle Disziplin in weniger als einer Woche dahin. Wir schliefen zwar immer noch gemeinsam in unserem kleinen Keller, aber jeder ging seines Weges und schlug sich durch, so gut er konnte. Keiner dachte darüber nach, was sein Verhalten für den Zusammenhalt der Bande bedeutete.

Ramiro setzte sich am meisten für die Beibehaltung der bisherigen Linie ein. Amanda und ich unterstützten ihn, aber die anderen hörten nicht auf uns. Wenig später entdeckten wir, daß Ricardito und Pancho auf Boxer waren und *el Patacorta* auf *basuco.*

Basuco ist die Hölle, vor allem, wenn man erst neun ist.

Als er elf war, schlitzte *el Patacorta* einem Schmuggler den Bauch auf, um an das Zeug zu kommen, das der Kerl runtergeschluckt hatte. Einen Moment später fand man ihn mit durchschnittener Kehle und einem Ohr in der Hand.

Boxer? Eine Art Klebstoff, den man schnüffelt. Man wird schläfrig, fühlt sich wohl. Vor allem hilft es, den Hunger eine Zeitlang zu vergessen.

Nein. Gesund ist es bestimmt nicht. Aber zumindest macht es nicht süchtig wie Kokain oder *basuco.* Und die Lungen gehen auch nicht drauf wie bei den Idioten, die Auspuffgase einatmen, um sich anzuknallen.

Dumme Frage! Es geht darum, der Realität zu entkommen. Wenn man sonst nichts findet, sind sogar Autoabgase gut genug.

Klar! Ich hab alles ausprobiert. Aber ich kann Ihnen diese Geschichte nur erzählen, weil ich mich weder vom Schnüffeln noch von einer anderen Sucht unterkriegen ließ.

Hab mal im Radio gehört, daß von zehn *gamines* nur zwei älter werden als fünfzehn. Wenn ich unter den Überlebenden bin, dann wahrscheinlich deswegen, weil mein Körper den Rausch, dem so viele zum Opfer fallen, nicht vertragen hat. Warum, weiß ich auch nicht.

Der Überlebenskampf auf der Straße ist hart genug, aber als Rauschgiftsüchtiger hast du keine Chance.

Ein Unglück kommt selten allein, heißt es. Es fing wieder an zu regnen, und das löste unsere Gruppe endgültig auf.

Rita verschwand spurlos.

Sie war hübsch. Klein und schmutzig, aber sehr hübsch, mit riesigen schwarzen Augen und langem Haar. Das einzige, was wir noch rauskriegen konnten, erzählte uns der Portier im »Tequendama«. Er hatte gesehen, wie sie vor dem Buchladen auf der anderen Straßenseite zu einem eleganten Herrn in den Wagen gestiegen war.

Wahrscheinlich war sie am nächsten Tag eine »NN«, aber es war zu spät, um noch etwas zu unternehmen.

Außerdem, wer hätte schon auf drei verlauste Straßenkinder gehört, die ein noch verlausteres Mädchen suchten?

Ich versuchte, Ricardito und Amanda zu trösten, und erzählte ihnen, daß der Knabe im Auto wahrscheinlich beschlossen habe, sie zu adoptieren, und daß sie jetzt glücklicher sei und in einem schönen Haus lebe. Aber natürlich glaubten sie mir nicht.

Wer könnte so etwas auch glauben?

Frisch gebadet und parfümiert, hätte dieses Mädchen mit seinen kaum vierzig Kilo jedem x-beliebigen Sadisten als

Lustobjekt dienen können. Und solche Schweine lassen bekanntlich ungern Zeugen zurück.

Es gibt einen Gringo – er ist in Wahrheit Europäer, aber bei uns nennt man jeden, der blond ist, Gringo. Er hat ein Haus auf dem Land, durch das angeblich mehr Jugendliche gewandert sind als durch eine Schule.

Der Kerl macht Geschäfte mit Edelsteinen und versorgt die wichtigen französischen Juweliere. Angeblich – aber wer weiß, ob das nicht nur Gerüchte sind – hat er mehr Kinder auf dem Gewissen als dieser Kerl aus der Geschichte, Herodes.

Na und – was machen ein paar Jahrhunderte mehr oder weniger schon aus! Der Kerl war ein Ungeheuer, das steht fest.

Möglich, daß Rita umgebracht wurde oder auf einer der Haciendas landete, wo man sie zu einem Mädchen für alles machte oder zu einer Edelnutte für ein Luxusbordell.

Hab viele gekannt. Warum leugnen? Aber das ist eine andere Geschichte.

Im Augenblick sind wir bei der Zementbande, die sich im Winterregen auflöste wie ein nasses Stück Brot. Wir kehrten zu den bitteren Jahren des Hungers und der Kälte zurück, aber es sollte noch schlimmer kommen.

Sie glauben, schlimmer ginge es nicht?

Sie haben keine Ahnung.

Ich hab Ihnen erst den Anfang meiner Geschichte erzählt, aber wenn Sie wollen, hören wir auf.

Ich kann verstehen, daß man schockiert ist, wenn man nicht an ein solches Leben gewöhnt ist. Aber Sie wollten es unbedingt hören, und ich sehe nicht ein, warum ich Sie belügen sollte.

Das Leben wurde härter.

Viel, viel härter.

Ramiro und ich mußten den Keller verlassen.

Die Gründe sind unwichtig. Wir gingen, das reicht.

Wir waren seit fünf oder sechs Jahren zusammen. Es kam nicht in Frage, daß wir uns trennten. Daher packten wir unsere Sachen und zogen in einen verlassenen Lieferwagen auf dem Parkplatz am anderen Ende der Plaza.

War nicht schlecht, der Platz. Bißchen feucht und kalt, aber nachts brannten die Laternen im Park.

Wir hatten Kartons und hätten die Fenster des Wagens verdunkeln können, aber uns war's lieber, wenn Licht reinkam. Noch heute gibt es für mich nichts Schlimmeres als die Dunkelheit.

Sobald es Nacht wurde, versperrten wir die Tür mit einer quergelegten Eisenstange, damit wir ruhig schlafen konnten. Aber wenn es stark regnete, tropfte es rein, und das Prasseln auf dem Dach war so laut, daß wir kein Auge zubekamen.

Einmal hagelte es, da sind wir fast verrückt geworden.

Wir fingen also wieder an, wie früher zu betteln, die Mülltonnen durchzuwühlen und Hausfrauen die Einkaufstaschen zu klauen.

Wir hatten eine ziemlich praktische Methode: Wir verbrannten ihnen mit einer Zigarette die Hand.

Instinktiv ließen sie die Tasche los, und schon waren wir da, schnappten sie noch in der Luft auf und machten uns aus dem Staub, so schnell wir konnten. Sie standen da und zeterten, was das Zeug hielt.

Das passierte nicht oft, nein.

Vielleicht einmal pro Woche. Kam drauf an, wieviel wir sonst zusammenkriegten.

Meistens liefen wir in einen Hauseingang, nahmen uns, was wir brauchen konnten, und warfen der Frau die Tasche wieder hin, während sie noch immer schrie.

Was hätten wir mit Wäscheklammern, Bürsten, Spülmittel und all dem andern Kram anfangen sollen, den Hausfrauen so in ihren Einkaufstaschen haben, der aber nicht unseren Hunger stillte?

Alles, was wir auf unserem improvisierten Feuer kochen konnten, waren Eintopf oder Spagetti. Uns interessierte nur Eßbares, wir waren nicht süchtig.

Sie wissen schon. Kokain, *basuco* oder andere Drogen. Dafür brauchten wir kein Geld.

Die meisten Kinder waren süchtig, aber dank Abigail war Ramiro nie damit in Berührung gekommen, und mir bekam es nicht, aber ich glaube, das hab ich Ihnen schon erzählt.

Eine Sucht zu finanzieren ist viel schwerer, als neun Kinder sattzukriegen, glauben Sie mir.

Selbst im Land des *basuco* und Kokain muß man dafür blechen, und da reicht es nicht zu betteln und Einkaufstaschen zu klauen. Man muß schon jemanden ausrauben, sonst kommt man nicht weit.

Ramiro und ich beschränkten uns auf Essen und Kino.

Ich war verrückt nach Kino, ich halte es heute noch für das Größte. Schade, daß die Filme so schlecht geworden sind.

Wollen Sie etwa behaupten, daß einen Film im Fernsehen zu sehen nicht dasselbe ist, wie gepanschten Rum zu trinken?

Die sieben Aufrechten, Kampf der Titanen, The Wild Bunch, Bis zum letzten Mann. Das waren Filme! Großleinwand, verdunkelter Saal und Popcorn bis zum Platzen.

Wissen Sie, was ich glaube? Daß wir diese Kinohelden bewundert haben, weil sie auf der Leinwand so viel größer waren als wir. Wie soll man jemanden bewundern, der in einem kleinen Kasten steckt? Er kann einem sympathisch sein, aber zum Idol bringt er es nicht.

Die Kinokarte kostete damals fünf Pesos oder einen Tritt in den Hintern, wenn man versuchte, sich durchzuschmuggeln.

Das Geld kriegten wir nur selten zusammen.

Raten Sie mal, wie viele Tritte ich einstecken mußte, weil es kaum einen Tag gab, an dem ich nicht versuchte, mich ins Kino zu mogeln?

Aber wenn es mir gelang, dann sah ich mir einen Film auch dreimal hintereinander an. Wir kauerten uns unter die Sitze, damit uns keiner entdeckte. Manchmal schliefen wir sogar da und warteten auf die Vorstellungen des nächsten Tages. *Mein großer Freund Shane* habe ich mindestens dreißig Mal gesehen. Es war, als wäre ich selbst der kleine Junge, der zusah, wie Alan Ladd mit unvergleichlicher Kaltblütigkeit einen Bösen nach dem anderen umnietete.

Natürlich fand ich Alan Ladd gut! Was soll ich Ihnen sagen? Auch ich bin klein von Statur.

Wissen Sie, was das einzige war, das ich am Kino gehaßt habe? Daß man wieder auf den Boden der Tatsachen geschleudert wird, wenn die Lichter angehen. Das ist verdammt hart.

Man verläßt den warmen sicheren Ort, wo man die phantastischsten Abenteuer der Welt bestanden hat, und steht plötzlich hungrig auf der kalten, nassen Straße mit der Aussicht auf eine Nacht in einer ungemütlichen Blechbüchse. Das ist wie ein Schlag ins Gesicht.

Manchmal hätte ich am liebsten losgeheult, aber soweit ich mich erinnern kann, hab ich als Kind nie geweint.

Später ja. Aber erst viel später.

Mit der Zeit hab ich gelernt, daß ein Mann ruhig weinen soll, wenn er Grund dazu hat. Ich selbst hatte bestimmt mehr als einen.

Auch als Kind, wie Sie sehen, aber damals hielt ich es für ein Zeichen von Schwäche. Die konnte ich mir nicht leisten. Einen *gamin*, der heulte, hatten sie am nächsten Tag am Arsch. Man mußte verteidigen, was man hatte, sogar seine Bitterkeit. Wer die geringste Schwäche zeigte, war seinen Platz los.

Wenn ein Mensch des anderen Wolf ist, dann sind die Kinder Piranhas. Es gibt nichts Grausameres auf der Welt als ein grausames Kind. Doch auf der Straße lernte man nichts anderes als Brutalität.

Ich wäre für Ramiro gestorben, und er auch für mich, aber alle anderen waren unsere Feinde.

Auch Amanda und Ricardito, *el Calvo*, waren Feinde geworden, als unsere Bande auseinanderfiel.

Einmal haben sie uns sogar beklaut.

Können Sie sich das vorstellen? Uns beklaut!

Sie brachen in den Wagen ein und nahmen das wenige mit, was wir hatten.

Nicht weil sie Hunger hatten. Wir hätten unser Essen mit ihnen geteilt. Sondern weil sie Geld für *basuco* brauchten.

Die Sucht, wie ich Ihnen sagte. Es war die Sucht, die das Viertel in einen Dschungel verwandelte.

Betteln, Abfälle aus den Mülltonnen klauben, oder sogar ein kleiner Mundraub – das waren Dinge, die die Leute noch irgendwie duldeten.

So war Bogotá schon immer gewesen, so lange ich mich erinnern kann. Die Bewohner dieser Stadt wußten, daß das der Preis war, den sie für ihre Sünden bezahlen mußten.

Sie hatten uns in eine Welt verbannt, die wir uns nicht ausgesucht hatten. Wir waren für sie nur eine lästige Plage, mit der sie sich abfinden mußten.

Doch dann kam *basuco*.

Und wer ist schuld, wenn so viele *gamines* süchtig werden, nur weil sie ihr Elend vergessen wollen?

Und wer ist reich geworden, indem er ihnen einen billigen Trost versprach, der sie in Wirklichkeit zerstörte?

Ich tauge sicher am wenigsten dazu, jemanden anzuklagen, wie Sie wissen. Ich hab nicht das Recht, solche Fragen zu stellen, aber ich muß ständig darüber nachdenken, und vieles, was ich früher aus Bequemlichkeit nicht begreifen wollte, ist mir heute klarer.

Was sollte man von Leuten erwarten, die nicht davor zurückschreckten, die Ärmsten der Armen zu berauben?

Sie fingen an, uns satt zu haben. Hatten sie uns früher mit Fußtritten oder Ohrfeigen traktiert, schlugen sie uns jetzt grundlos zusammen.

In jenem Winter sah es aus, als hätte sich die Welt in zwei unversöhnliche Lager gespalten. Auf der einen Seite Ramiro und ich – ja, sehen Sie mich nur an und denken Sie daran, was ich damals darstellte –, und auf der anderen der Rest der Menschheit.

Und die Hunde.

Riesige Köter, die über uns herfielen, wenn wir nicht auf der Hut waren.

Doggen, Bulldoggen, und vor allem diese widerlichen Dobermänner.

Sehen Sie sich meinen Arm an, hier, die Narben. Die Bestie hat sich darin verbissen, als ich ans Autofenster kam und um ein paar Pesos bettelte. Das Herrchen fuhr los und schleifte mich vierzig Meter mit.

Jedesmal wenn ich heute einen Dobermann sehe, mache ich ihn kalt.

Es waren gute Jahre für Hunde. Irgendwer muß sich eine goldene Nase verdient haben mit ihrem Verkauf. Es gab kein Haus, keinen Wagen oder Fußgänger ohne einen dieser Köter, mit denen man sich angeblich jede Bedrohung vom Leib halten konnte.

Die Stadt wurde zu einem einzigen Hundeauslauf.

Aber die Viecher waren nicht gut abgerichtet und bissen die Hausangestellten, die Kinder im Haus und sogar ihre Herrchen.

Was für ein Reinfall!

Nur wenige kamen ungeschoren davon, und am Ende gab es mehr Tote durch Bißwunden als durch den Straßenverkehr.

Schließlich war man gezwungen, in aller Eile Hundefängerpatrouillen aufzustellen, doch sie kämpften auf verlorenem Posten, denn jede Menge ausgerissene Köter streunten durch die Stadt und bildeten nun eine viel größere Gefahr als die *gamines*.

Am Ende machte man sich nicht mal mehr die Mühe, sie einzufangen, sondern knallte sie einfach ab.

Vielleicht sind die Burschen da auf den Geschmack gekommen. Wenn es bei den Hunden gewirkt hatte, warum nicht auch bei uns?

Ich weiß, das klingt brutal, aber alles fing damit an, daß zwei Jungs die Tochter eines Bankiers überfielen. Sie waren süchtig, klar, fast alle waren süchtig. Sie gaben sich nicht mit ein paar Pesos oder dem Schmuck zufrieden. Sie haben sie erst vergewaltigt und danach beinahe umgebracht.

Die Kleine ist verrückt geworden.

Die Mädchen hier aus dem Viertel werden bei einer Vergewaltigung höchstens schwanger, aber die Reichen verlieren obendrein den Verstand.

Keine Ahnung, warum. Vielleicht, weil unsere Mädchen sich damit abgefunden haben, daß sie Freiwild sind, während die aus den guten Familien nicht mit so etwas rechnen und völlig durchdrehen.

Wie auch immer, der Bankier hat den beiden die Sache mit seiner Tochter ziemlich übelgenommen und vier Killer angeheuert. Sie sollten die Schuldigen suchen, um ihnen die Eier abzuschneiden und sie dem Alten zu bringen.

Da gab es natürlich jede Menge Kandidaten.

»Zwei Jugendliche, etwa vierzehn Jahre alt, schmutzig und verwahrlost, den Kopf voll *basuco* und billigem Rum und mit Messern bewaffnet« – die Beschreibung paßte auf mindestens zweihundert Jungs in der Gegend.

Sie müssen dutzendweise Eier gesammelt haben, denn überall in den Hauseingängen lagen Leichen.

Sechs Wochen lang waren die Straßen wie leergefegt.

Panik griff um sich, selbst bei denen, die scheinbar keine Angst mehr kannten, und fast zwei Monate lang wurde keine einzige Frau überfallen oder ausgeraubt. Das war noch nie dagewesen.

Wir hatten nichts damit zu tun.

Weder Ramiro noch ich.

Um jemanden vergewaltigen zu können, hätte einer von uns auf den anderen steigen müssen und obendrein einen Besenstiel zur Hilfe nehmen müssen. Trotzdem ging das Gespenst der Angst um, Nacht für Nacht, als Schatten und undeutliches Gemurmel, das die Plaza erfüllte.

Wir waren zehn oder elf, nicht älter, und verbrachten die Nächte mit weit aufgerissenen Augen und einem Kloß im Hals. Wir warteten auf die brutalen Rächer eines Mädchens, dessen Vater verdammt viel Knete haben mußte.

Haben Sie schon mal gehört, wie der Wind durch Bogotá heult, wenn er von der Sierra kommt?

Er kommt vom Gipfel des Monserrate und fegt in westlicher Richtung durch die Straßen, bis er sich hinter dem Friedhof in der Savanne verliert.

Wenn dieser Wind weht, sieht man nach Mitternacht keine Seele mehr in den Straßen oder Plazas der Stadt. Er zerreißt den Menschen das Herz und flüstert ihnen eiskalte Worte ein. Manche glauben sogar, sie wären vom Tod gestreift worden.

Selbst die Toten drehen sich im Grab um, wenn er bläst.

Stellen Sie sich vor, Señor, wie es war, als dieser Wind durch sämtliche Ritzen des alten Lieferwagens fuhr, durch die kaputten Türen. Und die Angst, die einen packt, wenn man um drei Uhr früh meint, im Wind die Stimmen von Mördern zu hören, die einem die Eier abschneiden wollen.

Sie lächeln?

Nein! Streiten Sie es nicht ab! Ihre Lippen haben sich nicht bewegt, und trotzdem ist mir nicht entgangen, wie Ihre Augen lächelten.

Wenn Sie genauer wissen wollen, wovon ich spreche, sollten Sie einmal eine Nacht in den Straßen Bogotás verbringen, wenn dieser Wind bläst. Mieten Sie sich ein altes Auto und parken Sie es irgendwo, bis Ihre Knochen vor Kälte starr werden.

Sehen Sie meine Finger an. Wie Klauen. Ich bin halb so alt wie Sie und kann sie kaum noch bewegen. Arthritis, sagt der Doktor. Hab nie begriffen, was das Wort bedeutet, aber eines weiß ich, der eisige Wind ist schuld. Er hat die Sehnen schrumpfen lassen und mir die Hand verkrüppelt. Nicht mal die Zähne hat er mir gelassen.

Das fehlte noch! Zehntausend Pesos mußte ich dafür blechen. Ja, sie sind falsch, aber Sie müssen zugeben, daß sie fast nicht zu unterscheiden sind von echten.

Wir sprachen vom Wind.

Oder sollten wir lieber sagen, von der Angst?

Nach zwei Monaten hatten sich die Wogen geglättet. Die Mörder verschwanden, es gab keine Toten mehr und Kastrationen auch nicht. Dafür ging es wieder los mit Überfällen, Diebstählen und Vergewaltigungen.

Es war um die Zeit, als die Limones auf der Bildfläche erschienen.

Victorino, Otelo und Calixto Limón waren Cousins und hatten schon in ihrer Heimatstadt Tuluá, im Valle del Cauca, den Ruf, gewalttätig zu sein. Falls Sie es nicht wissen, selbst unter Kolumbianern gilt diese Gegend als äußerst gefährlich. Dort hat die politische Repression der fünfziger Jahre besonders schlimm gewütet.

Die Großgrundbesitzer des Cauca hatten die Limones als Killer gedungen, um mit der bäuerlichen und liberalen Opposition aufzuräumen. Soweit ich weiß, hatten sie ganze Arbeit geleistet und niemanden vergessen.

Es heißt, eine Gruppe von Händlern auf der Carrera Siete hätte sie angeheuert. Andere behaupten, es wären die Hotel- und Restaurantbesitzer gewesen. Es gab sogar das Gerücht, daß ein hoher Polizeibeamter dahintersteckte, der sich selbst nicht die Finger schmutzig machen wollte.

Die Cousins glichen einander wie ein Ei dem anderen: gelbliche Haut, Hakennase, mittelgroß. Alle drei waren hager und schweigsam, hatten die Hände stets unter den grauen Ponchos verborgen und den Hut tief in die Stirn gezogen. Man wurde das Gefühl nicht los, daß sie einen zwar nie direkt ansahen, aber trotzdem im Visier hatten, wie ein Raubvogel seine Beute.

Sie schlugen ihr Hauptquartier in einem kleinen Café an der Avenida Lima auf, am hintersten Tisch, den Rücken gegen die Wand und die Ecke des Tresens davor. Keiner wagte es, sich auf diesen Platz zu setzen, obwohl allgemein bekannt war, daß die Limones erst spät nachmittags auftauchten.

Niemand wußte, wo sie wohnten. Sie aßen nie zweimal im selben Restaurant und schliefen nie zweimal mit derselben Frau. Nur dank dieser gesunden Angewohnheit konnten sie trotz unzähliger Feinde ihre dicken Havannazigarren weiterpaffen.

In den ersten Wochen merkte man nicht viel von ihnen, aber später wurden sie, sobald es dunkelte, zu richtigen Todesengeln. Wo immer sie auftauchten, hinterließen sie eine blutige Spur.

Die vielen namenlosen Leichen der Straßenkinder durften nicht einmal im Leichenschauhaus aufgebahrt werden. Irgendwer hatte den Befehl gegeben, sie in Massengräbern verschwinden zu lassen, noch bevor die Leichenstarre einsetzte.

Und wieder ging das Gespenst der Angst um.

Es war reiner Terror, ohne jeden Skrupel. Nur das Gesetz des Todes herrschte, ein Schuß in den Rücken, eine durchgeschnittene Kehle. Kugel oder Messer, das war einerlei – sie wußten, daß man sie nicht zur Rechenschaft ziehen würde.

Was aus den Banden wurde?

Selbst die berüchtigte Kinderbande »Cóndor«, die jahrelang über den Parque Santander geherrscht hatte, löste sich an dem Morgen auf, als man ihren allseits bewunderten Anführer, Gabino *Cagafeo*, tot und mit abgeschnittener Zunge im Brunnen fand.

Zwei Tage zuvor hatte er im *basuco*-Rausch noch geprahlt, einem echten Cóndor könne kein Limón etwas anhaben.

Die ersten fünfzehn Opfer waren Kinder, die bei der einen oder anderen Gelegenheit in den verhaßten Löchern von »La Treinta« oder Sesquilé gesessen hatten.

Alle Akten, die die Bullen angelegt hatten, verschwanden im Nullkommanichts wieder. Die Archive leerten sich. Akten von Toten aufzubewahren, war ziemlich sinnlos, und außerdem wurde der Platz dringend gebraucht.

Woher die Daten stammten, ist nie rausgekommen. Die Tellerwäscherin des Cafés an der Avenida Lima hat später erzählt, sie hätte häufig beobachtet, wie die Cousins lange Listen durchgingen und Namen ausstrichen.

Klingt ziemlich makaber, wie? Wahrscheinlich hat damals irgendein hohes Tier beschlossen, den Abschaum von Bogotás Straßen zu fegen, und kurzerhand die berüchtigten Limones aus Tuluá angeheuert. So muß es gewesen sein.

Die Gewalt, Señor, ist wie ein Felsblock am Rande eines Abgrunds. Am besten wagt man sich nicht zu nah heran. Wenn man ihn berührt, gerät er vielleicht ins Wackeln. Läßt man ihn dann aber los, kommt er ins Rollen, reißt größere Felsen mit, und dann gibt es kein Halten mehr.

Genauso war es in Kolumbien.

Es gab eine Zeit – und ich erzähle Ihnen hier etwas, das ich selbst nur vom Hörensagen kenne, weil ich damals noch nicht geboren war –, wo eine Minderheit glaubte, die Gewalt wäre einzig und allein ihr Privileg. Kein Wunder, diese Leute hatten große Ländereien, die sie behalten wollten. Als sie entdeckten, daß man versuchte, ihnen diese Berechtigung abzusprechen, glaubten sie, obendrein auch noch als einzige das Gesetz des Stärkeren ausüben zu dürfen.

Eine Weile ging es tatsächlich gut, aber dann geriet jener Stein ins Rollen, und ich weiß nicht, ob ihn heute noch jemand aufhalten kann.

Fünfzehn- bis zwanzigtausend Tote im Jahr. Genaue Zahlen gibt es nicht. Das ist der Preis, den die Gewalt in Kolumbien fordert. Und das Traurigste: keines dieser Opfer bringt unser Land der Lösung auch nur eines einzigen Problems näher.

Die Limones sind ein gutes Beispiel dafür. Das sagt Ihnen jemand, der eine Menge von Gewalt versteht.

Sie haben gemordet und gemordet und nicht gesehen, daß für jeden Hurensohn, den sie umbrachten, vier oder fünf neue nachwuchsen.

Das ist dasselbe, als wollte man mit der Hand einen reißenden Strom aufhalten.

Wenn man schon als Kind lernt, mit Hunger und Kälte zu leben, dann gewöhnt man sich auch an die Angst.

Die Limones hatten ihr Leben lang in einer kleinen Stadt und auf dem Land gemordet.

Bogotá war eine Nummer zu groß für sie.

Am Anfang hatten sie Erfolg, weil sie genaue Informationen über Identität und Gewohnheiten ihrer Opfer bekamen. Doch als die neuen Kandidaten für das Leichenschauhaus anfingen, Vorkehrungen zu treffen und zum Gegenangriff überzugehen, blies ihnen ein anderer Wind ins Gesicht.

Wie ich Ihnen schon erzählte, hatte Calixto Limón die gesunde Angewohnheit, nie zweimal im selben Restaurant zu essen oder zweimal mit derselben Frau zu schlafen, dafür aber kriegte jemand raus, daß er dumm genug war, jeden Samstag in der Lotterie auf dieselbe Zahl zu setzen.

Sie können sich nicht vorstellen, wie verrückt meine Landsleute auf die Lotterie sind.

Man könnte sagen, sie sind süchtig danach.

Sie setzen auf alles, und das beinahe jeden Tag. Sie spekulieren stundenlang über den möglichen Ausgang der Ziehung. Ihre Glückszahlen hängen von einem Traum, einem Datum oder davon ab, ob sie an diesem Tag einem Einäugigen oder einem Buckligen über den Weg gelaufen sind. Weiß ich, was sie noch alles im Kopf haben!

Aberglaube! Aber mit seiner Hilfe überleben jeden Tag Tausende von Menschen in Kolumbien.

Sie bauen unzählige kleine Stände auf, eng aneinandergedrängt, sie verfolgen Sie durch Parks und Bars, nur um Ihnen ein Glückslos zu verkaufen.

Calixtos Glückszahl endete auf vierzehn, glaube ich, aber nehmen Sie mich nicht beim Wort, es könnte auch eine andere gewesen sein, weiß der Teufel.

Vierzehn oder was auch immer, kommt nicht so drauf an. Jedenfalls war er immer hinter dieser Zahl her. Er hatte sogar eine Alte auf der Carrera Ocho gefunden, die ihm Samstag für Samstag diese Losnummer aufhob.

Na schön. Eines Samstags achteten die Limones, die doch sonst alles mitkriegten, nicht darauf, daß die Alte wegen irgendwelcher Straßenarbeiten nicht am gewohnten Platz saß, sondern mit ihrem Klapptisch ein paar Meter weiter nach links gerückt war.

Otelo und Victorino standen Wache, die Hände wie immer unter dem Poncho verborgen.

Calixto kaufte sein Los, sein Glückslos, und gerade als er zahlen wollte, Señor, wurde er durch die Belüftungsanlage der U-Bahn mit einer scharfgeschliffenen Eisenstange von unten nach oben durchbohrt. Man könnte auch sagen gepfählt. Jedenfalls spuckte er so viel Blut, daß die Klamotten der armen Losverkäuferin vollkommen ruiniert waren.

Die Eisenstange steckte im Boden fest. Ich weiß nicht, wie sie es angestellt haben, aber es heißt, Otelo und Victorino hätten ihn wie von einem Fleischspieß von der Stange herunterziehen müssen, während er schrie und mit dem Tod kämpfte.

Die Leute beobachteten sie starr vor Schreck. Aber keiner machte auch nur die leiseste Anstrengung, ihnen zu helfen.

Nachdem man Calixtos Leiche schließlich weggetragen hatte, hängte jemand ein Schild an die Stange, an der noch sein Blut klebte. Es trug die Aufschrift »Frischer Limonensaft«.

Merkwürdiger Sinn für Humor, finden Sie nicht?

Aber so sind die Menschen in Bogotá. Schließlich waren die Brüder selbst schuld. Man muß schon eine Schraube locker haben, wenn man glaubt, man könnte dort einfach aufkreuzen und den großen Macker spielen.

Erinnern Sie sich an den Film mit Charlie Chaplin, wo er

so lange an irgendwelchen Schrauben dreht, bis er schließlich selbst durchdreht? Dasselbe muß den Limones passiert sein.

Jeder andere Killer hätte erkannt, daß die ganze Stadt gegen ihn war, und sich aus dem Staub gemacht. Doch Victorino und Otelo, die Unzählige auf dem Gewissen hatten, wollten die Regeln ihres eigenen Spiels nicht respektieren. Sie schworen, sich an denen zu rächen, die ihrem Cousin den Arsch aufgerissen hatten.

Vier Tage lang kriegten wir nicht mal ihre Ponchos zu Gesicht, dann, in der Nacht zum Samstag, richteten sie ein Blutbad an. Ich gebe ja zu, daß die meisten Opfer einen Platz im Friedhof redlich verdienten, aber viele hatten auch nur das Verbrechen begangen, ihre Sorgen in Alkohol zu ertränken.

Warum sie das getan haben?

Aus Rache vielleicht. In diesem Geschäft ist der Terror das einzige Kapital, das man hat. Sie konnten nicht mit eingezogenem Schwanz das Weite suchen, nach allem, was mit Calixto passiert war.

Sie mußten klarstellen, daß sie immer noch die Limones waren, selbst zu zweit. Danach verschwanden sie.

Aber das Beispiel machte Schule.

Wer immer sie in die Stadt geholt hatte, mußte zu dem Schluß gekommen sein, daß sie gute Arbeit geleistet hatten. Offenbar lohnte es, das, was sie angefangen hatten, fortzusetzen, wenn auch mit jemandem, der weniger spektakulär an die Sache heranging.

In Zukunft sollte alles diskreter abgehen, und an potentiellen Killern mangelte es der Stadt nicht.

Selten verstrich eine Nacht ohne neue Opfer. In dieser Zeit hörte ich zum ersten Mal Ausdrücke, die mir später sehr vertraut werden sollten.

»Paramilitärische Gruppen« und »Todesschwadrone«.

Das ist eine ziemlich scheinheilige Art, Mörder zu bezeichnen, die sich in nichts von der Bande der Limones unterschieden. Nur daß die Jungs aus Tuluá Manns genug gewesen waren, ihr Gesicht zu zeigen.

Die anderen verstellten sich und gaben sich als brave Bürger aus, die über jeden Verdacht erhaben waren. Oft waren es Beamte, die tagsüber Gesetz und Ordnung aufrechterhielten und sich, wenn es Nacht wurde, in brutale Henker verwandelten.

Das Land zu säubern bedeutete für sie nicht, die sozialen Mißstände zu beseitigen. Dabei konnte jeder Dummkopf sehen, daß diese der eigentliche Grund für die Krankheit waren, die das Land befallen hatte. Nein, sie glaubten, die ganze, riesige Krake würde sterben, wenn sie ihr nur ein paar Arme abhackten.

Keiner bot uns eine warme Mahlzeit an, einen Platz zum Schlafen, ein Paar Schuhe oder eine Decke.

Niemand schickte uns in die Schule oder zur Arbeit. Man stellte uns vor eine andere Wahl: entweder weg von der Straße oder eine Kugel zwischen die Augen.

Und die Opfer wurden immer jünger.

Ricardito, *el Calvo*, war einer von ihnen.

Sie überraschten ihn, als er auf dem Bürgersteig saß, *basuco* rauchte und völlig weggetreten eine Neonreklame für Nähmaschinen anstarrte. Sie fuhren ihn einfach über den Haufen. Anschließend lag er vier Stunden in einer Blutlache, bevor er endlich starb.

Ich erwarte nicht, daß Sie mir glauben. Sie können denken, was Sie wollen, aber ich erfinde keine Geschichten, nur um Sie zu unterhalten.

Zum Lügen braucht man eine Menge Phantasie, und davon hab ich zu wenig. Dafür ein ausgezeichnetes Gedächtnis, wenn ich will.

Einen Monat später steckten sie uns den Wagen in Brand.

Glücklicherweise waren wir gerade zur »Casa Vieja« aufgebrochen, keine zweihundert Meter entfernt. Da waren die Reste immer besonders gut.

Wir sahen einen grünen Wagen ein paar Runden drehen, dann flog eine Flasche, und im nächsten Augenblick stand der Lieferwagen in Flammen.

So einfach war das.

Alles, was wir hatten, verbrannte in wenigen Minuten.

Der Wagen hielt an der nächsten Ecke an, und die beiden Typen, die darin saßen, lachten. Sie hatten ganze Arbeit geleistet. Was wir vor wenigen Augenblicken zuvor noch als unser Zuhause angesehen hatten, war jetzt nur noch ein Haufen geschmolzenes Metall und ein Fleck auf dem Boden.

Ramiro drehte durch. Er nahm einen Stein und wäre auf die beiden losgegangen, um ihnen den Schädel zu zerschmettern, wenn ich ihn nicht festgehalten hätte. Wahrscheinlich wäre ich dann nicht nur das Zuhause losgewesen, sondern auch meinen einzigen Freund. Der jüngere der beiden Hundesöhne griff nämlich blitzschnell in die Tasche und zog einen Revolver.

Können Sie sich vorstellen, daß er nicht älter war als zwanzig?

Er schoß nicht, aber hätte Ramiro den Stein geworfen, hätte der Kerl ihm den Kopf weggeblasen. Ich weiß, wie man einen Revolver hält.

Auch in dieser Nacht habe ich nicht geweint.

Gründe hatte ich mehr als genug, aber ich war nicht einmal wütend. Im Gegenteil, mir kam es vor, als wäre es eine Glücksnacht gewesen. Wir hätten als durchgebratene *arepas* enden können.

Der grüne Wagen fuhr davon. Wenige Minuten später erschien ein fremder, eleganter Herr, der von einem Hotelfenster aus alles beobachtet hatte.

Er kam aus Barranquilla, drüben an der Küste. Als er erfuhr, daß man unser Haus angezündet hatte, nahm er uns bei der Hand und brachte uns ins »Tequendama«. Dort bestand er darauf, daß wir ein Zimmer bekamen, und wenn es im Keller war.

Er muß ein wichtiger Mann gewesen sein. Schließlich gab der Besitzer nach.

Wir schliefen in zwei riesigen Betten.

Am nächsten Tag kam eine schlechtgelaunte Alte und sagte, daß der Herr abgereist sei. Er habe jedem von uns tausend Pesos dagelassen, dafür müßten wir baden.

Außerdem hatte er uns etwas zum Anziehen gekauft.

Die Alte badete uns, gab uns die Pesos und die Kleider und setzte uns auf die Straße.

Der Herr? Hab nie erfahren, wer er war. Aber ich schwöre Ihnen, seitdem hab ich einem Barranquillano nie mehr etwas zuleide getan. Die Leute sind mir heilig.

Sicher. Auch in Barranquilla laufen jede Menge Arschlöcher herum, aber dieser Mann war der einzige, der je etwas für mich getan hat, ohne es zurückzufordern.

Wir waren sauber, sahen aus wie Kinder reicher Eltern und hatten obendrein zweitausend Pesos in der Tasche.

Und was haben wir gemacht?

Wir sind in eine Pizzeria gegangen und haben uns die Bäuche vollgeschlagen.

Es war ein tolles Gefühl, sich hinzusetzen, das Geld auf den Tisch zu legen und eine riesige Pizza mit Schinken und Zwiebeln zu bestellen.

Und sie am Tisch zu essen, mit einer Cola daneben. Keiner, der sie einem streitig machte, keiner, der einem auf die Nerven ging und ständig um ein Stückchen bettelte.

Und zum Nachtisch ein Eis.

Es gibt Dinge im Leben, die vergißt man nie. Ich werde mich immer an den Mann erinnern, der mir mein erstes weiches Bett, mein erstes Bad, neue Kleider und eine zivilisierte Mahlzeit ermöglichte.

Am Abend gingen wir zum kleinen Markt und kauften uns eine Decke. Und da wir gut angezogen waren und nicht wie Straßenkinder aussahen, konnten wir ungehindert in ein Haus schlüpfen und uns unter der Treppe zusammenrollen.

In dieser Nacht redeten wir viel.

Über das Hotel, die Pizza, wie schön die Klamotten waren und sogar über das Bad.

Drei Tage später sahen wir den grünen Wagen wieder.

Können Sie sich das vorstellen? Denselben grünen Wagen mit dem dunklen Dach, der verbeulten Stoßstange und dem Plüschjaguar im Fond.

Wir haben den Tankdeckel aufgebrochen, einen Lappen um einen Stock gewickelt und ihn reingetaucht. Wir warteten, bis er sich vollgesogen hatte, hängten ihn in den Tank und zündeten ihn an.

Das hat gekracht!

Der Wagen war genauso ein Schrotthaufen wie unserer. Als der eine Typ mit der Waffe in der Hand aus dem Restaurant gerannt kam, zeigten wir ihm den Finger und machten uns aus dem Staub.

Junge, Junge, sind wir gerannt!

Hätte er uns eingeholt, hätten wir keine Chance gehabt, aber er war ein Schlappschwanz und gab nach drei Blocks auf.

In dieser Nacht hab ich vor lauter Aufregung kein Auge zugetan. Ich glaube, ich war noch nie im Leben so glücklich.

Ich war gerade zwölf, aber zum ersten Mal hatte ich zeigen können, daß ich mehr war als nur ein schmutziger *gamín* oder ein Hund, den man ungestraft prügeln konnte.

Ich war ein Mann!

Was für eine dumme Idee, Señor, ein Mann! Daß ich nicht lache!

Auf alle Fälle wurden wir in dieser Nacht nicht nur Männer, sondern entrannen der Spezies der Straßenkinder oder Hunde ein für alle Mal.

Von nun an waren wir nur noch Ratten.

Was jetzt folgte, Señor, war brutale Gewalt. Es wurde Jagd gemacht auf verwahrloste Kinder, die bettelten, stahlen oder sich rumtrieben. Irgendwer schien der Meinung zu sein, daß es eine Schande für das Land war, der Welt soviel Elend zu zeigen.

Manche wurden in sogenannte »Erziehungsheime« oder »Kinderkolonien« auf dem Land verfrachtet. In Wirklichkeit waren es Strafanstalten für Kriminelle.

Die Kleinen wurden ständig von den Großen schikaniert und mußten tun, was diese wollten. Wer sich weigerte, setzte sein Leben aufs Spiel. Man schlitzte ihm den Bauch auf und wickelte ihm die Eingeweide um den Hals wie eine Krawatte.

Fragen Sie doch die Ehemaligen, wenn sie noch leben.

Ich hab viele gekannt. Ich werde Ihnen später von ihnen erzählen, wenn es Sie interessiert.

Was in den Heimen los war, wurde in der Stadt bald bekannt, und alle, die nicht dort als Hinterlader enden wollten, begannen sich zu verstecken.

Sie fingen uns mit dem Lasso wie tollwütige Hunde.

Man stand friedlich an einer Ecke und bettelte, ohne jemanden zu belästigen, und plötzlich packte einen ein Bulle am Schlawittchen, und im Handumdrehen hockte man in einem blauen Mannschaftswagen.

Ramiro haben sie mal am Kinoeingang geschnappt, aber er hat dem Kerl das Messer in den Arm gerammt, so daß er sofort wieder losließ.

Ramiro konnte verdammt gut mit dem Messer umgehen.

Er trug es immer hier, im Ärmel versteckt, und konnte es schneller ziehen als jeder andere.

Leider waren die neuen Klamotten, das warme Bad und die zweitausend Pesos nicht von Dauer. Bald waren wir wieder nichts weiter als verwahrloste Straßenkinder. Aber es war schlimmer als zuvor.

Sie müssen wissen, daß es auch unter Straßenkindern Unterschiede gibt. Es ist nicht dasselbe, ob man eine Mutter und eine Bleibe hat, auch wenn es das schmutzigste Loch ist, oder gar kein Zuhause.

Wenn sie einen packten und man ihnen zeigen konnte, daß man ein Dach über dem Kopf und jemanden hatte, der für einen verantwortlich war, kam man mit ein paar Tritten davon. Ramiro und ich waren obdachlos und elternlos, wir hatten keine Arbeit und schliefen in Hauseingängen. Wir waren vogelfrei. Wir wären hundertprozentig in einem der Erziehungsheime gelandet.

Wir hätten aber auch erschossen oder über den Haufen gefahren werden können wie der arme Ricardito.

Man sagt, in Rio de Janeiro, wo man viel mehr Wert darauf legt, Buch zu führen und alles aufzuschreiben, seien letztes Jahr vierhundertvierzig Jugendliche unter vierzehn Jahren »hingerichtet« worden, weil sie auf der Straße gebettelt hatten. Wenn sich eines Tages hier einer die Mühe des Zählens machen sollte, wird eine solche Zahl lächerlich sein.

Sechs von zehn Kindern in Brasilien sterben einen gewaltsamen Tod, Señor. Was sagen Sie dazu? Und hier ist es nicht anders.

In unseren Ländern macht man viele Kinder, aber keiner will für sie sorgen.

Vielleicht ändern wir uns eines Tages.

Vielleicht erzieht man uns anders.

Ich glaube nicht, daß irgendwer sich ändert, nur weil ich Ihnen meine Geschichte erzähle. Genausowenig wie die Kinder eines Schwarzen weiß werden, wenn er einem Weißen seine Geschichte erzählt.

Es ist in unserem Blut.

Es ist leichter, Kinder zu zeugen, sie auszusetzen und

zuzusehen, wie andere damit fertig werden, als sich selbst um sie zu kümmern.

Eines Morgens fanden wir die Leiche eines kleinen Kindes unter den Büschen im Park. Wir spürten, wie sich die Schlinge zusammenzog.

Man hatte ihm die Hände auf dem Rücken gefesselt, und in seinem Hals steckte ein Messer.

Der Junge war viel kleiner als wir. Verstehen Sie? Viel kleiner. Er hatte ein lahmes Bein und wäre nicht imstande gewesen, einer Fliege etwas zuleide zu tun. Er lag da mit Augen so groß wie Teller, starrte auf die Blumen und war mausetot.

Genausogut hätte es Ramiro oder mich treffen können. Am Nachmittag zuvor hatten wir uns noch in dieser Gegend herumgetrieben, wie fast jeden Nachmittag.

Es ist verdammt hart, sich hinzusetzen und anzusehen, was aus einem werden kann, wenn man nicht aufpaßt.

Vor allem, wenn man zwölf ist und nicht versteht, wie Leute so was tun können.

Ich versteh es heute noch nicht. Da haben Sie recht. Aber glauben Sie mir, diesen Morgen werde ich nie vergessen. Wir saßen vor der Leiche und wußten nicht, was wir tun sollten, bis ein Parkwächter vorbeikam.

Er war ein guter Mensch. So gut, daß er sich übergeben mußte, als er das Kind sah. Das hatten wir nicht getan.

Dann sagte er, wir sollten nach Hause gehen, und als er merkte, daß wir nirgendwohin konnten, sah er uns traurig an. Ich bin überzeugt, daß er echtes Mitleid mit uns hatte.

»Sucht euch ein Zuhause« sagte er. »Sucht euch ein Zuhause oder verschwindet aus dieser verfluchten Stadt! Ihr seid noch so jung.«

Es macht nicht gerade Mut, wenn das eigene Leben auf dem Spiel steht und sogar die Staatsbeamten keinen Weg wissen. Offensichtlich hatte der arme Kerl vor der Tatsache resigniert, daß sich irgendwelche Dreckskerle vorgenommen hatten, mit dem sozialen Geschwür aufzuräumen.

Wir Straßenkinder waren ein Geschwür, aber nicht die Krankheit. Uns zu beseitigen, ohne die Krankheit zu heilen, ist dasselbe, wie einem Aidskranken Schminke für seine Wunden in die Hand zu drücken.

Und noch wenn man den stinkenden Kadaver in ein Grab bettet und den Würmern überläßt, wird es Menschen geben, die versuchen, seine Pusteln zu verbergen. Wichtig ist nämlich nicht, daß er gestorben ist, sondern daß er an einer Krankheit starb, die keiner erkennen kann.

Verstehen Sie, was ich sagen will?

Macht nichts.

Wir gingen Hand in Hand. Wir hatten das noch nie getan, aber ich glaube, ohne die Nähe des anderen zu spüren, hätten wir keinen Schritt mehr tun können.

Es war uns egal, ob die Leute uns für schwul hielten oder so etwas. Wir zerbrachen uns den Kopf, wie wir eine Familie oder einen Erwachsenen finden sollten, der für uns Verantwortung übernommen hätte.

»Ich heiße Soundso, meine Mutter heißt Soundso, und ich wohne auf der Straße soundso, Nummer soundso.« Sehr einfach, was?

Sehr einfach, wenn man am Abend in diese Straße gehen konnte, wo die angebliche Mutter auf einen wartete.

Auch wenn sie einem rechts und links eine klebt oder sämtliche Rippen bricht, das macht nichts. Hauptsache, sie existiert. Das bedeutet, daß du kein echtes Straßenkind bist, auch wenn du dich den ganzen Tag auf der Straße herumgetrieben hast. Dann schickt dich keiner in ein Erziehungsheim oder murkst dich einfach ab.

Die Nacht kam wie immer pünktlich. In unserer kindlichen Phantasie waren wir bereits überzeugt, daß sich in dieser Nacht jemand auf uns stürzen würde, uns die Hände mit einem Draht auf dem Rücken fesseln und uns mit einem Messer den Hals aufschlitzen.

Gibt es etwas, das schlimmer ist als die Angst eines verstoßenen Kindes?

Wir setzten uns auf eine Bank und beobachteten, wie die Laternen angingen und sich die Straßen leerten. Ich schwöre Ihnen, damals ist mir zum ersten Mal bewußt geworden, wie ungerecht es war, daß es trotz so vieler Gebäude in der Stadt und so vieler beleuchteter Fenster kein Plätzchen gab, kein einziges, wo zwei zu Tode erschrockene Kinder trocken und sicher hätten einschlafen können.

Bis zu dem Moment hatte ich alles als Teil meines erbärmlichen Lebens gesehen, das ich so hinnehmen mußte, wie es war. Ich hatte nie daran gedacht, mich dagegen aufzulehnen. Aber in dieser Nacht ist mir ein Licht aufgegangen.

Da hockten wir, mit nichts weiter als einer Tasche, einer alten Decke, einem Stück Brot und etwas Käse. Zwei Rotznasen, die sich fragten, wo sie sich vor den Mördern verstecken sollten. Wir fühlten uns so verzweifelt und niedergeschlagen, wie wohl kein Kind jemals gewesen ist.

Und warum?

Was hatten wir verbrochen, daß man uns so strafte?

Wenn Sie eine Antwort darauf haben, Señor, sie würde mich interessieren. Auch wenn ich nicht mehr an Antworten glaube.

Wir hockten da, weil es Millionen von Erwachsenen scheißegal war, was aus uns wurde. Sie waren schlimmere Verbrecher als wir.

Dann sagte Ramiro, ohne mich anzusehen: »Es gibt nur einen Ort, wo sie uns nicht suchen werden.«

»Wo?«

Er zeigte auf den Kanaldeckel vor uns und sagte: »In den Kanälen.«

Die Abwasserkanäle.
Sind Sie je in einem gewesen?
Nein. Natürlich nicht. Was hätte einer wie Sie schon da unten verloren?
Der Gestank macht jeden fertig. Sogar einen wie mich, der an Gestank gewöhnt ist. Aber schlimmer als der Gestank oder die Ratten, die hin und her huschten, war die Angst vor den großen, dunklen Gewölben.
Wir hatten eine Taschenlampe gekauft, aber ihr spärliches Licht verstärkte nur den Eindruck der Dunkelheit, die sich in wenigen Metern Entfernung weiter ausbreitete. Es gab Augenblicke, da hab ich mir gewünscht, lieber oben unter freiem Himmel getötet zu werden, als noch eine Minute länger in der stinkenden Gruft verbringen zu müssen.
Aber Ramiro beschloß zu bleiben, und wir fanden eine kleine Nische in der Wand, anderthalb Meter über dem Wasserspiegel. Da kauerten wir uns unter die Decke, um uns vor der schrecklichen Feuchtigkeit zu schützen, die aus dem Boden und den Wänden kam.
Es wurde eine endlose Nacht.
Ständig das Gekreische der Ratten und das Rieseln des Wassers im Ohr.
Das Geräusch werde ich nie vergessen. Es erinnert an einen dahinplätschernden Bach oder an eine Schilfrohrflöte, die in unterschiedlich hohen Gewölben widerhallt.
Eine unheimliche Symphonie.
Als es endlich hell wurde – mein Gott, hatte das lange

gedauert! – fiel ein eigenartiges Licht durch die Kanaldeckel; die endlosen Gänge und das bröckelnde Gemäuer wirkten wie die Kulissen eines Gruselfilms aus der Stummfilmzeit.

Später stießen wir in einem der Gewölbe auf eine Gruppe von Kindern, die auf einer drei Meter hohen Plattform aneinandergekuschelt schliefen.

Es war klar, daß wir nicht die einzigen waren, die dieses Versteck gewählt hatten. In den folgenden Monaten füllte sich die Kanalisation von Bogotá mit Jugendlichen, als führten die Abwässer nicht Kot, sondern Diamanten mit sich.

Hab gehört, daß es heute mehr als fünftausend sind. Das überrascht mich nicht. Wenn sich niemand darum kümmert, das Problem auf den Straßen zu lösen, wird die Zahl wachsen, und dann gibt es eines Tages zwei sehr unterschiedliche Bogotás.

Ja, zwei Jahre. Zwei unglaubliche Jahre.

Das zweite war schrecklich. Es regnete in Strömen, und der Wasserpegel in den Kanälen stieg so an, daß wir oft dachten, er würde bis zur Decke gehen und uns ersäufen wie Kakerlaken oder Ratten.

Krankheiten ...?

Die Kleinsten knieten auf dem Boden, die Knie eng an die Brust gezogen, und zitterten und husteten, bis sie sich irgendwann einfach nicht mehr rührten.

Dann blieb einem nichts anderes übrig, als sie ins Wasser zu werfen und zuzusehen, wie sie wegtrieben – vorausgesetzt, die Kanäle führten genug Wasser. Eine Leiche die steilen Eisenstufen auf die Straße raufzuschleppen, das hätte unsere Kräfte überstiegen.

Nur tagsüber wagten wir uns ins Freie.

Muß ein unheimlicher Anblick gewesen sein, wenn plötzlich Hunderte von Kanaldeckeln aufgingen und schmutzige und hungrige Gestalten zum Vorschein kamen, die ins grelle Licht des Tages blinzelten. Aber die Passanten waren an so viele absurde Bilder gewöhnt, daß die menschlichen Maulwürfe sie bald nicht mehr interessierten.

Nein, die Bettelzeiten waren vorbei.

Als ich den ersten weichen Flaum über meiner Oberlippe wachsen spürte, begriff ich, daß es keinen Zweck mehr hatte, das Mitleid anderer wecken zu wollen. Nicht, weil ich mir damals wie ein frühreifer Mann vorkam, sondern weil ich eingesehen hatte, daß diejenigen, die uns wie Ratten leben ließen, gar nicht wußten, was Mitleid ist. Außerdem brauchte ich ihr Mitleid nicht.

Die da oben waren alle meine Feinde, egal wer. Jeder, der nachts nicht in unsere Hölle hinabsteigen mußte, gehörte automatisch zu ihnen. Ganz gleich, was man ihm antat, es war gerechtfertigt.

Was ist Ihnen lieber, die Uhr zu verlieren oder eine Woche mit den Ratten in den Kanälen zu verbringen?

Natürlich. Wenn Sie auch nur einmal da unten gewesen wären, würden Sie liebend gern auf Ihre Uhr, Brieftasche oder sonst was verzichten, um nie wieder da runter zu müssen.

Wenn diese Leute uns aber dazu verurteilten, so zu leben, hatten sie auch kein Recht zu jammern.

Wen ich mit »diesen Leuten« meine? Alle. Auch Sie.

Jeder, der durch die Straßen von Bogotá geht und sieht, was mit den Straßenkindern los ist, und nichts dagegen tut, hat es verdient, überfallen, ausgeraubt, zusammengeschlagen und umgebracht zu werden.

Natürlich ist das mein Ernst. Warum sollte ich mich verstellen?

Nach dem Gesetz ist jeder, der einen Mord beobachtet und ihn nicht zu verhindern versucht, ein Komplize. Er verdient seine Strafe.

Kennen Sie ein größeres Verbrechen als das, wovon ich Ihnen erzähle?

Oder glauben Sie wirklich, daß es schlimmer ist, den Liebhaber seiner Frau zu töten, den Freund, der einen verraten hat, den Polizisten, der einen verfolgt, oder den Kassierer in der Bank, als tatenlos zuzusehen, wie Hunderte von Kindern grausam ermordet werden?

Meiner Meinung nach gibt es eine aktive und eine passive Art von Moral. Eine ist die Moral derjenigen, die Verbrechen begehen. Die andere ist die derjenigen, die sich nicht selbst trauen, aber zulassen, daß andere für sie die Drecksarbeit erledigen.

Ich weiß nicht, ob ich mich klar genug ausdrücke. Die Welt wimmelt von Leuten, die sich für ehrenwert halten, weil sie persönlich nicht gegen die Gesetze verstoßen.

Das ist falsch, Ich weiß, daß es falsch ist, und was die anderen darüber denken, stinkt für mich nach Scheiße.

Ich weiß, wie Scheiße riecht. Ich bin darin aufgewachsen: bis zum Hals in der Scheiße.

Ganz beiläufig, mehr oder weniger unbewußt, setzte sich in mir die fixe Idee fest, daß jedesmal, wenn da unten ein Kind starb, einer von denen da oben bezahlen mußte.

Ja, ich gebe zu, daß meistens der Falsche daran glauben mußte, aber das war nicht unsere Schuld. Man kriegt nicht jeden Tag einen Minister zu fassen.

Wenn man Liebe sucht und keine bekommt, wenn man Mitleid sucht und keines bekommt, und wenn man vergeblich Arbeit und Brot sucht und vor die Wahl gestellt wird, entweder wie eine Ratte dahinzuvegetieren oder sich im Park abmurksen zu lassen, dann fackelt man nicht lange, sondern schlitzt dem erstbesten, der vorbeikommt, den Bauch auf.

Die Zeiten, wo wir Einkaufstaschen klauten und Geschäfte ausraubten, waren vorüber.

Es ging nicht mehr, wir waren zu alt.

Jetzt schlossen wir uns zu einer wirklich harten Gang

zusammen. Von der Art, wie sie die Bürger in Bogotá am meisten fürchten.

Wir waren zu siebt. Der Boß war ein gewisser Darío *el Tenazas.* Er hatte immer eine Zange bei sich, mit der er den Leuten, die wir ausraubten, unter der Nase rumfuchtelte.

»Stechen oder kneifen?« fragte er und lächelte. Der verdammte Hundesohn grinste sogar noch, wenn er jemanden umbrachte. Ganz gleich, wofür sich die Opfer entschieden, es war schlimm.

Beim Stechen ging es unter Umständen noch, je nach Laune. Aber das Kneifen war schrecklich. Er packte mit der Zange ein Stück Fleisch und drehte so lange, bis nur noch eine klaffende Wunde übrigblieb.

Der arme Kerl, den Darío mit seiner Zange erwischte, fiel für ein paar Stunden in Ohnmacht und behielt sein Leben lang eine Narbe als Andenken.

Mir gefiel Darío nicht besonders, aber es ging nicht um Freundschaften, sondern ums Überleben. *El Tenazas* wußte, wie man sich unter den rivalisierenden Straßenbanden Respekt verschaffte.

Als wir die tausend Verzweigungen des riesigen unterirdischen Labyrinths erst einmal kannten wie unsere Westentasche, mußten wir uns bei der »Arbeit« nicht länger auf bestimmte Viertel beschränken. Wir konnten auftauchen, wo wir wollten, zuschlagen und blitzschnell wieder verschwinden.

Da unten waren wir unbesiegbar.

Oder, besser gesagt, unantastbar. Nicht einmal eine ganze Armee wäre in der Lage gewesen, uns dem Herzen der Stadt, das nur uns gehörte, zu entreißen.

In einigen Fällen hatten wir Breschen zu den unterirdischen Gängen geschlagen, wo die Telefonkabel verliefen. Sie waren schmal und schlecht belüftet, aber sie dienten uns gelegentlich als Fluchtmöglichkeit, wenn es brenzlig wurde.

Ein plötzlicher Anstieg des Wasserpegels, die Ratten und die Krankheiten machten uns am meisten zu schaffen. Aber hier unten fühlten wir uns wenigstens vor den anderen Menschen sicher. Draußen war die Gefahr viel größer.

Bullen und paramilitärische Todesschwadrone machten Jagd auf uns. Jeder, der über vierzehn war und keine feste Arbeit hatte oder so aussah, als gehörte er zu einer Straßenbande, lief Gefahr, am hellichten Tag erschossen zu werden. Eigenartigerweise gab es später nie Augenzeugen.

Man hat uns nicht ehrlich leben lassen, und deshalb haben wir gestohlen. Man hat uns verfolgt, und wir haben uns mit noch mehr Gewalt gewehrt. Es war wie eine Schlange, die sich in den Schwanz beißt und immer dicker wird, weil sie sich selbst auffrißt.

Manchmal kann sogar ich zum Philosophen werden, was? Obwohl ich so lange unter der Erde gelebt habe.

Eines Tages stellte Darío *el Tenazas* seine Lieblingsfrage einem mickrigen Kerl mit blödem Gesicht, der aussah wie ein x-beliebiger Krämer: »Stechen oder kneifen?« Der aber zog plötzlich den größten Revolver, den ich je gesehen habe, und gab zurück: »Und du, soll ich dir lieber die Eier auspusten oder das Hirn?« Dann hielt er ihm seine Hundemarke unter die Nase und führte ihn nach Sesquilé.

Die Sache wäre nicht weiter aufregend gewesen. So etwas gehörte zu den Spielregeln. Aber drei Tage später fand man den armen Darío in einem Hauseingang. Mit seiner eigenen Zange hatte man ihm über zwanzig Fleischstücke ausgerissen, darunter Nase, Ohren und Geschlechtsteile. Er muß unter schrecklichen Schmerzen verblutet sein.

Das waren schlechte Nachrichten.

Sie müssen zugeben, daß so etwas einfach zu weit ging. Wenn sie uns einschüchtern wollten, so hatten sie damit genau das Gegenteil bewirkt. Selbst die Gewalt verliert ihren Schrecken, wenn man den Bogen überspannt.

Nicht einmal die anderen Straßenbanden konnten dieses Vorgehen gutheißen. Sie sagten uns Hilfe zu, falls wir den Tod unseres Anführers rächen wollten.

Zehn Tage später berichtete man uns, daß ein Typ, auf den die Beschreibung des Krämers paßte, jeden Morgen in einer Bar namens »La Candelaria« frühstückte.

Ramiro ging hin, um es zu überprüfen.

Es stimmte. Um Punkt acht Uhr morgens frühstückte er, ließ sich die Schuhe putzen, trank einen Schluck Rum und machte sich dann auf den Weg, um Verbrecher zu jagen.

Ich zog das Los.

Fragen Sie mich nicht, warum. Ich zog es eben.

Ich beschaffte mir einen Schuhputzkasten, und die Jungs sorgten dafür, daß der Typ, der ihm sonst die Schuhe putzte, in dieser Woche zu Hause blieb.

Am vierten Tag tauchte ich, so sauber geschrubbt wie möglich, in der Bar auf, putzte den Kunden die Schuhe und ging hin, als der Kerl nach mir rief.

Er saß auf einem Hocker an der Theke, und sein Fuß reichte kaum bis runter auf den Kasten, so klein war er. Trotzdem wienerte ich ihm zuerst den linken Schuh blitzblank.

Dann streckte er mir den rechten Fuß entgegen und schlug eine Zeitung auf, so daß ich sein Gesicht nicht mehr sehen konnte.

Ich hatte den Revolver in einem Tuch versteckt und drückte, ohne ihn auszuwickeln, dreimal ab.

Dann rannte ich aus der Bar. Ich wußte nicht einmal, ob ich getroffen hatte.

Ramiro, der vorsichtshalber in der Nähe geblieben war, erzählte mir später, daß man den Kerl mit einem Laken bedeckt und mit den Füßen voran hinausgetragen hatte.

Ach, lassen Sie mich in Ruhe. Ich hab es getan, und damit basta.

Ich nehme an, daß mir nichts anderes übrigblieb. Wie ich schon sagte, Darío war nicht mein Freund, aber es gibt Dinge, die kann man einfach nicht durchgehen lassen. Vielleicht hatte ich es auch satt, immer ein Angsthase zu sein.

Das ist dasselbe, als wollte eine Hure, die sich früher umsonst bumsen ließ, plötzlich dafür bezahlt werden. Wenn sich die Welt an mir vergriff, dann sollte sie jetzt wenigstens einen Grund dafür haben. Und einen Geheimbullen abzuknallen, schien kein schlechter zu sein.

Leichtsinnig?

Man sagt, nur zwei von zehn Straßenkindern werden älter als fünfzehn. Und mir fehlte nicht mehr viel dazu. Wenn man in dem Alter nicht leichtsinnig sein darf, wann dann?

Ich hatte die Nase voll, Señor. Das Wasser stand mir bis zum Hals. Was machte es schon aus, ob es ein Bulle, ein Priester oder der Weihnachtsmann war? Ich mußte Dampf ablassen und hatte keine andere Gelegenheit, als es mit der Waffe in der Hand zu tun.

Versetzen Sie sich in meine Lage und sagen Sie mir, wie lange Sie das ausgehalten hätten.

Ich weiß nicht viel von der Welt, Señor, aber eine vage Vorstellung von dem, was jetzt passiert und was früher war, habe ich schon. Wenn ich im Fernsehen sehe, wie die Ärmsten der Armen leben und die Kinder in Afrika vor Hunger sterben, bin ich traurig. Andererseits sterben sie in den Armen ihrer Mütter, die ihnen wenigstens Liebe schenken, wenn sie schon nichts anderes zu bieten haben.

Das stimmt. Die Kinder in Äthiopien sind nur Haut und Knochen, und wenn die Kamera die sandige Wüste zeigt, versteht man, wie wenig man da machen kann.

Trotzdem bringt man ihnen von weither Nahrungsmittel.

Aber in Bogotá, Señor, da sieht es anders aus.

Über den Köpfen der Kinder dort erheben sich riesige Wolkenkratzer, wo man mit Edelsteinen handelt und das

Geld nur so aus dem Fenster wirft. Allein mit dem Drogenhandel wird so viel Geld gemacht, daß der Erlös eines einzigen Tages genügen würde, um mit dem ganzen Elend aufzuräumen.

Das ist der Unterschied.

Und deshalb hat der, der diese Tragödie am eigenen Leib erfahren hat und sich in den Kanälen verstecken mußte, um nicht umgebracht zu werden, auch das Recht, auf alles zu scheißen.

Den Schweinehund hab ich kaltgemacht, und ich glaube nicht, daß ich Ihnen oder sonstwem Rechenschaft dafür schuldig bin.

Wir gehören nicht derselben Gattung an, auch wenn Sie versuchen, mir weiszumachen, daß wir beide Menschen sind.

Wenn Menschsein heißt, zuzulassen, daß Artgenossen in Abwässerkanälen hausen müssen, möchte ich kein Mensch sein.

Und wenn das Ihre Vorstellung von Gerechtigkeit ist, kann ich nur lachen.

Genau wie meine Jungs.

Wir sind von einer anderen Art.

Einer besseren? Wieso einer besseren?

Was verstehen Sie unter besser? Weder einer besseren noch einer schlechteren, einfach nur einer anderen. Für mich bedeutet allein die Tatsache, anders zu sein, eine Verbesserung.

Für Leute wie Sie ist es ein Verbrechen, einen Bullen umzulegen, während er sich die Schuhe putzen läßt.

Für Leute wie uns dagegen ist es nur logisch, wenn wir uns an dem rächen, der *el Tenazas* zu Tode folterte. Auge um Auge, Zahn um Zahn.

Und außerdem geht Sie das gar nichts an. Sie sind weder mein Vater noch mein Richter oder Beichtvater.

Sie sind nur hier, um zuzuhören.

Ramiro wollte lesen lernen.

Lesen und schreiben natürlich. Das eine hängt ja wohl mit dem anderen zusammen.

Schon als Kind war Ramiro vor sämtlichen Straßenschildern, Kinoreklamen und Zeitschriften an den Kiosken stehengeblieben. Dann hatte er denselben sehnsüchtigen Ausdruck im Gesicht, wie wenn er die Schaufenster der Konditoreien betrachtete. Nichts erniedrigte ihn mehr, als jemanden nach dem Titel eines Filmes oder der Aufschrift auf einem Schild fragen zu müssen.

Für ihn hatten Buchstaben etwas Magisches. Es war eine Art Zauber oder Hexerei, um in andere Welten zu gelangen. Er betonte immer, daß von uns unten in den Kanälen keiner lesen und schreiben konnte, während die meisten draußen dies sehr wohl beherrschten. Also war klar, daß es von großem Nutzen sein mußte, lesen und schreiben zu können.

Ich gab zurück, ich müßte nur zwanzigtausend Pesos in der Lotterie gewinnen, und schon wären wir raus aus dem Loch. Fast um dieselbe Zeit, als ich beschloß, daß ich mit einem Revolver in der Tasche nicht mehr in die Kanäle zurück müßte, schien Ramiro zu einem anderen Schluß gekommen zu sein. Für ihn lag der einzige Weg im Lernen.

Armer Ramiro!

Er meldete sich in einer Schule unten in »La Capuchina« an. Das erste, was man ihm sagte, war, daß er mit seinen Eltern oder seinem »Vormund« wiederkommen sollte.

Wir sind fast verrückt geworden, um rauszukriegen, was

das mit dem Vormund bedeutete, bis uns jemand erklärte, das sei jemand, der für einen verantwortlich sei.

Natürlich hatte Ramiro keinen Vormund, ganz zu schweigen von Eltern.

Er ging zu einer anderen Schule, und da erklärte man ihm, er müßte eine Geburtsurkunde vorlegen oder wenigstens irgendein Papier, um zu beweisen, daß es ihn gab.

Ramiro griff nach einem Blatt, rotzte darauf, zeigte es der Sekretärin und fragte, ob das Papier ein Beweis war.

Sie gaben ihm einen Tritt in den Hintern und warfen ihn raus.

Er klapperte vier oder fünf weitere Schulen ab, bis ihn schließlich eine Señorita in »Santa Inés« in ihren Unterricht aufnahm. Es war zum Totlachen, denn die Kinder steckten beinahe noch in den Windeln, und die Wahrheit ist, ich hab mich für ihn geschämt, als ich sah, wie er da zwischen den anderen in der Schulbank hockte und sang: »B mit A macht Ba. B mit E macht Be.«

Die Lehrerin hatte auch mich eingeladen, aber ich schwöre Ihnen, mir kam das einfach nur lächerlich vor.

Damals wußte ich nicht, daß es noch viel lächerlicher ist, durch die Welt zu gehen, ohne schreiben und lesen zu können. Wie oft habe ich den Tag bereut, an dem ich mir zu schade war, um mit den Knirpsen die Schulbank zu drükken.

Schließlich hatte ich bereits einen umgelegt.

Manchmal frage ich mich, was aus mir geworden wäre, wenn ich Ramiros Beispiel gefolgt wäre und die Schulbank gedrückt oder auch sonst auf ihn gehört hätte. Eines Tages kam er zu mir und erzählte, daß er eine Arbeit angenommen hätte, die seine Lehrerin ihm in einer Bäckerei auf der Carrera Catorce besorgt hatte.

Die Arbeit bestand darin, von drei Uhr nachmittags bis vier Uhr morgens Mehlsäcke auszuladen. Da er um acht schon wieder in der Schule sein mußte, lief der arme Kerl nur noch wie ein Schlafwandler durch die Gegend.

Zum Lohn gab es fünfzig Pesos im Monat, so viel Brot, wie er wollte, und eine Ecke, wo er sich zwischen den Mehlsäkken aufs Ohr hauen konnte. Wenn er aufsprang und den Staub abschüttelte, sah er immer aus wie ein Gespenst.

Viel später und als Erinnerung an die harte Zeit damals legte sich Ramiro den Spitznamen *Blanco* zu.

Er fehlte mir sehr.

Ich fühlte mich wieder wie ein Waisenkind, und manchmal klammerte ich mich an den Gedanken, daß vielleicht auch ich so eine Arbeit finden könnte. Aber es gab nichts. Ich schlug mich eine Zeitlang als Schuhputzer durch und sammelte zwei oder drei Monate lang Kartons und Flaschen, die ich einer alten Frau verkaufte. Aber es reichte nicht einmal zum Essen, geschweige denn, um sich ein Dach über dem Kopf zu leisten.

Sonntags fuhren wir mit dem Bus zu einem kleinen Fluß außerhalb der Stadt, wo wir badeten. Wenn die Sonne schien, wuschen wir unsere gesamte Wäsche und breiteten sie zum Trocknen auf dem Rasen aus.

Ramiro brachte immer drei große Brote mit, die Jungs und ich sorgten für Käse, Wurst und Bier. Nachdem wir Fußball gespielt hatten, futterten wir gemütlich und fuhren gegen Abend wieder »nach Hause«.

Ach, war das schön!

Manchmal war das Wasser eiskalt, aber wir liefen uns schnell warm. An bedeckten Tagen blieben die Klamotten feucht, trotzdem lohnte es sich, den vielen Dreck loszuwerden.

Haben wir damit jemandem geschadet?

Señor, ich frage Sie. Wem haben wir geschadet?

Wir waren nur Kinder, die am Sonntagmorgen auf einem Feld vor der Stadt Fußball spielten und ihren Spaß hatten.

Nicht mal die Kühe haben sich daran gestört.

Es gab eine Menge Kühe in der Gegend, aber sie schienen sich nicht besonders für unser Kicken zu interessieren. Sobald wir zu spielen anfingen, suchten sie gelangweilt das Weite.

Also frage ich noch einmal, wen haben wir gestört?

Ich sehe, Sie wissen es auch nicht.

Ich hab mir diese Szene tausendmal durch den Kopf gehen lassen und habe es nie ergründen können. Wie konnte jemand auf die Idee kommen, daß wir etwas Schlechtes taten?

Eines Tages brach Mingo, der an Tuberkulose erkrankt war und daher als Torwart spielte, mitten in der Partie zusammen.

Wir merkten zuerst gar nichts, doch als wir ihm zuriefen, er solle endlich aufstehen und den Ball holen gehen, entdeckten wir, was passiert war. Er hatte eine kleine Schußwunde hinter dem linken Ohr, die noch blutete. Man hatte ihn von ein paar Bäumen aus, etwa zweihundert Meter entfernt, kaltblütig erschossen. Wahrscheinlich war es ein Gewehr mit Zielfernrohr gewesen.

Was weiß ich? Jemand, der keine Straßenkinder mochte, nicht mal, wenn sie sauber und splitternackt waren.

Sie hatten ihn wie ein Stück Wild auf der Wiese abgeknallt. So einfach war das. Vielleicht machten sie Schießübungen und nutzten die Gelegenheit, die Stadt von einem weiteren gefährlichen Straßenjungen zu säubern.

Mingo war noch keine elf und hatte sein Leben lang gehustet und Blut gespuckt.

Vielleicht hat ihm der, der ihn umlegte, sogar einen Gefallen getan, indem er ihm weiteres Leiden ersparte. Doch an dem Tag, in dem Augenblick war er glücklich gewesen. Er hatte erst drei Tore kassiert.

Als Torwart war er nämlich eine Katastrophe.

Wir haben uns von einem Bauern eine Hacke geliehen und ihn hinter dem Tor begraben.

Was hätten wir sonst machen sollen? Bestimmt gefiel es ihm da besser als in einem Massengrab.

Am nächsten Sonntag suchten wir uns einen Platz weiter weg von den Bäumen.

Nichts passierte, aber drei Wochen später haben sie wieder vom Wäldchen aus auf uns geschossen. Gott sei Dank wurde niemand getroffen.

Ich erinnere mich noch sehr gut an den Tag.

Wir hatten gerade gegessen und lagen in der Sonne. Manche rauchten eine Zigarette, andere gaben sich ihren diversen Suchtmitteln hin.

Ein paar Meter von mir entfernt hatte sich Nina zusammengerollt und war eingeschlafen.

Nina war genau wie ein Junge. Vielleicht sogar noch schmutziger, aber an dem Tag hatte auch sie gebadet. Zum ersten Mal fiel uns auf, daß sie winzige Titten und unten Haare bekommen hatte.

Sie war elf oder zwölf und so dünn, daß es schwer zu sagen war.

El Pinguino, Ramiro, Elias und ich, die Ältesten, beobachteten sie nervös. Als es dann knallte und uns die Kugeln um die Köpfe flogen, gerieten wir in Panik.

Etwa drei Meter von uns entfernt gab es einen kleinen Graben, in dem wir fünf Hals über Kopf Zuflucht suchten. Der Rest der Gruppe nahm die Beine in die Hand und rannte oder versuchte, sich zu verstecken.

Die Schüsse fielen in weiten Abständen. Wir blieben zusammengekauert da unten liegen, nackt und voller Angst.

Irgendwann sagte *el Pinguino* zu ihr: »Mach die Beine breit!« Sie gehorchte ohne ein Wort.

Ich glaube, wir alle vier haben es nicht geschafft, sie zu entjungfern.

Vielleicht aus Angst vor den Kugeln. Oder weil die anderen zusahen und keiner von uns es je zuvor gemacht hatte. Doch obwohl sie nicht den geringsten Widerstand leistete, war es bei uns schon zu Ende, bevor es richtig losging.

Sie wollen mir doch nicht weismachen, daß Ihre erste sexuelle Erfahrung ein Erfolg war?

Bei mir war es jedenfalls anders.

Elias wollte es nochmal versuchen, aber langsam wurde es dunkel, und Nina machte ihm klar, daß sie fürs erste genug hatte.

Bei meinem nächsten Mal hatte dann eine Straßendirne die Hand im Spiel. Aber das ist eine andere Geschichte, die ich Ihnen bei Gelegenheit erzählen werde.

Sie haben wohl gemerkt, daß ich sehr methodisch vorgehe. Organisiert und methodisch. Alles am richtigen Platz und zur richtigen Zeit.

Möglich, daß das die logische Folge meiner Kindheit auf der Straße und in den Abwasserkanälen ist. Ramiro und ich hatten nur eine Tasche, in der wir eine alte Decke, eine Dose und ein halbes Dutzend unnützer Dinge verstaut hatten. Wenn wir plötzlich die Flucht ergreifen mußten und die Tasche verloren ging, war es mehr oder weniger egal. An solchen Sachen hingen unsere Erinnerungen oder Gefühle nicht.

Später, viel später, als ich schließlich zu etwas gekommen war, mußte ich immer genau wissen, wo es war, und wollte es aufbewahren, sogar wenn es zu nichts mehr taugte.

Fünfzehn Jahre alt zu werden, ohne einen Namen zu haben, hinterläßt seine Spuren.

Nicht mal an meine erste Liebe habe ich eine angenehme Erinnerung.

Das zweite Mal mit Nina lief es schon wesentlich besser. Sie war keine Jungfrau mehr und hatte in der Zwischenzeit einiges gelernt.

Drei Monate später hatte sie es mit der Hälfte aller Taxifahrer in Bogotá getrieben und sich gratis durch die ganze Stadt kutschieren lassen.

Mädchen lernen verdammt schnell.

Auch Ramiro lernte, aber so schnell war er nicht. Eines Tages entdeckte ich ihn, wie er am Hintereingang der Bäckerei saß und die Zeitung las. Ich konnte es kaum fassen. Er wußte, welcher Film in welchem Kino der Stadt lief, wovon der Film handelte und sogar, ob die Kritiker ihn gut fanden oder nicht.

Ich hatte keine Ahnung, daß solche Sachen in der Zeitung standen. Ich hatte immer geglaubt, sie berichteten nur über Fußball, Baseball, die Regierung und die Toten.

So erfuhren wir auch von Kinos, die weiter weg lagen und die wir noch nie besucht hatten.

Zugegeben, jetzt war ich doch ein bißchen neidisch auf Ramiro, weil er lesen und schreiben gelernt hatte. Aber nicht, weil ich es auch gern gekonnt hätte, das war mir damals egal, sondern weil er sich dauernd mit Büchern und Zeitungen beschäftigte und mich darüber manchmal vergaß.

Er wurde ungeduldig, wenn er mir Dinge erklären mußte, von denen ich keine Ahnung hatte. Langsam, ohne es zu wollen, gab er mir das Gefühl, daß er etwas Besseres war als ich, weil er seinen Namen schreiben konnte.

Mit all seinen Verpflichtungen in der Bäckerei, der Schule und mit all den Büchern hatte er immer weniger Zeit für mich. Was später geschah, war teilweise Folge dieser Entwicklung.

Wenn sich Ramiro nicht so darauf versteift hätte, lesen und schreiben zu lernen, hätte ich vielleicht anders reagiert und nicht so viele Dummheiten gemacht.

Das kommt Ihnen sicher albern vor, und vielleicht haben Sie recht. Ich glaube, damals wollte ich ihm einfach beweisen, daß Lesen und Schreiben nichts Besonderes war und ich genauso wichtig sein konnte wie er, wenn ich wollte.

Schließlich war es allgemein bekannt, daß wir einen Bullen umgelegt hatten.

Zu bekannt für mein Empfinden. Eines Morgens kam Elias und sagte, ein Schwuler aus dem Bordell von Maria *Ladillas* erzähle überall herum, daß die Zivilbullen einen Jungen aus der Bande des verstorbenen Darío *el Tenazas* suchten, der einem die Schuhe mit einem Revolver im Kasten putzte.

»Hier unten werden sie dich nicht suchen«, sagte er. »Aber halt die Augen offen, wenn du den Kopf rausstreckst.«

Elias hatte einen venezolanischen Akzent, weil er in Maracaibo gelebt hatte, bis man seine Mutter, die aus Cúcuta an der Grenze stammte, ausgewiesen hatte.

Er träumte immer davon, nach Maracaibo zurückzukehren.

Auch er mußte dran glauben.

Warum? Keine Ahnung. Ich weiß nur, daß es um Rauschgift ging. Er war voll auf dem Trip, und wie Sie wissen, ist *basuco* ein schlechter Reisebegleiter.

Von dem Tag an, als Elias mir das erzählt hatte, hielten alle Ausschau nach Geheimbullen, die mir den Garaus machen wollten. Ich blieb die meiste Zeit unten, bis mein Gesicht aussah wie das einer Kakerlake.

Ramiro überzeugte mich schließlich, daß ich krank würde, wenn ich noch länger in den Kanälen blieb. Ich beschloß, mich eine Weile zu verziehen und arbeitete eine Zeitlang außerhalb der Stadt, in einer Ziegelfabrik unweit von »El Dorado«.

Sogar die Sklaven hatten es besser! Die Arbeit eines Chircalero ist das Härteste, das sich je einer ausdenken konnte. Sofern man Ziegelsteine schleppen in schlammigem Boden überhaupt Arbeit nennen kann.

In der Ziegelfabrik werden die Blöcke angerührt und dann geschnitten. Das ist Sache der richtigen Arbeiter. Die, die fest angestellt sind, Papiere und einen Vertrag und all diese Sachen haben. Später, wenn viele Steine fertig sind, dreißig- oder vierzigtausend Stück, werden sie in den Brennofen gebracht und dort aufgestapelt. Anschließend mußten wir das Brennholz vorbereiten, anzünden, warten, bis sie gebrannt waren, die Asche wegschaffen und die Ziegelsteine, wenn sie endlich kalt waren, vorsichtig rausholen und auf Lastwagen laden.

Wenn wir Glück hatten, kamen wir dabei zum Einsatz und wurden entweder nach Blocks oder nach Ziegelsteinen bezahlt.

Machten wir einen kaputt, wurden uns zwei abgezogen. Es gab viele Regentage, und dann war alles voller Schlamm. Wer nicht höllisch aufpaßte, flog mit der ganzen Ladung auf die Schnauze.

Ich schaffte immer nur zwei auf einmal, und das mit viel Mühe. Wenn ich hinfiel und sie kaputtgingen, konnte ich zweimal umsonst schleppen.

Drei- bis fünfhundert Meter. Kam darauf an, wie weit weg sie aufgestapelt wurden.

An Tagen, wo es etwas zu schleppen gab, stand ich um vier Uhr früh auf und reihte mich in die Schlange ein, um unter den ersten zu sein. Wenn sie genug Männer hatten, machten sie nämlich dicht.

Es war auch deshalb günstig, unter den ersten zu sein, weil die Menge einen immer weiter nach vorn drängte und die Wachmänner keine Zeit hatten, nach Papieren zu fragen.

Eigentlich konnte man ohne Papiere nicht mal Ziegelsteine legal schleppen.

Fragen Sie mich doch so was nicht...

Wenn es keine Arbeit gab, ich nicht unter den ersten war oder man mich nicht reinließ, gab's auch keine Kohle.

Wenn es geregnet hatte und der Boden rutschig war und ich zu viele Ziegelsteine zerbrach – denn die Dinger sind verdammt zerbrechlich, auch wenn sie nach dem Brennen fester werden –, rackerte ich mich praktisch umsonst ab.

Um sechs Uhr war Feierabend, und wenn alles gut lief, kassierte ich dann zehn Pesos.

Ungefähr zu vierzig schliefen wir in einer Art offenem Schuppen neben der Fabrik. Er bestand aus zwei Wänden und einem Wellblech als Dach, aber sie hatten ihn direkt an die Hinterwand des Ofens gebaut, so daß es warm war, wenn er lief. An den übrigen Tagen machten wir Feuer mit Brennholzresten.

Sonntags besuchte mich Ramiro, aber mir war nicht nach Fußballspielen oder Baden. Mein Rücken tat so weh, daß ich mich kaum rühren konnte.

Ramiro brachte drei Brote, und zwei davon tauschten wir gegen eine Dose Thunfisch oder Sardinen. Meistens saßen wir in einer Ecke des Schuppens und aßen, während er mir von dem Film erzählte, den er am Samstag gesehen hatte, oder was in der Zeitung gestanden hatte.

Es war traurig. Traurig und deprimierend. Es war kalt, regnete in Strömen. Ich kam mir vollkommen entwurzelt vor. Ich schwöre Ihnen, manchmal hab ich sogar das Leben in den Kanälen vermißt.

Bogotá war die Welt, in der ich groß geworden war. Hier hatte ich gelernt, mich zu behaupten, hier ging ich hin und wieder ins Kino oder blieb vor einem Schallplattenladen stehen, um zu einer Cumbia zu tanzen.

Es gab Autos, Werbung, Fußgänger und Verkaufsbuden, wo man *arepas* oder *empanadas* kaufen konnte. Und wenn man nicht gerade Kakerlaken und Ratten Gesellschaft leistete, hatte man wenigstens das Gefühl, am Leben zu sein.

Aber draußen in der Fabrik kam es mir vor, als wäre alles im Schlamm versunken.

Rötlicher Schimmel bedeckte Boden, Wände, Dächer, Lastwagen und sogar die Menschen.

Wenn man ein Bad nahm, war das Wasser hinterher rot. Man konnte die Wäsche noch so sehr auswringen, es gab keine Möglichkeit, die verdammte Farbe loszuwerden. Selbst das Essen schmeckte nach dem Staub, der einem in der Nase klebte.

Die Männer waren mürrisch. Gab es keine Arbeit, gab es auch kein Geld. Gab es Arbeit, dann waren am Ende des Tages alle fix und fertig.

Die Fabrik stand auf einem riesigen freien Feld, mehr als zwei Kilometer von den nächsten Häusern entfernt. Man mußte sich schon wirklich aufraffen und im Regen einen langen Spaziergang durch den Schlamm auf sich nehmen, wenn man mal ein Bier trinken oder eine Schachtel Zigaretten kaufen wollte.

Wenn es nicht regnete, kamen Nutten. Sie können sich vorstellen, was für welche, wenn sie sich mit Freiern zufriedengaben, die nicht mal genug zu beißen hatten, ganz zu schweigen von der Kraft, es einer Frau zu besorgen.

Es war die Hölle!

Das Leben des Ziegelbrenners ist die schlimmste aller Höllen. Aber offenbar wollen Sie, daß ich diese traurige Geschichte weitererzähle.

Finden Sie wirklich kein besseres Thema für Ihr Buch? Ich könnte mir vorstellen, daß Sie viele schöne Orte auf der Welt und lustige Geschichten kennen, über die Sie schreiben könnten. Mir will einfach nicht in den Kopf, daß Sie sich die Mühe machen herzukommen, nur um so viel Schreckliches zu hören.

Sie werden kein einziges dieser Bücher verkaufen, das garantiere ich Ihnen. Niemand hat Lust auf so viel Elend. Und wenn doch, dann nur, weil er nicht ganz richtig im Kopf ist.

Das Ziegelbrennen kann selbst die stärksten Männer zugrunde richten, und ich war damals ein schwächliches Kind.

Eines Tages beschloß Ramiro, nicht ohne mich in die Stadt zurückzukehren.

Selbst das Gehen fiel mir schwer. Ich hatte einen furchtbaren Husten, der meine Lungen zerfetzte, und an manchen Tagen stolperte ich so oft, daß mehr Ziegelsteine zerbrachen als am Bestimmungsort ankamen.

Er versteckte mich in der Bäckerei, unter einem Haufen Säcke. Da blieb ich eine Woche, aß und erholte mich. Der einzige Haken bestand darin, daß ich mir jedesmal in den Finger beißen mußte, wenn der Besitzer da war, damit ich mich nicht durch meinen Husten verriet.

Er war kein schlechter Mensch. Ramiro schien ganz zufrieden bei ihm. Aber Ramiro war auch überzeugt, daß er auf der Stelle gefeuert würde, wenn der Alte erfuhr, daß er seine Bäckerei in ein Hospital für Straßenkinder verwandelt hatte.

Meine Notdurft verrichtete ich in einen Eimer, den Ramiro nachts leerte. Ich schlief, wenn nicht gearbeitet wurde, und stopfte so viel Brot in mich rein, daß mein Gehirn nur noch aus Krümeln bestand.

Endlich nahm ich ein bißchen zu.

Das war kein Kunststück. Nach der Ziegelfabrik hätte ich schon nach einem Apfel ausgesehen, als wär ich schwanger.

Es war etwa um die Zeit, da schlug mir *el Pinguino* vor, den Bus nach Monserrate zu überfallen. Er hatte alles genau studiert, wußte, um welche Zeit die Touristen einstiegen, die später die Seilbahn zum Kloster nahmen, und an welchem Punkt der Straße wir in den Wald laufen und zur Carrera Veintiseis gelangen konnten, bevor der Fahrer Zeit hatte, den Überfall zu melden.

Mir gefiel der Plan, aber ich brauchte noch mindestens zehn Tage, um einen solchen Waldlauf durchzustehen.

Ramiro versuchte, mir das Ganze auszureden. Er sagte, einer der Jungen, die Brot ausfuhren, solle befördert werden, und er wolle versuchen, mir seinen Job zu besorgen. Ich machte meine eigene Rechnung auf und kam zu dem Ergebnis, daß ich anderthalb Jahre arbeiten müßte – falls ich den Job überhaupt bekam –, um das zu verdienen, was ich bei dem Überfall auf einen Schlag kassieren konnte.

Es war Donnerstag, und wir waren zu dritt. *El Pinguino, el Papafrita* und ich.

Um es kurz zu machen: *El Pinguino* haben sie auf der Stelle erwischt, *el Papafrita,* den ich danach nie wiedersah, verpaßten sie einen Schuß ins Bein, eine alte Gringa blieb auf der Straße liegen und schrie in einer fremden Sprache, und ich verlor den Revolver, mit dem ich den Zivilbullen erledigt hatte.

Um ein Haar hätte ich obendrein ein Auge eingebüßt!

Die Beute? Hundertvierzig Pesos.

Sie haben richtig gehört. Hundertvierzig Pesos und drei Glanzbildchen der Heiligen Jungfrau, denn der einzige, der seine Brieftasche rausrückte, war ein dicker Pater.

Was für ein Leichtsinn, Señor! Diese Leute waren so leichtsinnig...!

Man sitzt im Bus, mitten im Urlaub, und drei bewaffnete Hungerleider fordern einen auf, ein bißchen Geld und die Uhr rauszurücken, und statt ihnen zu gehorchen und gemütlich ins Hotel zurückzufahren, zettelt man eine Schießerei an und riskiert, daß Menschen dabei draufgehen.

Ich hab an dem Tag nicht mal abgedrückt. Als *el Pinguino* zusammenklappte, bin ich losgelaufen, durch den Wald, und erst in Planetario wieder stehengeblieben.

Es gibt eben Leute, die sind verrückt nach Waffen und spielen gern den Helden.

Ein Held, weil man nicht auf tausend Pesos und eine Uhr verzichten will? Lieber Himmel...!

Solche Leute gehören in den Knast. Nicht weil sie an dem Tag *el Pinguino* kaltgemacht und *el Papafrita* zum Krüppel geschossen haben, sondern weil uns diese Typen zwingen, das nächste Mal bei der geringsten Bewegung draufloszuballern. Und dann muß wahrscheinlich ein Unschuldiger dran glauben.

Ich sehe es genau vor mir. In dieser Nacht hat der Bursche überall herumerzählt, wie er einen halbwüchsigen Bengel, der ein Messer in der Hand hatte, mit einem einzigen Schuß getötet, einen weiteren zum Krüppel geschossen und einen dritten in die Flucht geschlagen hat. Was er nicht erzählen konnte, war, daß ich drei Monate später einem Touristen eine Kugel verpaßte, weil dieser allzu hastig nach seiner Brieftasche griff.

Wer im Dschungel lebt, wird zum Raubtier, heißt es.

Glauben Sie nicht, ich wollte mich rechtfertigen oder anderen die Schuld in die Schuhe schieben. Sie sollen nur meine Motive verstehen.

Für alles, was ich bin und was ich getan habe, bin ich selbst verantwortlich. Denn ein Straßenkind, das alle Hindernisse überwunden und es geschafft hat, erwachsen zu werden, sollte mehr Vernunft und Selbstsicherheit haben als ein Mann von dreißig.

Auf der Straße lernt man verdammt schnell, aber unter der Straße muß man schneller sein als Fittipaldi.

Nein, da irren Sie sich. Es macht mir überhaupt nichts aus. Ich wurde ein echter Krimineller.

Immerhin hatte meine Mutter mich deswegen in die Welt gesetzt. Meine Laufbahn war also bereits vorherbestimmt. Ich mußte nur lernen, es richtig zu machen, wenn ich am Leben bleiben wollte.

Stümpereien wie die mit dem Überfall auf den Bus nach Monserrate brachten einen nur ins Leichenschauhaus, mit dem berühmten »NN«-Schild am großen Zeh, und später in ein Massengrab.

Außerdem war die Konkurrenz hart.

Hart, wenn auch nicht organisiert. Die meisten Kriminellen waren verzweifelte Jungs auf Entzug oder unter dem Einfluß von *basuco.*

Wir sprachen schon über die Sucht, oder? Ich sagte Ihnen, daß sie ein schlechter Weggefährte ist und noch weniger bei der Arbeit taugt. Niemand, der noch alle Tassen im Schrank hat, wird einen Bruch oder Überfall mit einem Süchtigen riskieren. Und da ich sonst niemanden kannte, arbeitete ich auf eigene Faust.

In fast jeder Straße, an jeder Plaza Bogotás gibt es einen Kanaldeckel. Ich wußte, daß kein noch so großes Polizeiaufgebot mich finden konnte, war ich erst einmal da untergetaucht.

Mit der Zeit entwickelte ich ein einfaches, aber wirksames System, bei dem ich wenig riskierte und tolle Erfolge hatte. Ich öffnete einen Kanaldeckel und stellte eine Absperrung auf, die ich Straßenarbeitern geklaut hatte. Dann überfiel ich einen kleinen Laden, der nicht weiter als zweihundert Meter von der Ecke entfernt war.

Ich schnappte mir das Geld, rannte los und verschwand in den Kanälen. Nach zehn Minuten war ich schon ganz woanders.

Nie schlug ich zweimal am gleichen Ort zu, und zwischen den einzelnen Überfällen ließ ich stets eine gewisse Zeit verstreichen. Deshalb kam ich wohl auch nie in die Bredouille.

Das Problem war nur, daß ich noch immer ein Straßenkind war, ohne Zuhause, Mutter und Arbeit, obwohl ich jetzt Geld hatte und mir neue Kleider kaufen konnte. Wenn ein Bulle auf die Idee gekommen wäre, mich nach meinem Ausweis zu fragen, wär ich geliefert gewesen.

Aber in irgendeinem Film, ich glaube, es war einer mit Bogart, sah ich, was es hieß, eine Mutter zu »engagieren«, und kam auf die Idee, mir eine zu suchen.

Am Ende habe ich mir dann eine Mutter gemietet.

Sie haben ganz recht gehört. In Wirklichkeit war es ein möbliertes Zimmer inklusive Mutter. Ich war weniger an einem Dach über dem Kopf interessiert; mir kam es darauf an, einen Erwachsenen zu haben, der für mich geradestand, wenn es darauf ankam.

Ich brauchte nicht lange zu suchen. Doña Esperanza Restrepo war vieles im Leben gewesen, vor allem Hure. Jetzt fand sie keine Freier mehr, die einen Peso für ihre Dienste locker gemacht hätten. Sie lebte in einem runtergekommenen Zimmer, mehr recht als schlecht, und verdiente sich ihr kärgliches Geld, indem sie vor den Toren der Universität »Chance« verkaufte.

»Chance« ist ein illegales Lotteriespiel, sehr beliebt in Bogotá. Man wählt eine Zahl und setzt sein Geld; der Verkäufer notiert alles in einem Büchlein, und wenn die Zahl mit den letzten Ziffern der Lotterie übereinstimmt, kassiert man je nach Einsatz.

Damit sich das Ganze auch für den Verkäufer lohnt, muß er eine Menge zuverlässiger und guter Kunden haben, und es ist kein Geheimnis, daß Studenten fast immer pleite sind.

Deshalb hatte Doña Esperanza Restrepo nichts dagegen, mir das Zimmer für das Doppelte dessen, was sie selbst bezahlte, weiterzuvermieten. Weitere hundert Pesos nahm sie dafür, daß sie allen Leuten erzählte, ich wäre einer ihrer Söhne, den sie ihrer Mutter in Medellín zur Pflege gegeben hatte.

Wen interessierte es schon, ob die Alte ein Kind oder hundert gehabt hatte?

Ich hatte also eine offizielle Adresse und eine erwachsene Person, die für mich verantwortlich war.

Jetzt fehlte nur noch eine Arbeit, aber es fiel mir nicht schwer, einen Job zu finden, der mir am meisten nutzte. Wenn ich aus dem Haus ging, kaufte ich an einem Kiosk jeden Tag zwanzig Exemplare von *El Tiempo* und verhökerte sie in der Stadt für denselben Preis. Hab keinen Centavo daran verdient, aber die Leute glaubten, ich wäre ein armer Junge, der um fünf Uhr früh aufstand und sich abrackerte, um ein bißchen Geld nach Hause bringen zu können.

Außerdem konnte ich so unauffällig in die Geschäfte hinein und Möglichkeiten für einen Überfall ausspionieren.

Sechzehn, glaube ich, aber in dem Alter muß ein Straßenkind mehr wissen als ein Erwachsener, sonst wird es nicht alt.

Ramiro wurde krank.

Mehr als krank. Er war ausgelaugt. Zwar war er immer hager gewesen, aber jetzt hatte er so viel abgenommen, daß er einem Skelett glich, das man aus dem Schrank geholt und wie eine Marionette zum Gehen gebracht hatte.

Er nieste pausenlos.

Wenn er richtig loslegte, hab ich ihn bis zu zwanzig Mal hintereinander niesen gehört. Er war nicht erkältet. Es hatte mehr den Anschein, als würde er so auf das Mehl reagieren, das ihm alle Poren verstopfte.

Doña Esperanza ließ ihm warme Bäder ein, und ich kaufte ihm neue Klamotten und warf die alten weg. Aus denen hätte man noch ein halbes Dutzend Brote backen können. Trotzdem hörte das Niesen nicht auf. Er tat mir zwar leid, aber manchmal hab ich mich einfach totgelacht.

Für eine ganze Weile mußte er die Arbeit in der Bäckerei und sogar die Schule aufgeben. Die Lehrerin mochte ihn gern, aber er brachte den Unterricht durcheinander, weil die Kinder nur darauf zu warten schienen, wann er seinen nächsten Niesanfall bekam.

Er zog zu mir. Trotz der Enge des Zimmers gab es im Bett Platz genug für zwei. Sie werden verstehen, daß ich nicht nur um seinen Gesundheitszustand besorgt war. Ich war heilfroh, ihn nun jede Stunde des Tages bei mir zu haben, denn er war das einzige Mitglied meiner imaginären Familie.

Einen Monat lang brachte ich ihm alles mögliche zu essen, nur kein Brot. Als er wieder bei Kräften war und zur Arbeit und in die Schule gehen wollte, mußte ich ihm klarmachen, daß es reiner Selbstmord gewesen wäre, im alten Trott weiterzumachen. Bei seiner körperlichen Verfassung konnte er sich das nicht erlauben.

Sicher ist Ihnen mittlerweile klar, daß die Jungs, die auf der Straße oder in den Abwasserkanälen aufwachsen, keine Supermänner sind. Im Gegenteil, es kostet sie doppelt so viel Anstrengung, zu atmen wie andere, die gut zu essen haben und regelmäßig ihre Vitamine bekommen.

Ramiro ging es nicht anders. Der kleinste Windstoß warf ihn um. Und als wäre es damit nicht genug, mußte er sich im selben Jahr auch noch einen Bandwurm zulegen, der mich fast das letzte Hemd gekostet hätte.

Meinen Sie, es ist gerecht, Kopf und Kragen zu riskieren, um einen Bandwurm zu ernähren?

Es war unglaublich! Sie gaben ihm jede Menge Abführmittel, aber es half nichts. Er wurde ihn einfach nicht los.

Das machte ihn völlig fertig. Manchmal hatte man das Gefühl, daß es ihn härter traf, so ein Viech in den Eingeweiden zu haben, als zwei Jahre unter Kakerlaken und Ratten zu leben.

Schließlich ging auch das vorbei.

Ich hatte schon Angst, daß er sich auf dem Klo zu Tode gestunken haben könnte, aber dann ging uns auf, daß er sechs oder sieben Meter von dem widerlichen Wurm ausgeschissen hatte. Wir beschlossen, das Ganze wie seinen Geburtstag zu feiern.

Keine Ahnung, wann er geboren war, aber da er sich ohnehin für ein Datum entscheiden mußte, ließen wir es beim elften März.

Und weil wir so gute Freunde waren und es mir egal war, ob ich an dem Tag oder einem anderen geboren war, einigten wir uns darauf, daß es auch mein Geburtstag sein sollte und wir immer zusammen feiern würden.

Ich weiß, es klingt kindisch, aber bedenken Sie, daß wir nicht älter waren als sechzehn oder siebzehn.

Also gingen wir in die Pizzeria. Dieselbe Pizzeria, in der wir zum ersten Mal menschenwürdig gegessen hatten. Wir setzten uns an denselben Tisch und bestellten dasselbe wie damals. Dann besprachen wir ernsthaft wie zwei Erwachsene unsere Zukunft, so wie wir sie uns noch nie vorgestellt hatten. Wahrscheinlich, weil wir nie damit gerechnet hatten, dieses Alter zu erreichen.

Uns war bewußt, daß wir das Wunder fertiggebracht hatten zu überleben. Das allein war schon ein Triumph.

So viele waren auf der Strecke geblieben!

Hipólito, Ricardito, *el Calvo,* Mingo, Darío *el Tenazas, el Pinguino, el Papafrita,* der Venezolaner Elias und jede Menge andere, an die ich mich nicht mehr erinnerte und mich auch nicht erinnern wollte.

Obwohl wir Schwein gehabt und dem Sensenmann vorläufig ein Schnippchen geschlagen hatten, konnten wir uns nicht einfach weiter auf unser Glück verlassen. Der Augenblick war gekommen, wo wir unser Schicksal selbst in die Hand nehmen und die Dinge besser planen mußten.

Einer von uns beiden mußte was lernen, und es war klar, daß es Ramiro sein würde, der Papier und Buchstaben liebte. Ich dagegen konnte mich am besten auf der Straße durchschlagen.

Wir machten ab, daß er all seine Zeit für die Schule aufsparen und mir höchstens gelegentlich zur Hand gehen sollte, indem er den Fluchtweg sicherte. Ich würde mich um die Finanzen kümmern und dabei jedes unnötige Risiko meiden.

Es war nicht leicht, ihn zu überzeugen. Es gelang mir nur, indem ich eine Konzession machte, die ich nie bereut habe: Ich ließ mich breitschlagen, lesen und schreiben zu lernen. Bald konnte ich die Zeitung lesen und meinen Namen schreiben.

Wenig später besorgten wir uns Papiere.

Sie wissen schon. Ausweise.

Falsche natürlich. Was haben Sie denn gedacht? Aber immerhin waren wir nun richtige Bürger, hatten einen Namen und eine Anschrift, an die man uns schreiben konnte.

Ich hab nie einen Brief bekommen. Wer zum Teufel sollte mir schon schreiben?

Jesús *Chico* Grande Restrepo und Ramiro *Blanco* Restrepo.

Für zweihundert Pesos mehr erlaubte Doña Esperanza, daß auch Ramiro als ihr Sohn eingetragen wurde.

Was für eine Mutter! Man schämte sich ihres Anblicks. Aber glauben Sie nicht, daß meine Mutter oder die von Ramiro in dem Alter besser ausgesehen hätte.

Es war eine herrliche Zeit.

Mit dreitausend Pesos kamen wir über die Runden. Es mußte schon viel danebengehen, wenn wir das Geld nicht bei einem einzigen Bruch erbeuteten, so daß wir viel Zeit für uns hatten. Ramiro lernte, und ich verkaufte Zeitungen und sah mir sämtliche neuen Filme an, die in der Stadt gezeigt wurden.

Manchmal konnten wir sogar ein paar Mädchen ins Kino einladen, die wir dann in den hinteren Reihen befummelten.

Sechs oder sieben Monate. Wenn man gut drauf ist, achtet man nicht auf die Zeit.

Dann kam der Schuß ins Bein.

Hier können Sie die Narbe sehen. Ich hatte noch Riesenglück gehabt, denn der Kerl hätte mir genausogut in den Rücken schießen können. Vielleicht war er ein guter Mensch und sagte sich, daß es nicht dafürstehe, einen halbwüchsigen Bengel wegen einer Handvoll Pesos abzuknallen.

Aber wie hätte ich damit rechnen sollen, daß ausgerechnet der Angestellte eines kleinen Blumenladens eine Knarre ziehen würde?

Verdammter Hurensohn!

Gott sei Dank war es ein glatter Durchschuß. Ich blutete zwar wie ein Schwein, aber das war auch das Schlimmste. Es tat nur furchtbar weh, und ich mußte mehr als einen Monat humpeln.

Wir versuchten, es vor der Alten zu verbergen. Hatten Angst, sie könnte uns anzeigen. Ramiro kaufte Alkohol und Verbandszeug, und ich verließ eine Weile das Zimmer nicht, angeblich, weil ich höllischen Durchfall hatte.

Später haben wir dann erfahren, daß Doña Esperanza sehr wohl Verdacht geschöpft hatte. Aber abgebrüht, wie sie war, hat sie kein Wort gesagt. So hatte sie mit der Sache nichts zu tun und hätte die Ahnungslose spielen können, falls die Bullen sie befragt hätten.

Und wo wir gerade bei Bullen sind...

Die hatten alle Hände voll zu tun mit den Drogenhändlern, die jede Stunde eine Bombe hochgehen ließen. Für einen lächerlichen Überfall war da keine Zeit.

Aber den Schrecken konnte uns keiner nehmen. Jedesmal wenn auf den Treppenstufen Schritte zu hören waren, haben wir uns beinahe in die Hose gemacht.

Es war nicht Angst vor dem Knast. An den Knast hab ich nie gedacht. Ich hatte Angst, so wie Darío *el Tenazas* am nächsten Morgen in einem Hauseingang zu liegen.

Der Knast in Bogotá war nicht für Leute wie Ramiro und mich gedacht.

Es gab einfach zu viele. Sie wußten nicht mehr, wohin mit den Verbrechern. Für einen kleinen Pistolero, wie ich es war, gab es im Gefängnis keinen Platz. Meine Endstation wäre der Friedhof gewesen, da können Sie Gift drauf nehmen.

Es war so weit, daß ich mich allen Ernstes fragte, ob sich das Risiko lohnte, für tausend Pesos eine Kugel in den Rükken verpaßt zu bekommen. Sollte ich mich nicht lieber nach einem einträglicheren Job umsehen?

Aber was für einen?

Ramiro hörte sich um und kriegte raus, daß *el lindo Galindo* einen zuverlässigen Leibwächter suchte. *Galindo* war ein aufgeblasener Zuhälter, der seine Nutten ausbeutete und mit dem Geld nur so um sich warf. Fünf der besten Bordelle der Stadt gehörten ihm.

El lindo Galindo war ein Meter neunzig groß und machte trotz vorgerückten Alters seinem Spitznamen alle Ehre. Er hatte eine verdammt herablassende Art. Ich konnte ihn von Anfang an nicht ausstehen.

Er musterte mich von oben bis unten und sagte verächtlich: »Was ich brauche, ist ein Leibwächter, kein Waschlappen!«

»Ich bin schnell mit der Waffe, Señor, verdammt schnell. Mein Leben hängt davon ab.« Bevor der Gorilla neben ihm auch nur mit der Wimper zucken konnte, hatte ich schon den Revolver gezogen und ihm den Lauf an seine glatte Schläfe gepreßt.

El lindo Galindo sah einen Augenblick lang überhaupt nicht mehr gut aus, aber ich hatte den Job.

Mein Anfangsgehalt betrug sechstausend Pesos, und in meiner Freizeit durfte ich mir so viele Huren nehmen, wie ich wollte.

Die aus der »Casa Roja« natürlich ausgenommen.

Die aus der »Casa Roja«, Señor, waren was Besonderes und sind es heute noch, auch wenn sie ziemlich nachgelassen haben.

Waren Sie nie in der »Casa Roja«?

Ich kann sie Ihnen nur empfehlen. Dort ein paar Tage auszuspannen ist eine Erfahrung, die man sich nicht entgehen lassen sollte.

Die Weiber da waren die reinsten Göttinnen. *El lindo Galindo* wußte, wo man die besten Mädchen auftreiben konnte, und brachte ihnen das Handwerk persönlich bei.

Ich hab erlebt, wie Minister, Botschafter, Bankiers, Unternehmer, Edelsteinhändler und sogar Drogenbosse der ersten Kategorie wegen eines Mädchens aus der »Casa Roja« den Kopf verloren. Ich könnte Ihnen vier oder fünf Damen der Gesellschaft zeigen, die noch nach der Casa riechen, obwohl sie mit verdammt hohen Tieren verheiratet sind.

Keine Ahnung, wie er das angestellt hat, aber *el lindo Galindo* hatte ein Händchen dafür, Mädchen aus »gutem Haus« in sein Etablissement zu locken. Man hätte es nicht für möglich gehalten, wenn man sie sah.

Ich nehme an, daß es für Frauen einer bestimmten Gesellschaftsschicht eine besondere Ehre war, eine Zeitlang in den Betten der »Casa Roja« gedient zu haben. Jedenfalls war es die Erfahrung wert; ich weiß nur nicht, ob ihre Ehemänner sie später auch zu würdigen wußten.

Mein Boß war Lehrmeister von mindestens zwei Generationen der besten Liebesdienerinnen.

Ich konnte ihn nicht leiden, aber tief drinnen in meiner Männerseele hab ich ihn bewundert.

Verdammt! Sie grinsen ja wie ein Hase. Entweder Sie grinsen offen oder Sie lassen es ganz!

Sicher, er war ein Angeber und die Mädchen Huren, aber eines hat mich furchtbar gewurmt: Auch wenn ich mich noch so anstrengte, würde ich immer nur die zweite Geige spielen und mir nie eine von ihnen leisten können.

Zehntausend Pesos... Vielleicht auch mehr. Sie werden verstehen, daß mir der Spaß keine zwei Monatsgehälter wert war.

Ach, woher! Sie wissen doch, wie ich aussehe, und damals war ich noch hagerer und hatte jede Menge Pickel im Gesicht.

Sicher ist ein halbstarker Leibwächter lächerlich, aber die rechnen doch geradezu damit, daß man in dem Alter nicht weiß, wohin mit seiner Energie. Außerdem hatte ich ihnen gezeigt, wie gut ich mit der Waffe umgehen konnte. Ich hab mich nie vor was gedrückt.

Mein Land ist voll von Jugendlichen, die in dem Alter töten und sterben.

Je jünger ein Sicario ist, um so eher ist er zu allem bereit.

Nein. Ich sah mich nicht als echten Sicario. Noch tötete ich nicht für Geld. Ich wurde bezahlt, damit meinem Boß nichts passierte und keiner auf die Idee kam, den Mädchen was anzutun.

Es gab eine, die hieß Virginia. Was für ein Name für eine Nutte! Sie hatte es mir angetan, mehr als alle anderen.

Aber sie hat es gewußt und mir immer herausfordernd ihre Titten gezeigt. Manchmal hat sie sich vor meinen Augen von Kunden befummeln lassen, um mich auf die Palme zu bringen.

Eines Tages konnte ich mich nicht mehr beherrschen und hab sie gefragt, ob wir uns später treffen könnten, obwohl ich wußte, was ich riskierte. Als alle Freier weg waren, gingen wir in ihr Zimmer. Sie legte sich aufs Bett und sagte, sie wollte meine Knarre sehen.

Ich zeigte sie ihr. Sie nahm meine Hand, führte die Waffe zum Kinn und sagte:

»Spann den Abzug!«

Die verdammte Hure zwang mich, ihr angst zu machen, und erst dann durfte ich ran.

Haben Sie schon mal versucht, zu bumsen und gleichzeitig den Finger am gespannten Abzug eines Revolvers zu halten?

Bestimmt nicht. Ich rate Ihnen auch dringend davon ab.

Die Tante war verrückt. Sie hatte einen Tick, und als ich sie bedient hatte, sagte sie, ich könnte jederzeit wiederkommen, aber nur, wenn ich den Revoler mitbrächte.

Ich hab dann immer die Kugeln rausgenommen. Ein zweites Mal würde sie mich nicht für dumm verkaufen.

Sie fand es geil, mit einem geladenen Revolver am Hals zu

vögeln. Die Idee, ihn vorher zu entschärfen, hatte ich Ramiro zu verdanken.

Irgendwann erzählte sie mir, daß sie als Kind mit einem Revolver vergewaltigt worden war.

Wer soll die Frauen verstehen?

Wenn mir jemand sagt, er würde sie kennen, kann ich nur lachen. Dann erzähle ich ihm die Geschichte von Virginia und frage ihn, ob er sich das erklären kann.

Am Ende durchschaute sie den Trick und warf mich raus und drohte, dem Boß Bescheid zu sagen, wenn ich sie noch mal belästigen würde.

Mir war es, ehrlich gesagt, mittlerweile egal. Ich war es leid, mit der Waffe in der Hand zu vögeln. Der Arm wurde so schnell lahm.

Freut mich, daß Sie Spaß daran haben. Nicht alles, was ich zu sagen habe, ist eine Tragödie. In der »Casa Roja« und den anderen Etablissements, in denen ich mich herumtrieb, ging es manchmal ganz lustig zu. Die Leute sind ja völlig anders, wenn sie die Hosen runterlassen.

Ich erinnere mich noch an eine Gelegenheit, wo ein Mädchen aus Cali in die Endrunde für die »Miss World« oder »Miss Universe« kam.

Sie machen sich keine Vorstellung, wie hübsch die Mädchen aus Cali sind! Unvergleichlich, ich schwöre!

Die Kleine gehörte einer der angesehensten Familien von Cali an und war mit einem mexikanischen Millionär verlobt.

Nun ja, *el lindo Galindo* brachte es fertig, sie zu überreden, in der »Casa Roja« zu arbeiten. Natürlich blieb alles streng geheim. Nur ein halbes Dutzend Eingeweihter, die es sich leisten konnten, astronomische Summen für eine Nummer hinzublättern, kamen in den Genuß.

Ich hatte den Auftrag, sie in ihrer Wohnung in »El Pedregal« abzuholen und ungesehen zur Garage der »Casa Roja« zu bringen.

Der Boß muß ein Vermögen gemacht haben.

Eines Tages tauchte sie mit einer Perücke auf, und ich mußte sie zum Flughafen fahren. Sie wollte nach Puerto Rico.

Am folgenden Tag aber sollte die Miss ihren mexikanischen Millionär heiraten.

Da hab ich den Trick durchschaut. Der verflixte *Galindo*, der alle Huren der Welt kannte, hatte die Idioten gefoppt. Er hatte eine aufgetrieben, die genauso aussah wie das reiche Mädchen, und alle waren darauf reingefallen.

Der verdammte Hurensohn hatte nämlich rausgekriegt, daß die echte Miss jede zweite Woche nach Bogotá kam, um mit einem hohen Minister zu bumsen. Während sie sich diskret ein paar Tage mit dem Kerl vergnügte, behauptete *Galindo*, sie wäre in Wirklichkeit in der »Casa Roja«.

Schlau, was?

Ich habe mich oft gefragt, warum ein gerissener Kerl wie *Galindo*, der in Saus und Braus lebte und jeden kannte, der in Bogotá Rang und Namen hatte, plötzlich auf die fixe Idee verfiel, ins Edelsteingeschäft einzusteigen.

Das ist ein schwieriges Geschäft, Señor. Und gefährlich.

In meinem Land sagt man, die Menschen, die mit Edelsteinen handeln, hätten grünes Blut. Sie sind so vehext, daß sie die ganze Welt nur noch durch die verdammten Dinger sehen können.

Haben Sie das Leben schon mal durch einen Smaragd betrachtet? Es ist schön und bunt, aber verdammt verzerrt.

El lindo Galindo hatte das nicht begriffen. Nachdem er so viele Frauen um den Finger gewickelt und so vielen Männern Hörner aufgesetzt hatte, glaubte er wohl, auch mit den Esmeralderos fertig werden zu können. Für ihn waren sie nichts als ein paar dumme Tiere, die durch den Urwald zogen, Berge umbuddelten und nur auf jemanden wie ihn warteten. Er würde ihnen schon beibringen, was Leben hieß.

Sie aber brachten ihm bei, was der Tod ist.

Ich hab knallharte Typen kennengelernt. Typen, die ihre eigene Mutter zerstückelt hätten, wenn sie sich was davon versprochen hätten. Als wir Chinquinquirá im Rücken hatten und uns Muzo näherten, bekam ich kalte Füße. Mein Magen zog sich zusammen, und ich wußte, daß diese verdammte Straße geradewegs in die Hölle führte.

Es war das erste Mal, daß ich Bogotá verließ, und das machte mich schon leicht nervös. Stärker als die Angst aber war eine unheimliche Vorahnung.

Wir waren zu dritt, um den Boß und die fünf besten Nutten des Hauses zu beschützen, darunter auch Virginia. Die beiden anderen Leibwächter waren nicht von Pappe, aber als wir auf die Männer des »Grünen Königs« trafen, wurde mir schnell klar, daß wir nicht mehr waren als ein paar Täubchen im Land des Kondors.

Ich konnte mich damit brüsten, einen Bullen umgelegt zu haben. Aber es hätte genauso gut ein halbes Bataillon sein können – im Vergleich zu diesen Wilden war ich immer noch ein blutiger Anfänger.

Eine Kontrolle nach der anderen, und es wurde immer schlimmer. Ein Heer von Verbrechern schützte die riesige Festung, der wir uns nicht mehr als auf drei Kilometer nähern durften.

Die Mädchen fingen an zu flennen. Manche wollten, daß wir sofort kehrtmachten.

Zu spät. Als wir zur letzten Kontrolle kamen, nahmen sie uns die Waffen ab. Die beiden anderen Leibwächter und ich wurden »gebeten«, in einem der Wagen nach Bogotá zurückzukehren und den Mund zu halten.

Als ich *el lindo Galindo* das letzte Mal sah, war er grüner im Gesicht als die Smaragde, auf die er es abgesehen hatte, und die Mädchen konnten sich kaum auf den Beinen halten vor Angst.

Sie haben sie in einen Lieferwagen gescheucht, und wir sind in die Stadt zurück.

Das war alles, Señor.

Danach haben wir nie wieder von *Galindo* oder den Mädchen gehört, und ich war über Nacht arbeitslos.

Auch wenn man Ihnen etwas anderes erzählt hat – ich versichere Ihnen, daß ich nichts zu tun hatte mit dem Verschwinden von Don César *Galindo* und seinen Schönen. An dem lächerlichen Gerücht, wir hätten die Mädchen vergewaltigt und *Galindo* ermordet, ist nichts dran. Wir kehrten schleunigst nach Bogotá zurück, wie Soldaten auf Ausgang, die zu spät zur Kaserne zurückkommen. Danach habe ich die beiden anderen Leibwächter nie wiedergesehen.

Wahrscheinlich dachten sie, es wäre das beste, alles zu vergessen und selbst vergessen zu werden.

Heute noch versuche ich, mich von den Esmeralderos fernzuhalten. Sie leben in einer anderen Welt, die nur ihnen gehört, und dabei soll es auch bleiben.

Ich bin nicht stolz auf meine Taten. Ganz im Gegenteil.

Ich wurde dafür bezahlt, einen Mann vor seinen Feinden zu schützen. Aber dieser Mann begab sich in die Höhle des Löwen. Wenn einen vier mit Maschinenpistolen bewaffnete Killer aufs Korn nehmen, versteht man sehr schnell, daß sechstausend Pesos verdammt wenig sind. Man läßt sie sich ungern in Blei auszahlen.

Was aus ihnen geworden ist? Keine Ahnung.

Galindo dachte wohl, daß die Wilden noch nie eine Frau gesehen hätten und seine fünf Täubchen ihm sämtliche Türen öffnen würden. Er kam gar nicht auf die Idee, daß Kerle, die Geschäfte im Wert von Millionen Dollar machen, sich die besten Weiber der Welt leisten können, sogar im Dschungel.

Wahrscheinlich war der »Grüne König« verärgert, weil ein Niemand aus der Stadt, der sich obendrein »König der Huren« nannte, ihm in seinem eigenen Reich den Schneid abkaufen wollte. Sicher hat er ihn den Kaimanen zum Fraß vorgeworfen und seinen Männern erlaubt, sich mit den Mädchen zu vergnügen, bis sie platzten.

So könnte es gewesen sein, aber beschwören will ich es nicht. Alles andere sind dumme Märchen.

Sie können glauben, was Sie wollen. Ich jedenfalls war meinen Job los und stand wieder auf der Straße.

Mich erneut auf Raubüberfälle zu spezialisieren oder in dreckigen Abwasserkanälen zu verschwinden war eine deprimierende Aussicht. Vor allem, weil mein System mittlerweile Schule gemacht hatte und jetzt viele auf dieselbe Art arbeiteten.

Die Bullen paßten höllisch auf. Wenn sie einen offenen Kanaldeckel sahen, warteten sie in der Nähe und fingen einen ab, wenn man um die Ecke gerannt kam, um in den Abwasserkanälen zu verschwinden.

Wir verbrachten ein paar miese Monate.

Ich hatte zwar noch Geld, aber Doña Esmeralda bestand auf pünktlichen Zahlungen, und Ramiro besuchte damals eine Schule, die eine Menge kostete.

Es lohnte sich, weil er unheimlich schnell lernte. Sein Zimmer war mittlerweile voller Bücher, aber ich hab nie verstanden, wozu die gut sein sollten.

Ich konnte jetzt auch ein bißchen lesen, aber die Sachen, die Ramiro studierte, waren zu kompliziert für mich. Auch wenn ich mich noch so sehr anstrengte, ich hab sie einfach nicht kapiert. Wenn er in dem Tempo weitermachte, dachte ich, mußte er bald in der Lage sein, die Buchhaltung in einem Unternehmen zu führen. Wenn er zu rechnen anfing, konnte ich nur noch staunen.

Aber so viel er auch mit Zahlen hantierte, die Rechnung ging nicht auf. Eines war klar: wenn uns nicht bald ein Coup gelang oder ich jemanden fand, den ich »beschützen« konnte, würden wir in einem Monat wieder auf dem Schlauch stehen.

Leider war mein Ruf als zuverlässiger Leibwächter dahin. Wenn man dafür bezahlt wird, auf jemanden aufzupassen, und der Betreffende mit fünf Mädchen von der Bildfläche verschwindet, ist das nicht gerade eine Empfehlung. Vor allem dann nicht, wenn man von den Bullen gesucht wird, um ein paar Fragen zu beantworten.

Immerhin galt ich als eiskalter Killer, der imstande war, auf einen Schlag den eigenen Chef und fünf Mädchen zu erledigen.

Etwa um die Zeit hörte ich zum ersten Mal von Don Matías José Bermejo.

Anscheinend war er ein hohes Tier im Bauausschuß und hatte viele Leute aufs Kreuz gelegt. Er spekulierte mit Grundstücken, erteilte Baugenehmigungen und hatte seine Finger bei allerlei Betrügereien im Spiel, die ich nie verstanden hatte, die aber angeblich jede Menge Geld brachten.

Irgendwer wollte einen riesigen Turm bauen, unten an der Plaza Sanmartín, und als er alle Planungen fertig hatte und mit den Bauarbeiten beginnen wollte, ließ sich Don Matías einen Trick einfallen und legte die Arbeiten lahm.

Nach dem, was ich hörte, bestand sein Trick darin, den Bauherren in die Pleite zu treiben, ihm dann das Grundstück für einen lächerlichen Preis abzukaufen und einem seiner Vasallen die Baugenehmigung zu erteilen.

Das ist hier gang und gäbe. Fragen Sie einen Anwalt. So läuft das bei uns.

Der betrogene Bauherr muß wohl eine Rechnung aufgestellt haben. Den korrupten Don Matías José Bermejo zu bestechen hätte ihn zwanzig Millionen gekostet, ich dagegen war schon für vierzigtausend zu haben.

Man hat ihn mir auf einem silbernen Tablett serviert: die Uhrzeit, das Restaurant, den Tisch, an dem er zu sitzen pflegte, die Personen, die ihn begleiteten, die Postierung seiner Gorillas bis hin zur Marke seiner Kugelweste.

Ich kannte die Küche des Restaurants sehr gut. Tausende Male hatte ich dort um Essensreste gebettelt. Der frühere Küchenjunge, ein alter Freund von mir, arbeitete jetzt als Kellner.

Für zweitausend Pesos machte er mit.

Er besorgte mir eine seiner alten Uniformen, öffnete mir im richtigen Moment die Hintertür und drückte mir ein Tablett in die Hand.

Ich sehe noch vor mir, wie Don Matías José Bermejo den Kopf hob und bestellen wollte. Er erstarrte mitten im Satz, als er den Revolver sah und die Detonation hörte, die seinem Leben ein Ende machte.

Es war, als hätte man eine Flasche geköpft. Und keiner kriegte richtig mit, was geschehen war, bis ich auf der Straße stand.

Aber ich glaube nicht, daß Sie hergekommen sind, um zu hören, wie ich meine Taten rechtfertige. Das ist nicht der Grund. Sie sind hergekommen, damit ich Ihnen meine Geschichte erzähle, und genau das tue ich. Don Matías José Bermejo wußte sehr wohl, daß er mit dem Feuer spielte, indem er andere in die Pleite trieb. Warum wäre er sonst nur mit einer Handvoll Gorillas auf die Straße gegangen, die mindestens zwei Köpfe größer waren als ich?

Eine falsche Bewegung, und sie hätten mich durchsiebt. Er verlangte seinen Preis. Ich dagegen war ein Neuling und kostete nicht viel. Das ist der einzige Unterschied. Wenn Sie es verstehen, gut, wenn nicht, auch gut. Es gibt vieles, was wir nicht verstehen, auch wenn wir es noch so oft erklärt bekommen.

Mein erster Mord geschah aus Rache. Der zweite wegen des Geldes. Wenn Sie zu entscheiden vermögen, was besser ist, kann ich Ihnen nur gratulieren.

Es war tadellose Arbeit.

Ich weiß, Eigenlob stinkt, aber Sie werden zugeben, daß die Sache Stil hatte. Einen Kerl auszuschalten, der so gut beschützt war wie Don Matías José Bermejo, ohne unschuldigen Anwesenden oder seinen Gorillas auch nur ein Haar zu krümmen – das war eine beachtliche Leistung. Vergessen Sie nicht, daß man in meinem Land normalerweise mit Kanonen auf Spatzen schießt.

Wenn einem in Kolumbien jemand lästig ist, erledigt man ihn gewöhnlich mit einer Autobombe, bei der zwanzig Unschuldige mit draufgehen, oder beauftragt einen Rauschgiftsüchtigen, der mit der Maschinenpistole jeden umnietet, der ihm im Weg ist.

Das ist doch keine Art.

Obendrein kommt der, auf den man es abgesehen hatte, oft mit dem Leben davon. Dann will er sich natürlich revanchieren und richtet ein weiteres Blutbad an.

Sie können ruhig schreiben, daß fast die Hälfte der Beerdigungen in diesem Land darauf zurückzuführen sind, daß sich die Opfer zum falschen Zeitpunkt am richtigen Ort befanden.

Das Schlimmste an unserer unvergleichlichen Art von »Gewalt« ist, daß sie nur selten die wirklichen Gewalttäter trifft.

Als Gonzalo Rodriguez Gacha, *el Mejicano,* rechte Hand des Kartells von Medellín, endlich eine Kugel in den Kopf bekam, hatte es in seinem Umfeld bereits mehr als tausend

Tote gegeben, die nichts mit seinen Geschäften zu tun hatten und wahrscheinlich nicht einmal von seiner Existenz wußten.

Seine Leute waren echte Stümper.

El Mejicano schreckte nicht einmal davor zurück, einen Jungen, der voll auf *basuco* war, zu beauftragen, in eine Schule einzudringen und einen Kerl zu erledigen. Dabei gingen fünfzehn Schulkinder drauf.

Das ist doch keine Art, oder?

Dort, wo ich geboren wurde, gilt ein Menschenleben nichts.

Ramiro, der alles an Papier verschlang, was ihm in die Finger kam, erzählte mir was. Die Frau, die Don Matías José Bermejo an jenem Abend in dem Restaurant interviewt hatte, war eine bekannte Journalistin, die wenig später ermordet wurde. Sie hatte sich jahrelang für die Straßenkinder eingesetzt.

Stellen Sie sich vor, ich wäre ein solcher Drogensüchtiger gewesen und hätte sie schon in jener Nacht über den Haufen geschossen!

Ich hätte meinen Leuten einen echten Bärendienst erwiesen.

Genau. Die Straßenkinder von Bogotá, die heute noch in den Abwasserkanälen leben. Das sind die einzigen menschlichen Wesen, die ich nach all den Jahren immer noch irgendwie zu meinen Leuten zähle.

Nicht daß ich mich noch an irgendwen aus dieser Zeit erinnere. Die meisten sind sowieso längst tot, und der Rest ist in alle Winde zerstreut. Aber bei jedem einzelnen, egal wer es ist, muß ich an die beiden verängstigten Kinder von damals denken, die so viele kalte Nächte hungrig und in einer Ecke zusammengekauert auf ihren Henker warteten. Das bringt mich ihnen sehr nah.

Nein. Ramiro fand es gar nicht gut, was ich getan hatte. Ich müßte lügen, wenn ich Ihnen etwas anderes erzählte. Ich war irgendwie stolz darauf, wie ich das Ganze erledigt hatte, aber er sträubte sich gegen die Vorstellung, daß ich ein echter Sicario werden würde. Ein gewöhnlicher Killer im Dienst derjenigen, die die Straßen von Bogotá verpesten.

»Wir haben nicht so viel durchgemacht, um so zu enden«, sagte er zu mir. »Wir nicht.«

Hab nie verstanden, warum Ramiro glaubte, daß wir anders waren als die übrigen Straßenkinder, die überlebt hatten. Warum sollte uns die Zukunft mehr bieten als die Vergangenheit?

Es mußte an den Büchern liegen. Er hatte so viel gelesen, daß sein Kopf voller Blödsinn war. Er hat sogar geglaubt, daß das, was in den Büchern steht, etwas mit unserer Wirklichkeit zu tun hatte, aber das war natürlich Quatsch.

Vielleicht hat es einer der Helden aus seinen Büchern geschafft, aus den Abwasserkanälen zu steigen und mit Fleiß und harter Arbeit ein neues Leben anzufangen. Mir aber war längst klar, daß Ramiro die Schule an den Nagel hängen mußte, wenn ich nicht weiter Leute überfiel oder bald einen neuen Auftrag annahm.

Das Leben wurde immer schwieriger, die Lage spitzte sich von Tag zu Tag zu, und nicht einmal Ramiro hätte es geschafft, all seine Bücher zu lesen, wenn er zwölf Stunden pro Tag Mehlsäcke oder in der Fabrik Steine hätte schleppen müssen.

Die Husterei hätte ihn umgebracht.

Um den Abwasserkanälen oder der Ziegelfabrik zu entkommen, gab es keinen anderen Weg als das Verbrechen. Sie können es drehen und wenden, wie Sie wollen, in Kolumbien herrscht nun mal nichts anderes als nackte Gewalt.

Die Politiker kommen an die Macht, weil sie Gewalt anwenden. Arbeiter müssen sie ertragen. Anwälte leben von ihr. Journalisten und Richter sterben durch die Gewalt. Polizei und Militär haben sie zu ihrer Berufung gemacht, und Drogenhändler lieben sie.

Die Geschichte meines Landes war schon immer voller Gewalt. Manchmal frage ich mich, ob es nicht besser gewesen wäre, einen Bürgerkrieg zu riskieren, der alles niedermacht, um dann ganz neu anfangen zu können.

Diese andere Art, das ständige Ausbluten unschuldiger Opfer, wird eines Tages das Faß zum Überlaufen bringen, und daran werden wir alle ertrinken.

So wie der Indio im Dschungel lernt, mit dem zu überleben, was ihm der Urwald bietet, wie der Cholo in den Bergen sich der Kälte anpaßt, wachsen wir, die wir in Bogotá groß werden, mit der Überzeugung auf, daß Töten und Sterben, Rauben und Beraubtwerden, Verletzen und Verletztwerden die Grundlagen unserer Existenz sind. Diesem Teufelskreis entkommen zu können ist eine Illusion.

Sie können das kaum nachvollziehen, aber wenn Sie von Kindesbeinen an nur Raub, Mord und Vergewaltigung gekannt hätten, wäre Gewalt für Sie so normal wie Fußball, Kino oder Stierkampf. Ab einem bestimmten Alter hat man sie als Lebensgrundlage akzeptiert. Sonst könnte man auch nicht Torero oder Fußballspieler werden.

Was der Unterschied ist zwischen einem Menschen und einem Stier? Für mich ist der Stier dem Menschen überlegen.

Das ist kein Zynismus. Um zynisch zu sein, muß man klüger und belesener sein als ich.

Ramiro kam schließlich ebenfalls dahinter, allerdings nur widerwillig. Aber dann gab es nicht einen Tag, wo er nicht darüber geschimpft hätte. Als wir uns ohne jeden Funken von Illusion klarmachten, in welcher Situation wir steckten, beschlossen wir, unsere seltsame Lage nun endlich auch amtlich zu machen.

Wir waren wie Brüder, oder mehr als Brüder, wie ich schon sagte. Zwar hatten wir unterschiedliche Vorstellungen und

Ziele, waren aber beide der Meinung, daß man nicht nur verdammt viel Glück brauchte, um aus dem Loch zu steigen, in das uns unsere Eltern und das Schicksal geworfen hatten, sondern auch eine Menge Disziplin, Planung und Anstrengung.

In unserer Umgebung gab es Tausende und Abertausende von Menschen, die wie wir darum kämpften, Hunger und Elend zu entkommen. Und wir würden ihnen nur dann voraus sein, wenn wir das Beste aus unseren Fähigkeiten machten.

Er würde der Kopf sein und ich der bewaffnete Arm. Nach dem Tod von Don Matías José Bermejo nahm ich keinen Auftrag mehr persönlich an. Wer meine Dienste in Anspruch nehmen wollte, mußte mit Ramiro verhandeln. Er hielt jetzt den Kopf hin und nahm nach außen hin das Risiko der Arbeit auf sich.

Dann tüftelten wir zusammen eine Strategie aus, und wenn die Stunde der Wahrheit kam, erledigte ich die schmutzige Arbeit, während er in der Akademie saß und sich ein einwandfreies Alibi verschaffte.

Ehrgeizig waren wir nicht.

Es war leichtverdientes Geld, das ist wahr, aber gerade die Leichtigkeit, mit der wir es verdienten, zwang uns auch, es nur sehr vorsichtig auszugeben. Wir mußten uns den Anschein von zwei Jungen geben, die hart um ihr tägliches Brot kämpften, und durften uns unseren plötzlichen Reichtum nie anmerken lassen.

Wir hatten Glück. Wir waren weder drogensüchtig noch dem Glückspiel oder Frauen verfallen, was die meisten in unserem Beruf Kopf und Kragen kostet. Sie geben mehr aus, als sie verdienen, und werden leichtsinnig.

Ramiro hatte bald ein Gespür dafür entwickelt, welche Aufträge er annehmen konnte. Da er halb Mensch und halb Buch war, lehnte er sämtliche Aufträge ab, von denen er glaubte, sie könnten uns in Zukunft schaden.

War die Gefahr gegeben, daß zufällige Passanten umkamen, lehnte er den Auftrag ab. Er sah sich auch das Opfer und die Gründe für die Liquidierung immer ganz genau an.

»Wir sind nicht dazu da, um Delphine zu töten«, erklärte er, »sondern um ein paar von den Haien aus dem Weg zu räumen, und das wird niemanden stören.«

Zum Glück waren damals die Straßen von Bogotá voller Haie, und es war nicht besonders schwer, sich einen auszusuchen, ehe man einen Delphin erledigen mußte. Außerdem waren Haie viel zäher und schlauer und damit auch der Tarif höher.

Drogenschmuggler und Smaragdhändler lagen im Clinch miteinander, aber auch mit Politikern, Polizei und Militär. Man brauchte nur dazusitzen und auf ein Zeichen zu warten.

Meistens kam es von den Kneipenbesitzern. Sie hörten, daß jemand einen Killer brauchte, und gaben die Nachricht an Ramiro weiter, wenn er vorbeikam.

In Medellín passiert das auf offener Straße, ohne viel Aufhebens. Aber Medellín ist wirklich der Gipfel. Die Jungs stehen in Itagüí oder Antioquia an jeder Ecke. Der Kunde kommt vorbei und schlägt ihnen ein kleines Geschäft vor. Die Preise sind lachhaft. Von hundert Dollar für ein schutzloses Schwein über hundertfünfzig, die Drogenhändler für einen Bullen springen lassen, der ihnen im Weg steht, bis zwanzigtausend für einen Minister.

Finden Sie das nicht absurd?

Das Ergebnis liegt auf der Hand: fünf Morde pro Tag in einer Stadt, die nicht mal zwei Millionen Einwohner hat. Ohne die dreihundert Kinder mitzuzählen, die von Todesschwadronen mit der Rechtfertigung ermordet wurden, sie könnten Sicarios sein.

In Medellín genügt es, arm und jung zu sein, um in der Schule, beim Verlassen einer Disko oder im eigenen Haus abgeknallt zu werden. Dabei spielt es überhaupt keine Rolle, ob man Junge oder Mädchen ist.

Dieses Jahr waren sieben von zehn Toten dort jünger als zwanzig. Was sagen Sie dazu?

Die Menschen sind Bestien.

Ich kenne eine Frau, der hat man mitten in der Nacht beide Söhne abgeholt. Der eine war sechzehn, der andere nicht mal dreizehn. Man hat ihr gesagt, sie solle flußabwärts warten, da würden bei Tagesanbruch die Leichen der Jungs vorbeitreiben.

So etwas, Señor, habe ich nie getan. Es ist etwas ganz anderes, mit einer bestimmten Art von Gewalt zu leben, als sich dem brutalen Terror zu beugen.

Man könnte sagen, daß meine Leichen handverlesen waren. Fast anderthalb Jahre arbeiteten Ramiro und ich nur so viel, daß wir genug zum Leben hatten, und ohne Fehler. Ich wünschte mir, daß alle, sagen wir, notwendigen Morde, die in meinem Land leider passieren müssen, derart sauber und präzise erledigt würden. Dann würde die blinde Gewalt, die so viel Schaden anrichtet, vielleicht allmählich verschwinden.

Das ist, als müsse man einen Tumor am Finger operieren. Nimmt man eine Axt, ist der ganze Arm weg, doch mit einem Skalpell hält sich der Schaden in Grenzen.

Auf die Anzahl kommt es nicht an. Jemanden auszulöschen, der es nicht verdient hat, geboren zu werden, ist kein Verbrechen. Man bügelt nur einen Fehler der Natur wieder aus.

Und die meisten waren nicht mal im Standesamt verzeichnet. Sie existierten gar nicht!

Wissen Sie, wie viele Probleme diese anonymen Toten schaffen?

In Bogotá gibt es momentan einen Richter, der öffentlich zugibt, über dreitausend unaufgeklärte Mordfälle zu bearbeiten, von denen er über die Hälfte zu den Akten legen mußte, weil er nicht einmal die Namen der Opfer kennt.

Ich heiße Jesús *Chico* Grande. Das sagte ich Ihnen bereits, aber mein Name ist so falsch wie mein Personalausweis, mein Paß, mein Führerschein und sogar meine Heiratsurkunde. Anders wäre das gar nicht denkbar.

Nein, ich bin nicht verheiratet.

Sehen Sie es, wie Sie wollen. Wenn meine Mutter mich nicht eintragen ließ – und falls doch, weiß der Teufel, wo das war –, dann existiere ich für das Gesetz nun mal nicht, zumal ich stets versucht habe, unsichtbar zu bleiben.

Wie mir geht es Millionen von Kolumbianern, die niemand vermißt, wenn sie eines Tages von der Bildfläche verschwinden.

Wie können Sie da von Zahlen reden?

Ohne Don Matías José Bermejo waren es insgesamt drei, die Taufnamen und Familiennamen hatten und ordentlich gemeldet waren. Der Rest – weiß der Himmel.

Verstehen Sie mich nicht falsch. Das ist keine Verachtung. Sie leben in einer anderen Welt, und ich weiß nicht, ob Sie die Feinheiten begreifen, die für mich selbstverständlich sind.

Natürlich verstehe ich, daß auch ein Beduine oder ein Eskimo eine Identität hat, selbst wenn es keine Standesämter in der Wüste oder im Schnee gibt. Aber der Beduine und der Eskimo haben Eltern und gehören einem Stamm oder einer anderen sozialen Gruppe an, und das ist bei uns nicht der Fall.

Die meisten Menschen, die ich gekannt habe, hatten keine Familie. Zumindest haben sie nie über eine gesprochen.

Wir sind Ausgestoßene, selbst in der Familie. Nicht weil wir gern allein leben; immerhin sind wir keine Bären. Es ist mangelnde Gewohnheit; wir können uns nicht an das Familienleben anpassen, selbst wenn wir uns nichts sehnlicher wünschen als eine Familie.

Wer es aber trotzdem schafft, eine Familie zu gründen, der

muß sie verstecken. Frau und Kinder geben eine verdammt gute Zielscheibe ab und sind obendrein eine bequeme Art, das Opfer zu neutralisieren.

Das ist ein typisches Merkmal dieser schrecklichen »kolumbianischen Gewalt«, die sich von allen anderen Formen der Gewalt unterscheidet: Hier hat man nicht einmal vor Frauen oder Kindern Respekt. Wenn dein Feind dir weh tun will, wird er versuchen, dich dort zu treffen, wo es am meisten schmerzt.

Wir werden noch Gelegenheit haben, darauf zurückzukommen, obwohl ich wirklich keine große Lust auf dieses Thema habe.

Wir waren bei meinen handverlesenen Opfern, durchweg Arschlöcher, die schließlich mit mehr Stil starben, als sie lebten. Den Tod aber hatten alle verdient.

Die Kunden zumindest waren mir äußerst dankbar.

Wenn ich eine Arbeit ordentlich erledigte, hielt ich nicht nur meinen Vertrag ein, sondern sorgte auch dafür, daß der Auftraggeber sich nicht vor eventuellen Repressalien fürchten mußte. Sie werden zugeben, daß dies ein äußerst verdienstvolles Detail ist in einer Gesellschaft, in der es so turbulent zugeht wie in der unseren.

In weniger als zwei Jahren hatten wir einen guten Ruf und jede Menge Erfahrung.

Aber sicher ist man nie.

Egal wie vorsichtig man ist, in diesem Beruf muß man immer mit Rückschlägen rechnen. Und der scheinbar simpelste Job kann so viel Gift enthalten wie eine *mapanare*.

Ramiro nahm den Auftrag an und kümmerte sich um die Einzelheiten. Er ging dreimal in einen Billardsalon im Stadtteil »El Ejido«. Viele Panamesen gingen dort ein und aus, die im Drogenschmuggel als Kuriere arbeiteten. Sie hatten ihre eigenen Routen, um das Kokain außer Landes zu schaffen, und arbeiteten für kleinere Drogenhändler auf Kommission.

Wir hatten erfahren, daß die Billardhalle manchmal als »Loge« diente, wo man Kontaktpersonen treffen und seine Ware für eine »Prämie« von dreitausend Dollar das Kilo versichern lassen konnte, falls die Transaktion nicht nach den Wünschen des Kunden verlief. Soweit ich weiß, hielt sich dieses Versicherungssystem nur drei Jahre.

Der Typ, um den es ging, hieß Guerrero. Ich kann mich noch gut daran erinnern: Alberto Guerrero. Ramiro erklärte mir, daß er die Ware eines Kunden behalten hatte, der gerade im Knast saß, und versuchte, diese irgendwie nach Miami zu bringen.

Guerrero war der Kompagnon unseres Kunden gewesen. Da der Mann im Gefängnis war und kein Geld auftreiben konnte, hatte er vorgeschlagen, unseren Lohn mit einem Teil der Ware zu begleichen.

Nein. Das ist nicht üblich.

Ein Mord ist nicht dasselbe wie ein Fernseher, den man in Raten abstottert. Aber in diesem Fall handelte es sich um einen seriösen Kunden, und man muß die Umstände mit in Betracht ziehen. Daß jemand von seinem Kompagnon beraubt und ins Gefängnis gebracht wird, geht einfach zu weit.

»Wenn sich Alberto Guerrero über den Tisch beugt, sieht man vier Kugeln. Die größte ist sein Kopf«, hatte mir Ramiro erklärt.

Ich erkannte ihn sofort, als ich hereinkam. Er spielte in der linken Ecke und war so groß, daß sein Kahlkopf, wenn er aufrecht stand, die Lampe überragte. Deshalb stand er meistens im Dunkeln, wo man ihn kaum erkennen konnte.

Er spielte ausgezeichnet. Seine Karambolagen ließen mich einen Augenblick vergessen, weshalb ich dort war. Mich faszinierte genauso wie ein halbes Dutzend weiterer Spieler die Leichtigkeit, mit der er den Stock handhabte, und die Sanftheit, mit der er die Bälle traf, um ihnen den gewünschten Effet zu geben.

Er spielte gegen den Besitzer des Lokals, eine Art Walroß, der es einmal bis zu Platz zwei der Panamerikanischen Meisterschaft gebracht hatte. Der Dicke war zwar im Vorteil, doch der Panamese fiel durch sein elegantes Spiel auf.

Er war ein Meister, das gefiel mir.

Aber das war auch mein Fehler.

Wenn man jemanden auslöschen will, darf man sich nicht in etwas verstricken lassen, was ihn betrifft. Man darf keinerlei Gefühle für ihn entwickeln. Man darf sich nicht einmal wünschen, daß er im Billard gegen einen hergelaufenen Fettsack gewinnt.

Ein unverzeihlicher Fehler, Señor.

Ramiro hatte recht gehabt. Wenn sich Alberto Guerrera über den Spieltisch beugte, sah sein runder Kahlkopf aus wie eine Kugel und gab eine perfekte Zielscheibe ab. Doch gerade als ich meine Waffe zog – und ich war sicher, ihn auf eine Entfernung von drei Metern nicht verfehlen zu können –, wurde ich von einer seiner Karambolagen abgelenkt. Es dauerte nur den Bruchteil einer Sekunde, aber der Dicke hatte Zeit genug, das Aufblitzen des Revolvers im Schein der Lampe wahrzunehmen. In einer Reflexbewegung, die ich von einem solchen Typen nie erwartet hätte, versetzte er mir einen Schlag mit dem Billardstock – so heftig, daß er mir das Handgelenk brach.

Natürlich traf ich nicht den Kopf des Panamesen, sondern die rote Kugel, die in tausend Stücke zersprang und den Mann am Kinn traf.

Der Revolver war mir aus der Hand geflogen. Sofort zogen fünf Kerle ihre Waffen, aber sie dachten nicht daran, mir eine zu leihen, damit ich meine Arbeit beenden konnte. Bevor die Kerle mich durchsieben konnten, sprang ich unter den Billardtisch, raste wie ein Kaninchen im Zickzack durch den Laden und sprang durch ein Fenster. Ich landete auf dem Dach eines Autos und rollte mich hinter eine Mülltonne.

Ich blutete wie ein Schwein und war überall, sogar am Arsch, von Glassplittern übersät. Mein Handgelenk war kaputt, und obendrein hatte ich mir beim Fallen noch zwei Rippen gebrochen.

Mittlerweile war ein halbes Dutzend Panamesen hinter mir her.

Hab schon schlimmere Nächte verbracht, das will ich nicht abstreiten, aber an diese hab ich besonders schlechte Erinnerungen, weil ich mir so hilflos vorkam wie ein Säugling in seiner Wiege. Mit der linken Hand konnte ich nicht viel anfangen, und die rechte hing an mir herab wie ein nasser Waschlappen.

Es ist schon merkwürdig, wie schnell man vor der Vorstellung des eigenen Todes resignieren kann. Ich sage Ihnen, als ich sah, wie die Killer noch stundenlang durch die Gegend schwärmten und nach einem verwundeten Jungen fragten, war ich mir sicher, daß der Müllwagen am nächsten Morgen meine Leiche abtransportieren würde.

Doch als es dämmerte, hörte ich, wie jemand die ersten Töne einer Cumbia pfiff. Das konnte nur Ramiro sein. Mit dieser Melodie hatte ich ihn schon des öfteren zur Verzweiflung getrieben, weil er sich dabei nicht auf seine Paukerei konzentrieren konnte.

Der Arme suchte mich schon seit Stunden. Als ich nicht zurückgekommen war, hatte er sich Sorgen gemacht und war in den Billardsalon gegangen, wo er erfahren hatte, was passiert war. Er packte mich in einen Sack und schaffte mich auf einer Schubkarre fort.

Ramiro wußte immer einen Ausweg.

Mittlerweile werden Sie gemerkt haben, daß die meisten unserer Tricks auf die Kappe von Ramiro gingen, der viel cleverer war als ich und selbst mit dieser Lage fertig wurde, indem er sich eine Schubkarre besorgte und mich wie einen Sack Kartoffeln aus der Gefahrenzone schmuggelte.

Von nun an wurde das Leben schwer. Alberto Guerrero war verdammt sauer, daß man ihn daran gehindert hatte, sein Spiel zu Ende zu führen. Er kam schnell dahinter, daß sein ehemaliger Kompagnon den Killer angeheuert hatte, und sorgte mit einem ordentlichen Schmiergeld dafür, daß der Mann aus dem Knast entlassen wurde, allerdings recht kalt und in einer Holzkiste.

Mit einem Schlag waren wir nicht nur unser Werkzeug, sondern auch den Kunden los – für unsere miesen Finanzen ein herber Schlag.

La Amapola hat mich gesund gepflegt. Es ist kein Geheimnis, daß dieser schmierige Kerl eine Menge von Abtreibungen versteht, aber er hat es noch nie geschafft, einen Knochen wieder so einzurenken, daß er auch funktioniert. Sehen Sie sich das an. Das ist kein Handgelenk, sondern ein Haken. Ich kann von Glück reden, daß er mich nicht völlig verkrüppelt hat.

Einen Monat Bettruhe und keine Beschäftigung, als Fliegen zu verscheuchen und Radio zu hören, ist eine lange Zeit. Da kann man über vieles nachdenken.

Sie werden verstehen, daß meine Vergangenheit etwas Scheußliches gewesen war, das ich so schnell wie möglich vergessen wollte. Und auch die Gegenwart war beschissen. Also blieb mir nur die Zukunft, und die versprach nicht gerade rosig zu werden.

Ich fragte mich also, wie meine Zukunft als Killer aussehen würde, und die Antworten waren alles andere als ermutigend.

Möglich, daß man in Europa oder Nordamerika eine andere Vorstellung von einem professionellen Killer hat, so wie man ihn im Kino sieht. Offensichtlich kriegen die eine Menge Kohle, wenn sie jemanden umlegen, aber ich kann Ihnen sagen, in meinem Land ist es lohnender, Taxifahrer, Stromableser oder Schuhputzer zu werden. Begeht man nämlich einen so kapitalen Fehler wie ich im Billardsalon, dann ist man wieder nur ein dreckiger Sicario.

Und ein kolumbianischer Sicario ist Abschaum. Ein gefühlloses Tier, das wie eine Bestie tötet.

Das kann jeder.

Eine Arbeit sauber auszuführen ist dagegen keine leichte Sache. Immer wieder gab es Situationen, die einen wie mich außer Gefecht setzen konnten. Dann war die Arbeit von einem Jahr dahin.

Ich mußte wieder bei Null anfangen. Nein, noch weiter unten, und ich hatte nicht mehr die Kraft. So viele Tote, und immer noch in einem miesen Zimmer, in derselben Scheiße. Ich war keinen Schritt weitergekommen.

Doña Esperanza Restrepo war die einzige, die von meinen Morden profitierte. Lohnte es sich wirklich, so viele Typen ins Jenseits zu befördern, nur damit sich eine alte Puffmutter jeden Tag ihre Flasche Rum reinziehen konnte?

Sie hatte uns am Arsch, denn sie wußte jede Menge Sachen über uns, und ich fragte mich immer häufiger, ob es nicht eine Riesendummheit war, wenn wir uns weiterhin als ihre Söhne ausgaben.

Man sagt, ein Neuling im Verkehr muß möglichst schnell einen Unfall bauen, damit er lernt, in Zukunft vorsichtiger zu fahren. Ich versichere Ihnen, Señor, durch die Panne im Billardsalon wurde mir klar, daß ich so nicht weitermachen konnte. Die Arbeit war nicht nur sinnlos, sondern auch brandgefährlich.

Wenn ich gezwungen wäre zu töten, würde ich es weiter tun. Aber ich erkannte auch, daß es in meinem Land kein einträgliches Geschäft ist, nur für Geld zu töten.

Vielleicht hatte ich Angst. Warum soll ich es leugnen? Aber selbst wenn, haben eine Menge anderer Gründe mitgespielt.

Nein. Ich hab nie ein schlechtes Gewissen gehabt, wirklich. Nicht wegen der Toten und nicht aus anderen Gründen. Man hat ein schlechtes Gewissen, wenn man gegen die Grundsätze handelt, die man von Kindesbeinen an eingehämmert bekommen hat, nehme ich an. Sie müßten allmählich gemerkt haben, daß man mir überhaupt nichts beigebracht hat.

Nein, über die Toten hab ich mir keine Gedanken gemacht. Waren allesamt Arschlöcher, die den Tod verdienten. Ich dachte über die Vor- und Nachteile eines Berufes nach, der mir nur eine schwarze Zukunft verhieß.

Hätte man mir für jede Leiche eine Million Pesos gegeben, dann könnte ich jetzt meinen eigenen Friedhof haben, aber wenn ich Einsatz und Gewinn einander gegenüberstellte, kam ich einfach nicht auf meine Kosten.

Einen Menschen zu töten kann ein Fehler sein, viele Menschen ein Verbrechen, sogar eine Schweinerei, aber viele Menschen zu töten, ohne einen Nutzen davon zu haben, ist ein Fehler, ein Verbrechen und eine Riesendummheit zugleich.

Wenigstens darin werden Sie mir doch recht geben, oder?

Als Doña Esperanza uns bis auf den letzten Blutstropfen ausgesaugt hatte und wir bereits daran dachten, wieder unter die Straßenräuber zu gehen, brachte Ramiro die Nachricht, daß man im Osten Leute brauchte. Es war ein gutbezahlter Job, und wenn man sich verpflichtete, bekam man obendrein fünftausend Pesos als Vorschuß auf die ersten drei Monate.

Ich hatte nicht die geringste Lust, auch nur einen Fuß in den Dschungel zu setzen, glauben Sie mir. Ich kannte die Gegend von meiner glücklosen Reise mit dem armen *Galindo* und seinen Huren durch Monte Bravo. Ich hatte panische Angst vor Moskitos, Spinnen und Schlangen. Die einzigen Tiere, an die ich mich je gewöhnen konnte, sind Ratten und Kakerlaken.

Trotzdem hielt ich es für eine gute Idee, eine Zeitlang von der Bildfläche zu verschwinden und alle Leute aus Bogotá und Panama zu vergessen, die noch ein Hühnchen mit mir zu rupfen hatten. Daher willigte ich ein, und Ramiro brachte mich an einem verregneten Septembermorgen zum Flughafen.

Nun ja, ich hab das Fliegen bestimmt nicht erfunden – was für eine Schnapsidee!

Sie steckten uns in ein Flugzeug, nicht mal so groß wie diese Bude hier. Es hatte nur einen Propeller, und ich wurde das Gefühl nicht los, daß der sich zum letzten Mal drehte. Es machte einen derart höllenmäßigen Lärm, daß ich anschließend drei Tage brauchte, bis ich wieder das Kreischen der Papageien hören konnte.

Im letzten Augenblick bereute Ramiro seine Idee und versuchte, mich zum Bleiben zu überreden. Aber ich als echter Macho bin ganz cool in die verdammte Kiste gestiegen, was ich keine zehn Minuten später schon bereute. Ich hätte ein Jahr meines Lebens gegeben, um wieder festen Boden unter den Füßen zu haben.

Schließlich setzte sich dieser Furz mit Flügeln trotz Sturm und Regen in Bewegung, hustete ein paar Mal, machte einen Satz, schwankte hin und her wie ein Blatt und steckte dann die Nase in die dichten Wolken, obwohl die Berge direkt vor uns waren.

Wir waren zu fünft, und der Hurensohn von Pilot war ein Schwarzer, der pausenlos sang und pfiff, als wäre er auf dem Klo, was gar nicht so abwegig war, denn die Passagiere machten sich fast in die Hose vor Angst.

Auf meinem Jungfernflug kam ich mir vor, als hätte man mich die Niagarafälle runtergestürzt. Die Kiste schaukelte, sackte ab, stieg, dröhnte, setzte hin und wieder aus ... Mein Gott! Ich kriege heute noch eine Gänsehaut, wenn ich daran denke.

Nach etwa einer Stunde verschwanden die Wolken. Wir ließen die Berge hinter uns und flogen nun über einen grünen Teppich, der so dicht war, daß wir auf den Baumwipfeln hätten landen können.

Manchmal sah man ein Flußbett und ab und zu ein paar Hütten, aus denen eine Rauchwolke stieg. Ich glaube, an diesem Tag hab ich begriffen, daß die Welt wirklich groß sein muß.

Was ich nicht begreifen konnte, bis heute nicht, ist, wie dieser Schwarze es fertigbrachte, den Weg zu finden. Das einzige, was er machte, war, ständig zu kreisen und hin und wieder auf die Uhren am Armaturenbrett zu klopfen, die alle etwas Verschiedenes anzeigten.

Mir kam es nicht besonders lustig vor, daß der Typ nichts tat, als da oben in der Kiste seine Runden zu drehen und auf die komischen Uhren zu starren. Hätte er einen Fehler gemacht, wären wir dran gewesen.

Irgendwann hat er nach unten auf einen Fluß gezeigt und gemeint, da wäre die Grenze und jetzt wären wir in Peru.

»Peru?« habe ich entsetzt gesagt. »Was zum Teufel wollen wir in Peru?«

»Das mußt du schon selber wissen. Man hat mir gesagt, ich soll dich hierherbringen, und das habe ich getan.«

Ich konnte mich nicht daran erinnern, daß Ramiro oder sonstwer Peru auch nur mit einem Wort erwähnt hatte. Aber was sollte ich mich in der Luft mit einem Schwarzen herumschlagen, dem ohnehin alles egal zu sein schien. Ich hielt den Mund und verfluchte im stillen den Tag, an dem ich mich auf dieses Abenteuer eingelassen hatte.

Zehn Minuten später kreisten wir schon wieder wie Idioten in der Luft. Zwar sah man unten nichts als Grün, doch suchten wir offensichtlich eine Stelle zum Landen.

Plötzlich erschien vor uns wie durch ein Wunder eine langgezogene Lichtung, wo vorher nur Dschungel gewesen war. Wir beobachteten, wie ein paar Typen Zweige wegräumten und eine Piste freimachten, auf der selbst ein Hubschrauber Mühe mit der Landung gehabt hätte.

Ich hoffte vergeblich, daß sie das etwas langsamer machen würden. Als der Pilot zur Landung ansetzte, konnte ich nur noch schreien wie die anderen armen Teufel neben mir.

Seit dem Tag hasse ich alle Schwarzen. Nicht wegen der Hautfarbe, sondern weil der Scheißnigger es geschafft hat, daß ich vor Angst fast starb, während er vor sich hinpfiff wie in einer Disko.

Er landete im Sturzflug und bremste so stark ab, daß ich mit der Nase gegen den Vordersitz prallte. Seitdem hab ich eine verdammt empfindliche Nase.

Auf allen vieren kroch ich aus der Kiste, vollgepißt und mit einer blutigen Visage. Ich war so geladen, daß ich den erstbesten niedergeschlagen hätte, der sich mir entgegengestellt hätte. Aber im selben Moment verpaßte mir die Hitze eine derartige Ohrfeige, daß ich das Gefühl hatte, nicht im Freien, sondern im Ofen der Ziegelbrennerei zu stehen.

Verdammter Dschungel!

Ich war in dreitausend Meter Höhe aufgewachsen und hatte in meinem ganzen Leben nur einen Tag weiter unten verbracht. Aber jetzt fand ich mich auf der Höhe des Meeresspiegels wieder mit vierzig Grad im Schatten. Der Schweiß floß nur so an mir runter.

Und dann die verdammten Viecher. Es gibt Moskitos, die sind größer als die Kiste, mit der ich gelandet war, kommen aber mit einer kleineren Piste aus.

Schon in der ersten Nacht haben sie mich übel zugerichtet. Ich sah aus wie Jesus Christus. Obwohl ich mir einen Bart stehen ließ und das Haar mir später bis zu den Schultern fiel, stachen sie mich in die Lippen und Augenlider. Ich kam mir vor wie ein Idiot, weil ich mich ständig selbst ohrfeigte.

Später kamen die *sututus*. Widerliche Viecher. Winzige Würmer, die sich unter die Haut bohren und einen durchlöchern, bis der Rücken aussieht wie ein Sieb.

Es gibt eine Art Sandfloh, der sich unter den Fingernägeln einnistet, und Amöben, von denen man die große Scheißerei kriegt, bis man sich nur noch auf allen vieren fortbewegen kann. Es sei denn, man wird vorher von einer Schlange gebissen und geht elendig zugrunde, weil wieder mal gerade kein Serum da ist.

Es gibt Mistkäfer mit Hörnern, die länger sind als mein Daumen, und Spinnen so groß wie meine Hand und voller Haare. Es gibt eine, die nennen sie *migale* – sie ist nicht größer als ein Fingernagel, aber wenn sie dich beißt, kannst du dich auch gleich erschießen. Ein Gegengift ist nicht bekannt. Wer ihr zum Opfer fällt, stirbt einen qualvollen Tod.

Ganz zu schweigen von den Jaguaren, Pumas, Kaimanen und Anakondas. Die reine Hölle, Señor.

Und als wäre das alles noch nicht genug, mußte man sich obendrein mit Militärs, Polizei und Wilden rumschlagen.

Ganz zu schweigen vom »Leuchtenden Pfad«. Durchgedrehte Maoisten, die alles niedermetzeln, was ihnen über den Weg läuft.

Die haben sie doch nicht alle! Wie kann man so blöd sein und sein Leben riskieren für Sachen, die ein idiotischer Chinese zu Buddhas Zeiten von sich gegeben hat?

Nein. Keine Ahnung, wann Mao gestorben ist, und es geht mich auch nichts an. Und wann Buddha gelebt hat, interessiert mich nicht. Ich weiß nur, daß beide Chinesen waren, und wer sich im Dschungel rumtreibt und jeden abknallt, der kein chinesischer Kommunist sein will, den sollte man an seinen eigenen Eiern aufhängen.

Ich könnte Ihnen Sachen erzählen von diesen Typen ...

Die Politik ist ein Scheißgeschäft. Es ist eine ernste Sache, ein Land zu regieren, das darf man nicht den Politikern allein überlassen. Aber wir sprachen vom Dschungel und seinen Bewohnern.

Ich war in einer Kokainküche gelandet.

Was haben Sie geglaubt? Daß ich den Affen das Fell über die Ohren ziehen würde? In unserem Labor haben wir die Blätter der Kokapflanze erst zu Paste verarbeitet und dann zu Kokain.

Nein. Überhaupt nicht schwer. Ich hab nicht in der Küche gearbeitet, die war für die Köche reserviert. Ich mußte nur aufpassen, daß sich keiner der Küche näherte. In meiner Freizeit hab ich dann mitgekriegt, wie das Ganze läuft.

Jeden zweiten oder dritten Tag kam ein Sportflugzeug vorbei, drehte ein paar Runden in der Luft und ließ dicke Ballen Blätter fallen, nachdem wir ihm mit einem Spiegel das Zeichen gegeben hatten. Daraufhin sammelten wir die Ballen so rasch wie möglich ein.

Die Köche haben die Blätter ausgebreitet und mit Natriumkarbonat »gesalzen«. Nach einem Tag haben sie alles in einen Benzinkanister getan, zwölf Stunden ziehen lassen und danach mit Wasser verdünnte Schwefelsäure dazugekippt. Anschließend wurde alles durch eine Presse gejagt, und man hatte seinen *guarapo*.

Guarapo ist der erste Schritt. Das, was hier Paste heißt und bereits einen Reinheitsgrad von dreißig bis fünzig Prozent hat. Die Paste mischt man mit Kaliumpermanganat oder Ammoniak, läßt sie an der Sonne trocknen und erhält die *base*. Fast schon reines Kokain.

Jetzt kommt das wirklich Gefährliche. Die Kocherei, bei der man Äther benutzen muß. Wenn man nicht höllisch aufpaßt, fliegt alles in die Luft. Ein guter Koch produziert »Kristalle«, das beste Kokain der Welt.

Wenn der Koch sein Handwerk nicht versteht, kann man seine Gedärme von den umliegenden Bäumen sammeln.

Das Labor war nichts weiter als eine Hütte, die tief im Dickicht versteckt lag. Es befand sich nichts Wertvolles darin, bis auf die Ware selbst natürlich. Manchmal hatten wir Stoff im Wert von zehn Millionen Dollar bei uns rumliegen. Und ich spreche hier von Großhandelspreisen. Leider sind das Zahlen, die jede Menge Ungeziefer anlocken.

Wissen Sie, was ein *cri-cri* ist?

In Venezuela ist der *cri-cri* die Filzlaus der Filzlaus, und wir hier nennen die Drogenhändler so, die davon leben, daß sie andere Drogenhändler bescheißen.

Die Bauern zu bezahlen, damit sie Koka anbauen und ernten, die Blätter zu den Kokainküchen zu transportieren und zu kochen – das alles erfordert eine Menge Arbeit und Investitionen, die nur durch die riesigen Gewinne in diesem Geschäft gerechtfertigt sind.

Aber es gibt Schlauberger, die sich im Urwald rumtreiben und Ohren, Augen und Nase weit aufsperren.

Die schlimmsten *cri-cris* waren Soldaten und Bullen, Señor. Die haben sämtliche Vorteile auf ihrer Seite und das Gesetz obendrein. Wenn die eine Küche hochnahmen, ließen sie nicht einen einzigen Zeugen zurück.

Sie hatten es nämlich gar nicht gern, wenn nachher einer erzählte, sie hätten fünfzig oder sechzig Kilo erbeutet, statt der dreißig, die sie offiziell angegeben hatten. Dann konnte ja auch auffliegen, daß sie den Rest irgendwo im Dschungel verbuddelt hatten, um ihn später an den Mann zu bringen.

Das überrascht Sie? Ist noch keinen Monat her, da hat ein Gericht in Miami den ehemaligen Innenminister von Bolivien wegen seiner Verstrickungen in den Drogenhandel zu dreißig Jahren Haft verurteilt.

Dieser kleine Coronel war angeblich damit beauftragt, den Drogenhandel zu bekämpfen. In Wirklichkeit hatte er während der zwei Jahre seiner Amtszeit mehr Kokain zusammengeklaut, als ich in meinem ganzen Leben zu Gesicht bekommen habe.

Was soll man bei solchen Vorbildern von einem einfachen Soldaten oder Sergeanten erwarten? Er setzt im Urwald sein Leben aufs Spiel, noch dazu für einen Hungerlohn, mit dem er seine vier Jungs zu Hause nie und nimmer satt kriegt.

Das ist hier eben so üblich. Eine Hälfte für den Staat, die andere in die eigene Tasche.

Im Dschungel muß man wachsam sein. Die Arbeit ist verdammt hart, und die Kerle sind mit allen Wassern gewaschen.

Wir waren zu zwölft, ohne die Köche mitzuzählen. Dazu kamen eine ehrbare Frau und drei Nutten, die sich um Essen und Vergnügen während der Freizeit kümmerten. Obwohl wir nur so im Kokain schwammen, durfte keiner von uns das Zeug anrühren. Wer auf den Geschmack kam, war ein toter Mann, weil er eine Gefahr für die ganze Mannschaft darstellte. Vor allem beim Lauschen.

Das Lauschen war unsere eigentliche Arbeit. Wir bildeten einen Kreis von mehreren Kilometern Durchmesser um das Lager und postierten uns an strategisch wichtigen Punkten, um dem Feind aufzulauern.

Wir verständigten uns mit Walkie-talkies. Jede halbe Stunde mußte man sich melden. Die Verbindungen blieben aber immer offen, damit man im Notfall eine Gefahr sofort melden konnte.

Das ging von sechs Uhr früh bis sechs Uhr abends, dazwischen gab es zwei Stunden Pause fürs Essen und eine kurze Siesta.

Nein, nicht nachts. Kein *cri-cri* wäre so dumm, sich während der Nacht einem Labor zu nähern. Es wimmelt nur so von Tretminen. Jaguar- und Pumafallen.

Nein. Weder Jaguare noch Pumas. Bei uns ist kein Tier je auf eine Mine getreten oder in die Falle gegangen.

Es gibt einen Trick. Statt einer Falle oder Mine kann man auch ein Stück vom Fell eines Pecari auslegen. Das ist eine Art Wildschwein, das nur in der Gruppe angreift und dann sehr gefährlich ist. Die Raubkatzen gehen ihm aus dem Weg. Sobald sie den Geruch erkennen, suchen sie das Weite. Der Mensch nimmt den Geruch erst wahr, wenn er das Vieh direkt vor der Nase hat.

Nachts schlafen die Pecaris.

Aber wenn man sie tagsüber hört, klettert man am besten schleunigst auf einen Baum und wartet, bis sie vorbeigezogen sind.

Hab mir so ein Fell um den Bauch gebunden, auch wenn es stank wie die Pest und die Nutten nichts mit mir zu tun haben wollten, aber so konnte ich wenigstens sicher sein, daß mich kein Jaguar oder Puma anspringen würde, wenn ich mutterseelenallein im Dschungel Wache schob.

Gelegentlich war mir ganz schön mulmig. Immerhin war ich nicht gerade in meinem Element.

Weder ich noch meine Kumpane. Außer zwei Nutten, einem Indio und dem Aufseher kamen wir alle aus der Sierra, und die grüne Hölle machte uns völlig kirre.

Haben Sie eine Ahnung von dem schrillen Geschrei, das Papageien, Guacamayos, Affen und tausenderlei Vögel im Dschungel veranstalten können?

Und von den unzähligen Geräuschen, die man hört, wenn man in seinem Versteck hockt und horcht?

Das geht auf die Nerven, und irgendwann kommt der Augenblick, wo sogar die Äste der Bäume zu Feinden werden. Dann fängt man an, Wilde in der Suppe zu sehen, und ständig dreht man sich um oder entsichert seine Waffe, weil man Angst hat, hinterrücks angegriffen zu werden.

Wenn wir frische Ware erhielten, war die Gefahr um ein Vielfaches höher. Die *cri-cri* lagen immer auf der Lauer; wenn sie den Motor eines Flugzeugs hörten, stiegen sie auf die Bäume und beobachteten, wohin es »schiß«.

Am schlimmsten war der Tag, an dem das fertige Kokain abgeholt wurde. Da ließen wir das Lauschen sein, blieben bei der Landepiste und warteten auf das Flugzeug. Wenn es kam, befreiten wir die Piste von der Tarnung aus Laub und Ästen und hofften, daß der blöde Neger keine Bruchlandung machte. Wenn er heil unten war, luden wir in Windeseile alles aus, was er gebracht hatte, meistens Nahrungsmittel, Munition und chemische Produkte für die Köche. Anschließend tankten wir die Kiste mit den Benzinkanistern, die er dabei hatte, wieder auf und luden die Ware ein.

Inzwischen ging der Pilot pissen, aß etwas, rauchte eine Zigarette, spülte mit einem Viertel Rum nach und setzte sich wieder an den Knüppel, um mit Kokain im Wert von zwanzig Millionen Dollar abzuschwirren.

Der verdammte Neger hatte echt Mut, sich in eine mit Benzin vollgetankte Maschine zu setzen und von einer Piste zu starten, die nicht größer war als eine Briefmarke.

Sie hätten mal sehen müssen, wie er den Motor zum Heulen brachte. Acht Männer hielten die Kiste mit einem langen Seil von hinten fest, bis er ein Zeichen gab und wir losließen. Dann schoß er los, als hätte man ihm eine Rakete in den Arsch gesteckt. Manchmal sah es aus, als streifte er die Wipfel der Bäume.

Jedesmal, wenn *el Negro Valenciano* es schaffte, kam mir das vor wie ein Wunder. Hat mich dann auch nicht im geringsten erstaunt, als ich hörte, er habe sich stinkreich in Santo Domingo zur Ruhe gesetzt. Ehrlich gesagt finde ich, daß er sich jeden Dollar redlich verdient hatte, und wenn es in diesem Geschäft jemanden gab, dem eine ordentliche Rente zustand, dann diesem Hurensohn, der keiner Fliege etwas zuleide tat, aber vielen von uns fast einen Herzinfarkt bescherte.

Seine Witze waren miserabel, das ja, aber dafür lachte er umso schöner, und er vergaß nie, einem mitzubringen, worum man ihn gebeten hatte.

Mir brachte er zum Beispiel Briefe von Ramiro. Darin stand, daß die Patrones die vereinbarte Summe pünktlich bezahlt hatten und der größte Teil davon auf unserem Bankkonto gelandet war.

Keine Ahnung, wer die Patrones waren. Hab mich auch nicht drum geschert, obwohl ich glaube, daß es eine Patrona war und kein Patron. Damals kontrollierte eine gewisse Griselda Blanco das Gebiet, in dem wir operierten.

Doña Griselda war knallhart. Sie hatte als Taschendiebin

in Medellín begonnen und nacheinander vier Drogenhändler geheiratet, die sie alle eigenhändig ins Jenseits beförderte. Irgendwann hat man sie geschnappt, und heute sitzt sie mit dreien ihrer Söhne in den Staaten. Sie hat in dieser Gegend wirklich lange geherrscht und war so vernarrt in das Geschäft, daß sie einen ihrer Söhne den Namen Michael Corleone gegeben hat, zu Ehren des Schauspielers im *Paten*.

Niemand weiß, wie groß ihr Vermögen war.

Sie müssen bedenken, daß damals in Peru ein Kilo Kokablätter schon für fünfzig Cents zu haben war. Da man fast tausend Kilo Blätter braucht, um ein Kilo Kokain daraus zu machen, war die Ware, die wir bekamen, etwa fünfhundert Dollar wert. Und nach dem Kochen kriegte man in Bogotá oder Medellín fast zehntausend Dollar dafür.

In Miami aber war es schon fünfunddreißig Riesen wert. Wenn man es mehrmals streckte, mit Laktose, Strychnin oder zerriebenem Glas, konnte der Endpreis bis auf hunderttausend Dollar steigen.

Stellen Sie sich das vor. Das Rohmaterial kostet fünfhundert Dollar, und das Endprodukt verscherbelt man für hunderttausend. Was für eine Gewinnspanne! Kokain ist die teuerste Ware der Welt. Ich glaube, nur mit Erdöl läßt sich mehr Geld machen.

Nun, Doña Griselda war lange Zeit ganz oben. Ich hab nie recht verstanden, warum eine kluge und gutaussehende Frau mit vier Kindern und vielen Millionen so lange weitergemacht hat, bis sie lebenslänglich in den Knast wanderte.

Es heißt, sie hätte einen großen Fehler gemacht, als sie ihre beste Freundin Leonela wegen irgendwelcher Eifersüchteleien um die Ecke bringen ließ.

Leonela Arias war ebenfalls mit allen Wassern gewaschen. Mit zwanzig hatte sie ihren Ehemann abknallen lassen und war mit dem Geld aus der Lebensversicherung in Griseldas Geschäft eingestiegen. Sie wurden die besten Freundinnen, aber insgeheim hatte sich Leonela nie damit abfinden können, immer nur die zweite Geige zu spielen. Sie versuchte, ihrer Chefin Namen und Geschäft abzunehmen, und endete mit einer Kugel im Kopf.

Der menschliche Ehrgeiz kennt keine Grenzen, Señor. Das sagt Ihnen jemand, der mit eigenen Augen gesehen hat, wie Leute riesige Summen hin- und herschoben.

Spielen Sie? Ist Ihnen schon mal aufgefallen, daß die Chips an Wert zu verlieren scheinen, wenn Sie im Casino eine Glückssträhne haben und gewinnen? So ähnlich ist es mit den Drogen. Irgendwann weiß man nicht mehr, daß man Millionen besitzt, mit denen man den Rest seines Lebens ganz gut verbringen könnte.

Manchmal, meistens kurz bevor *el Negro Valenciano* kam, dachten wir daran, die Küche in Brand zu stecken, uns mit der Ware abzusetzen und irgendwo unterzutauchen. Aber jedesmal gelangten wir zu der Erkenntnis, daß wir in dieser grünen Hölle nicht weit kommen würden. Und selbst wenn wir es schaffen sollten, reichte der lange Arm der Patrones überallhin, egal, wo wir uns versteckten.

Was hätte ein armer Teufel wie ich mit sechs Kilo Kokain im Dschungel anfangen sollen? Wenn ich doch schon Mühe hatte, von meinem Lauschversteck zum Lager zurückzufinden.

Ich bin weder Tarzan noch Rambo. Ich bin im Urwald völlig verloren. Flugzeuge, Meer und Dschungel, das ist einfach nichts für mich.

Sie müssen verrückt sein, Señor. Aber das ist mir schon bei Ihrem ersten Besuch hier aufgefallen. Wer am Dschungel Gefallen findet, der muß ein Affe sein oder ziemlich neben der Tasse.

Sie kamen genau, wie wir es befürchtet hatten: drei Stunden, nachdem ein Flugzeug »Ware« abgeladen hatte. Plötzlich waren sie da, mit zwei Hubschraubern, bis an die Zähne bewaffnet, und verschossen so viel Blei, daß man damit sämtliche Wasserrohre Bogotás hätte reparieren können.

Ich war auf meinem Posten und hielt die Augen offen. Trotzdem sah ich so gut wie nichts, denn der Urwald ist dort verdammt dicht. Man kann nicht mal ein Stück vom Himmel erkennen.

Nachdem ich fünf Minuten lang Explosionen und MG-Salven gehört hatte, kam ich zu dem Schluß, daß es nicht besonders klug wäre, ins Lager zurückzugehen. Also rannte ich los und blieb erst wieder stehen, als nur noch das Kreischen der Papageien und die Geräusche des Dschungels zu hören waren.

Ich hatte nur eine Wasserflasche, ein Stück Käse und etwas Kassawa bei mir. Plus einen Revolver, eine Maschinenpistole und jede Menge Angst.

Nichts wiegt so schwer wie die Angst, Señor, ehrlich. Sie ähnelt einer Steinplatte, die einem das Kreuz bricht und die Sinne benebelt. Man ist nicht mehr bei Sinnen und macht die verrücktesten Sachen.

Während ich auf meinem Horchposten stand, hatte ich mir oft vorgestellt, was ich tun würde, wenn ich eines Tages gezwungen wäre, in den Urwald zu flüchten. Aber als es dann plötzlich so weit war, ich schwöre Ihnen, war alles vergessen, was ich mir vorher ausgedacht hatte.

Ehe ich mich versah, hatte ich mich in dem verdammten Labyrinth aus Bäumen und Lianen verirrt. Ich fand den Ausgang nicht mehr.

Ich hatte schon mal einen Kompaß gesehen, aber selbst wenn ich einen gehabt hätte, er hätte mir nichts genützt. Ich hatte keine Ahnung, wie man mit solchen Dingern umgeht, und über Himmelsrichtungen wußte ich ebenfalls herzlich wenig.

In Bogotá genügte es, die Spitze des Monserrate zu sehen, um zu wissen, wo man war.

Wenn man unsicher ist, steigert sich das Gefühl der Angst immer mehr.

Ich wußte, daß ich in Peru war und Peru an Kolumbien grenzte und ich durchdrehen würde, wenn ich die Nerven verlor. Das war aber auch schon alles.

Ich hockte mich unter einen Baum. Konnte weder essen noch trinken, hatte einen richtigen Knoten im Hals. Ich schlief unter diesem Baum. Am nächsten Morgen war ich völlig deprimiert. Was zum Teufel hatte ich im Urwald verloren? Ein armes Würstchen, ein Straßenkind wie ich hatte es wenigstens verdient, in der Stadt begraben zu werden. Ich hatte keine Lust, mich vom Ungeziefer auffressen zu lassen.

Ramiro fehlte mir.

Ich hatte ihn schon die ganze Zeit vermißt, aber in diesen Tagen war seine Abwesenheit einfach nicht mehr auszuhalten. Wie der Gedanke, daß ich sterben würde, ohne ihn bei mir zu haben.

Die Vorstellung, daß er ohne mich sein Studium an den Nagel hängen mußte, machte mich traurig.

Ich war nämlich mächtig stolz, daß Ramiro studierte.

Sie finden das vielleicht lächerlich, aber mir hatte die Tatsache, daß einer von uns der Scheiße entkam, Mut gemacht. Dadurch sah ich vieles anders. Und obendrein war es eine Rechtfertigung für all die miesen Sachen, die ich anstellte.

Mir hat mal einer gesagt, daß die Toten gar nicht richtig tot sind, denn sie können einem Baum als Dünger dienen, der später gute Früchte trägt. Ramiros Baum wurde verdammt gut gedüngt.

In seinen Briefen schrieb er, daß er bald einen Abschluß machen würde. Dann könnte er eine Arbeit finden und mir das Geld zurückzahlen, das er mir schuldete.

Das hat mir ganz und gar nicht gefallen. Ich hab es ihm auch so geschrieben. Das heißt, ich hab es der ehrbaren Frau, die mit einem der Köche verheiratet war, so diktiert, weil mir das Schreiben doch noch sehr schwer fiel.

Hab nie auch nur einen Peso von Ramiro zurückhaben wollen. Ich bin weder eine Bank noch ein Geldverleiher. Ramiro und ich waren immer wie Brüder gewesen, wir waren ein Team, das entweder gemeinsam gewann oder gemeinsam verlor.

Niemand würde auf die Idee kommen, daß in einem Team der Torwart gewinnt und der Verteidiger mit null zu fünf verliert. Bei uns war es genauso, und deshalb tat es mir weh, als er von dem Geld sprach, als wär es nur meines. Ich wollte an dem teilhaben, was er wußte, und wenn ich es nicht verstand, wollte ich wenigstens die Gewißheit haben, daß er es mir eines Tages würde erklären können.

Wenn Sie nie eine solche Freundschaft erlebt haben, so ist das Ihre Sache. Ich glaube auch nicht, daß Sie jemals in den Abwasserkanälen geschlafen haben.

Wahrscheinlich hätte ein anderer an meiner Stelle seine Mutter vermißt.

Sie sind überrascht, daß ein Profikiller, ein Sicario, der im Auftrag Dritter kaltblütig jede Menge Menschen ermordet hat, Gefühle haben kann, Angst empfindet und den einzigen Freund vermißt? Ich glaube, das kommt daher, daß Sie nie gezwungen waren, für Geld zu töten. Sie verstehen nicht, daß in Kolumbien ein Mord nichts Ungewöhnliches ist. Doch das will noch lange nicht heißen, daß man nicht auch Gefühle haben kann.

Soll ich Ihnen mal was sagen? Irgendwie macht es mir allmählich Spaß, Ihnen mein Leben zu erzählen. Es ist, als würde ich mich von etwas befreien, indem ich Ihnen das alles erzähle. Außer Ramiro, der eigentlich mein zweites Ich ist, hat nie jemand erfahren, was ich tatsächlich alles verbrochen habe.

Manche Menschen gehen beichten und bitten um Vergebung für ihre Sünden. Ich erzähle Ihnen diese Dinge, aber mir ist es völlig egal, ob Sie mir verzeihen oder nicht.

Wo waren wir stehengeblieben? Ach ja. Unter dem verdammten Baum.

Ich war ganz schön am Arsch. Hatte nur noch eines im Kopf: bloß raus aus diesem *zaperoco*. Also marschierte ich weiter und suchte nach einem Fluß.

Zaperoco? Das sagt man hier in Venezuela. Heißt soviel wie Durcheinander. Ich mag die venezolanischen Ausdrücke.

Mir war klar, daß es irgendwo einen Fluß gab. Ich hatte ihn aus der Luft gesehen, und im Lager hatten die Jungs oft davon gesprochen, daß er in den Napo mündete. Das ist ein Nebenfluß des Amazonas. Und der Amazonas fließt durch Leticia, was schon wieder in Kolumbien ist.

Sehr lang. Was weiß ich? Tage, Wochen...

Es kam nur darauf an, die Hoffnung nicht zu verlieren, und dieser Fluß war meine Hoffnung.

Am Nachmittag kam ich zu einer Lichtung und stand plötzlich vor dem, was von Lager und Kokainküche übriggeblieben war.

Und ich hatte geglaubt, schon ganz weit weg zu sein!

Vom Kokain keine Spur. Weder von den Blättern noch von der Paste oder den Kristallen.

Nichts deutete darauf hin, daß sie das ganze Zeug verbrannt hatten. Sie hatten es mitgenommen, klarer Fall.

Nur ein paar Essensreste, etwas Wasser und vier von Fliegen übersäte Leichen waren noch da.

Tat mir echt leid, daß die ehrbare Frau unter den Toten war. Sie hieß Manuela oder Mariana, glaube ich. Wahrscheinlich hatten sie sich erst mit ihr vergnügt, bevor sie sie umbrachten.

Ich verbrachte die Nacht im ehemaligen Lager, raffte alles Eßbare zusammen und ließ die Maschinenpistole zurück, die viel zu schwer war und mir im Dschungel nichts nützen würde.

Nein. Mir war nicht danach, irgendwen zu begraben.

Nicht mal die arme Frau. Tut mir leid. Wenn die Soldaten mit ihren Hubschraubern, die sie auf dem Gewissen hatten, es nicht getan hatten, warum dann ich? Ich war völlig erledigt und hatte nicht mal einen Esel, um hier herauszukommen.

Sechs oder sieben Tage bin ich durch den Dschungel geirrt, ohne auch nur die leiseste Ahnung zu haben, wo ich war. Ich versuchte, die Nerven zu behalten, so wenig Kraft wie möglich zu vergeuden und auf Schlangen und Spinnen zu achten.

Es hat Momente gegeben, da hab ich geglaubt, daß mich der Wahnsinn packt, der viele Menschen in den Selbstmord treibt, die sich im Urwald verirren. Aber wenn ich es mir recht überlegte, hatte ich doch schon viel schwierigere Situationen gemeistert. Ich redete mir also ein, ich würde einen langen Spaziergang auf dem Monserrate machen und im Handumdrehen in Planetario rauskommen.

Aber nicht da landete ich, sondern an einem schmutzigen Fluß, und der führte mich auch nicht zum Napo, Amazonas oder gar nach Leticia, sondern geradewegs in ein Militärlager, wo ich mich als Goldsucher ausgab.

Dabei hatte ich vom Goldsuchen keinen blassen Schimmer. Nach ein paar Minuten hatte der Mistkerl und Hauptmann mich durchschaut. Er ließ mich einsperren und drohte, wenn ich nicht zugab, im Drogengeschäft zu sein, würde er mich wegen Mitgliedschaft im Leuchtenden Pfad anklagen. Und dann konnte ich wirklich einpacken.

Im Lager hatte ich eine Menge über den Leuchtenden Pfad gehört. Die Jungs genossen beim peruanischen Militär keine besonderen Sympathien. Die ganze Nacht überlegte ich hin und her und hielt es dann für besser, die Wahrheit zu sagen. In Peru und Bolivien hat fast jeder mit Koks zu tun, dachte ich, sie werden bestimmt ein Auge zudrücken. Aber da war ich mächtig auf dem Holzweg.

Sie haben mich nach Iquitos geschickt, von da nach Lima und von Lima direkt nach Lurigancho.

Lurigancho?

Die Hölle.

Es heißt, wenn der Teufel es satt hat, in der Hölle zu schmoren, kommt er nach Lurigancho, um neue Foltermethoden zu erlernen. Aber er bleibt nicht lange, weil ihm da sehr schnell kotzübel wird.

Lurigancho wurde vor langer Zeit gebaut und sollte tausendfünfhundert Häftlinge aufnehmen. Als ich eingeliefert wurde, waren wir sechstausend.

Sechstausend. Sie haben richtig gehört.

Sechstausend arme Schweine, einer auf dem anderen, ohne Klos, ohne Duschen, ohne Pritschen, ohne Decken, ohne Wasser, die meiste Zeit, manchmal wochenlang, ohne Essen.

Es konnten zwei Wochen vergehen, ohne daß ein einziges Stück Brot nach Lurigancho kam. Kein Wunder, daß die meisten Todesfälle auf Unterernährung zurückgingen. Die Häftlinge kratzten ab wie die Fliegen.

Wir waren vor den Toren Limas und haben gehungert, Señor. Gehungert, wie ich nie in meiner Kindheit gehungert hatte. In den Abwasserkanälen gab es wenigstens noch Ratten, aber hier gab es nichts.

Zu meiner Zeit gab es zwei Krankenpfleger für sechstausend Gefangene, von denen der eine, wie ich hörte, verrückt geworden war. Soweit ich mich erinnere, kannten sie Aspirin, Verbandszeug, antiseptische Pflaster oder dergleichen höchstens vom Hörensagen.

Die ganz hoffnungslosen Fälle schafften sie in einen Hinterhof, den wir »La Pampa« nannten. Es waren jede Menge, und ich erinnere mich, daß mindestens zwanzig mit offenen Wunden herumliefen, die nur mit einer einfachen Plastiktüte umwickelt waren. Im Streit hatte ihnen irgendwer den Bauch aufgeschlitzt, und niemand war in der Lage, sie wieder zusammenzuflicken.

Das stimmt. Ich schwöre! Sie nahmen die Plastiktüten ab, und du konntest ihre Eingeweide sehen. Manchmal war das Loch so groß wie meine Faust.

Es gab mehr als tausend Tuberkulosekranke, und in einer Ecke stand eine Art Hütte mit denen, die »Hautkrankheiten« hatten. Das konnte nichts anderes als Lepra sein. Und weiter oben gab es drei Hallen, vollgestopft mit menschlichen Skeletten. Wie die Leute in den Konzentrationslagern der Nazis, die nur Wasser bekamen, so lange, bis sie starben.

Wenn das keine Hölle war, Señor!

Aber das Beste kommt noch. Drei Viertel der Gefangenen waren Untersuchungshäftlinge, gegen die nicht mal Anklage erhoben worden war.

Selbst ich, der einiges erlebt hatte, fand, daß die Abwasserkanäle Bogotás im Vergleich mit diesem verdammten Ort eine wahre Luxusabsteige gewesen waren.

In den Abwasserkanälen von Bogotá hatte es wenigstens Ratten und Kakerlaken gegeben, in Lugirancho dagegen gab es nur Verzweifelte, die nicht mit der Wimper gezuckt hätten, ihre eigenen Kinder für einen Zug Crack zu verkaufen.

Ich kenne Kokainsüchtige, Amphetaminsüchtige, LSD-Süchtige und sogar Heroinsüchtige, die zur Ruhe kommen, wenn sie die nötige Dosis intus haben, aber ein Cracksüchtiger kommt nie zur Ruhe. Je mehr er raucht, desto mehr braucht er. Er kann keine Minute ohne das Zeug sein, bis er sich zu Tode geraucht hat.

Im Knast gab es Crack in Hülle und Fülle. Es war tatsächlich so: Der Staat vergaß, uns etwas zu essen zu schicken, und wir mußten das Wasser aus den Pfützen lecken, aber an Crack mangelte es nie. Weder daran noch an irgendeiner anderen Droge. Vielleicht können Sie sich vorstellen, was passiert, wenn man so viele Süchtige auf einem Haufen hat.

Es war die einzige Politik, die den peruanischen Behörden eingefallen war, um mit dem Verbrechertum aufzuräumen. Sie hatten aus Lurigancho eine Tötungsmaschine gemacht. Man kam als Verdächtiger auf der einen Seite rein und als Leiche auf der anderen wieder raus.

Jeder weiß, daß Ausgestoßene in einem Massengrab am wenigsten Platz einnehmen.

Und als sei es damit nicht genug gewesen, als habe es nicht ohnehin zuviele Vergewaltiger, Bauchaufschlitzer und Meuchelmörder in Lurigancho gegeben, hatten sie uns auch noch die vom Leuchtenden Pfad hereingesetzt.

Ich hatte schon mit allen möglichen Typen zu tun gehabt, aber diese Fanatiker konnte ich von Anfang an nicht ausstehen.

Von mir aus soll jeder denken, was er will. Und wenn es sein muß, soll er sich im Dschungel verstecken und seine Ideale mit der Waffe verteidigen. Aber ich kann es nicht haben, wenn mir jemand vorschreibt, was ich denken soll.

Drei Jahre, nachdem ich da raus war, gab es eine Meuterei. Soldaten stürmten das Lager und beförderten hundertzwanzig Leute vom Leuchtenden Pfad mit Genickschüssen ins Jenseits, obwohl sie sich bereits ergeben hatten.

Viele von ihnen hab ich gekannt. Nicht alle waren Arschlöcher; es gab auch welche, die ganz in Ordnung waren.

Ich glaube, in Peru hat momentan ein Japaner das Sagen. Ein gewisser Fujimori. Die vom Leuchtenden Pfad haben es auch auf ihn abgesehen. Ich frage mich nur, warum wir uns zum Teufel hier mit den Ideen von Japsen und Schlitzaugen rumschlagen müssen.

Eines kann man nicht abstreiten: Die Jungs vom Leuchtenden Pfad waren verdammt diszipliniert. Es dauerte nicht lange, und sie herrschten über die wilde Horde von Gefangenen.

Das beste, was man tun konnte, war, ihnen zuzuhören, sich für die Unterdrückung des Volkes und die neue kommunistische Ordnung zu interessieren und zu allem ja und amen zu sagen, auch wenn man kein Wort verstand. Man mußte ihnen das Gefühl geben, daß man auf ihrer Seite stand und sie einen überzeugt hatten. Dann ließen sie einen in Ruhe und gaben gelegentlich sogar ein Stück Brot ab. Doch, das schon. Sie haben immer brüderlich geteilt.

Sie waren es auch, die mir halfen, Ramiro eine Nachricht zu übermitteln. Ich berichtete von meinem Unglück, und zwei Wochen später tauchte er in Lima auf, mit unserem ganzen Geld.

Ich weiß nicht, wie er es fertigbrachte, aber schließlich konnte er Richter und Staatsanwälte überreden, die Anklage auf illegale Einreise und Landstreicherei zu begrenzen. Wahrscheinlich mußte er jede Menge Schmiergeld zahlen. Zwei Monate später war ich draußen. Vorher mußte ich eine Erklärung unterschreiben, daß ich niemals nach Peru zurückkehren würde.

Na schön, ich hatte ohnehin keine Lust, mich dort je wieder blicken zu lassen.

Wir waren wieder in Bogotá und steckten in derselben Scheiße wie vorher, nachdem wir unsere gesamten Ersparnisse der peruanischen »Justiz« in den Rachen geworfen hatten. Wieder standen wir vor der Frage, wie wir überleben sollten, ohne Leute zu überfallen oder zu ermorden.

Es ließ sich nicht von der Hand weisen, daß mir diese Monate einen ziemlich genauen Einblick in das Kokaingeschäft verschafft hatten. Ich hatte vorher nie mitgekriegt, wie der Drogenhandel vor sich ging. Jetzt war mir verdammt klar, wo das dicke Geld zu machen war. Wenn es mir gelang, bei einer gut organisierten Bande einzusteigen, waren wir aus dem Schneider.

In diesem Geschäft geht es vor allem darum, den richtigen Riecher für die Mannschaft zu haben, die gerade am Drücker ist. Jede Menge Geld ist im Spiel und der Kampf um die Ware besonders hart. Setzt du auf das falsche Pferd, ist dein Leben nichts mehr wert.

Ramiro suchte nach einem anderen Ausweg. Er wollte, daß wir beide irgendwelche Jobs annahmen und genug Geld zusammenkratzten, um ein eigenes Geschäft auf die Beine zu stellen. Ich war bereit, jeden Job anzunehmen, wenn er nur die leiseste Hoffnung bot, daß wir im Leben auch vorankommen würden. Aber insgeheim war ich überzeugt davon, daß wir das niemals schaffen würden.

Wir schlugen uns als Gelegenheitsarbeiter durch. Mal halfen wir zwei Wochen bei der Kaffeeernte im Norden aus, mal luden wir Säcke von Lastwagen, doch abgesehen davon, daß wir nach der Arbeit todmüde und zu nichts mehr zu gebrauchen waren, brachte das Abrackern gar nichts. Nicht mal die Miete für die verdammte Hexe Doña Esperanza sprang dabei heraus.

Ich mußte mich oft zusammennehmen, um der Alten nicht den Hals umzudrehen. Sie ließ sich jetzt ständig vollaufen und verließ ihr Zimmer nur noch, um *arepas* und Rum zu kaufen. Im Haus sah es langsam aus wie auf einer Müllhalde, außer in unserem Zimmer, wo wir jeden Tag saubermachten.

Mittlerweile hatte sich Ramiro eine Braut zugelegt.

Sie war eine reichlich ausgelutschte Cholita, eine kleine Indianerin mit dem Gesicht einer Maus. Arbeitete als Kellnerin in einer billigen Pension. Zweimal in der Woche, donnerstags und samstags, mußte ich ihnen das Bett überlassen und durfte bis drei Uhr morgens im Kino rumhängen.

Hab nie gehört, daß sie mehr als zwei zusammenhängende Worte hintereinander sagte. Sie stank nach Bleiche und Zwiebeln, und obendrein hatte man ihr ein paar Zähne ausgeschlagen. Na ja, Ramiro sah auch nicht gerade aus wie Robert Redford, aber mir fiel doch auf, daß er zum ersten Mal im Leben irgendwie glücklich war.

Er fand es toll, immer mit derselben Frau zu schlafen und nichts dafür bezahlen zu müssen. Aber unter uns gesagt, bevor ich mit der ins Bett gegangen wäre, hätte ich es mir lieber selbst besorgt.

Eifersüchtig? Ach, Quatsch! Ramiro war mein einziger Freund. Ich hätte mich gefreut, wenn er Miss Universum flachgelegt hätte. Aber Sie werden mir doch zustimmen, daß es hart an der Grenze ist, wenn man sich in ein Bett legen muß, das nach Zwiebeln, Bleiche und Schweiß stinkt. Wenn man, wie ich, sein ganzes Leben in Kanälen verbracht hat, hat man zu so etwas wahrlich keine Lust mehr.

Eines Morgens im April – ich werde das nie vergessen, es war der schönste Morgen meines Lebens – stand ich an der

Ecke Jiménez de Quesada und Caracas, als ein riesiger Schlitten vorbeifuhr. Nach zwanzig Metern machte er eine Vollbremsung, ein Kerl sprang raus und kam mit ausgebreiteten Armen auf mich zugerannt.

»*Chico!*« rief er immer wieder aufgeregt. »Bist du das, *Chico*?« Und ehe ich mich versah, hatte er mich umarmt und mir dabei fast die Luft abgedrückt.

Abigail Anaya.

Abigail Anaya, Señor, der Junge, der vor vielen Jahren an der Hand seines Vaters aus meinem Leben verschwunden war. Und jetzt lief er rum wie der feinste Pinkel, den ich je gesehen hatte.

Abigail Anaya, Señor, und mir kommen die Tränen, wenn ich daran denke, wie er aus den Wagen sprang und ihn einfach stehenließ, um einen schmutzigen Kerl zu umarmen, als wäre er der König von Spanien.

Und wie hat er vor Freude gelacht und geschrien, als er erfuhr, daß auch Ramiro am Leben war! Dann zerrte er mich in den Wagen, fand aber vor lauter Aufregung zuerst weder die Gänge noch die richtigen Straßen. Jedenfalls fuhren wir zu mir nach Hause.

Seit Monaten hatte er mich gesucht, Señor. Können Sie sich das vorstellen? Er war als reicher und bedeutender Mann nach Bogotá zurückgekommen. Und seine erste Sorge war, rauszukriegen, ob die beiden armen Straßenkinder, die so viel Hunger und Angst mit ihm geteilt hatten, noch am Leben waren.

Ramiro saß gerade über seinen Büchern, als ich die Tür aufriß und rief: »Da ist ein Typ, der dich sehen will.« Er drehte sich um, blieb einen Augenblick reglos sitzen und fiel dann glatt um.

Dabei schlug er so hart gegen die Bettkante, daß er in den fünf Minuten, die wir uns umarmten, nicht wußte, ob er heulen, lachen oder weinen sollte.

Abigail hat uns sofort da rausgeholt.

Er drückte der Alten ein paar Scheine in die Hand und sagte ihr, sie sollte sich nach anderen Gästen umsehen. Dann schleppte er uns in ein riesiges Kaufhaus und deckte uns mit neuen Klamotten ein.

Schließlich gingen wir in der »Fragata« essen.

Drei *gamines* in der »Fragata«!

Das war ein Film, sage ich Ihnen, dieses unglaubliche Lokal, das wie ein Schiff dekoriert ist, die Kellner mit ihren weißen Handschuhen, die einen am Tisch bedienten, als säße man in der Messe.

Vor allem uns.

Abigail war in seinem Element und machte auch kein Hehl daraus. Er ließ sich bedienen, als hätte er das Lokal gepachtet. Er mußte dort bekannt sein, denn man wußte, welchen Wein und welche Zigarren er bevorzugte. Ramiro und ich dagegen hatten noch nie einen solchen Ort betreten, das sah man uns an der Nasenspitze an. Man aß hier Fisch.

Wir konnten es kaum fassen. Fast alle Gerichte enthielten Fisch. *Arepas* oder Bohnen mit Reis standen nicht mal auf der Speisekarte.

Hätte nie gedacht, daß es so viele Arten von Fisch gibt. Und daß man sie so verschieden zubereiten oder Saucen und Wein dazubestellen kann.

Dabei war uns das Essen mehr oder weniger egal. Was zählte war, da zu sitzen und über alte Zeiten zu reden.

Wir erzählten ihm, wie es uns ergangen war. Er dagegen erwähnte kaum, was er getrieben hatte. Aber es mußte ihm verdammt gut gehen, denn er war viel gereist. Er sprach sogar Englisch und redete von New York, London oder Paris, als wären es Vorstädte von Bogotá.

Beim Nachtisch eröffnete er uns, daß sein Vater, der jetzt in Rom lebte, ihn in das Geschäft mit der Kunst eingeführt habe. Als er sah, daß Ramiro und ich uns wunderten, wie man mit Kunst so viel Geld verdienen konnte, daß man Riesenschlitten fahren, in den besten Restaurants essen und das Geld nur so aus dem Fenster werfen konnte, erzählte er, daß er eine Galerie in Bogotá habe, eine in Rom und eine dritte in Miami. Seine Kunden waren schwer betucht und zahlten Unsummen für Bilder, Skulpturen, Teppiche und Vasen.

Mir kam das Ganze irgendwie verdächtig vor, und das sagte ich ihm auch ins Gesicht. Ohne direkt in den Drogenhandel verwickelt zu sein, wuschen Abigail und sein Vater in Wirklichkeit Drogengelder, indem sie wertvolle Kunstgegenstände ein- und ausführten, auf die unsere Kokainbosse besonders scharf waren.

Hab mich schon immer gefragt, was Leute wie die Ochoas, Pablo Escobar, Carlos Lehder oder Rodíguez Gacha von Bildern, Teppichen oder Vasen verstanden, bis ich dahinterkam, daß kein Richter auf der Welt weiß, was ein Goya, Rembrandt oder eine chinesische Vase wirklich wert ist. Aber offensichtlich kann man damit jede Menge Schweinereien anstellen.

Wenn wir lange genug über diese Dinge reden, werden Sie vielleicht irgendwann kapieren, daß das größte Problem der Drogenbosse darin liegt, daß sie zu viel Geld verdienen. Im Gegensatz zu uns anderen, die immer zu wenig haben.

Wie bei dem berühmten Gangster aus Chicago, Al Capone, der nur wegen irgendeiner Steuersache aufgeflogen ist, sind es meistens die dicken Geldbündel, die den Drogenbossen zum Verhängnis werden.

Das hatten Abigail und sein Vater begriffen. Der komplizierte Handel mit Vasen und Bildern brachte eine Menge Kies, und man riskierte so gut wie nichts.

Abigail Anaya war wirklich clever, das haben Sie sicher schon gemerkt.

Er war es als Straßenkind gewesen, als sein Vater im Knast

saß, und erst recht später, als sein Vater in Rom lebte und er selbst ein wichtiger Mann mit jeder Menge Rückenwind war.

Er sagte immer, daß es einen breiten Streifen Niemandsland an der Grenze des Gesetzes gab. Da konnte man sich bewegen, in der Gewißheit, daß sich mit ein paar Scheinchen vieles einrenken ließ, wenn man einmal stolperte, daß aber nichts für die Jahre im Knast entschädigte, wenn man die durchgezogene Linie überquerte.

Von unseren bisherigen Abenteuern wollte er gar nicht so viel hören, um nicht irgendwann als Komplize oder Mitwisser dazustehen. Er sagte, wir sollten die »alten Dummheiten« begraben. Dafür mußten wir ihm versprechen, die Grenzen, von denen er uns erzählt hatte, niemals zu überschreiten.

»Wenn du dein Studium beenden willst, mache ich einen Buchhalter oder Anwalt aus dir«, sagte er zu Ramiro. »Und wenn du eines Tages so weit bist, kannst du für mich arbeiten und mir das Geld zurückzahlen.«

Mir bot er den Job an, den ich sowieso am liebsten gehabt hätte. Ich wurde sein Vertrauensmann. Ich schwöre Ihnen, daß ich für Abigail Anaya tausend Mal mein Leben hingegeben hätte, und es wäre immer noch ein guter Deal gewesen.

Abigail Anaya war fröhlich und großzügig, intelligent und zuverlässig. Er war sogar gegenüber seinen Feinden gerecht, denn es gab nichts, was er nicht verzeihen konnte, Neid und Haß eingeschlossen.

Ich hab Ihnen viel erzählt, vielleicht zu viel, und Sie haben gesehen, was für ein elendes und trauriges Leben ich hatte. Doch wenn ich nachts wach im Bett liege, denke ich manchmal komische Sachen. Zum Beispiel, daß, wenn es einen Gott gibt, er es war, der mich mit der Freundschaft und Zuneigung Abigail Anayas für mein bitteres Leben entschädigen wollte.

Ich liebe Ramiro, aber da er praktisch mein Bruder ist, sehe ich, daß er nicht mehr ist als ein guter Kerl mit einer wahnsinnigen Willenskraft. Mit Abigail war es etwas anderes.

Hab nie versucht, sie miteinander zu vergleichen oder meine Gefühle für sie zu messen. Das geht nicht. Doch meine Bewunderung für Abigail war so groß, daß ich mich heute noch frage, ob es normal ist, solche Gefühle zu haben.

Ich brauchte ihn nur zu sehen und war glücklich. Sein Lachen war ansteckend, und wenn er traurig war, war ich es auch. Und wenn er mit einer schönen Frau ins Bett ging, freute ich mich mit ihm, als wäre ich an seiner Stelle.

Vielleicht war es, weil er mich immer gut behandelt hat, mir Mut und Trost zusprach. Nie hab ich auch nur ein Wort des Tadels von ihm gehört, egal welche Dummheiten ich anstellte.

Das kam nämlich gar nicht so selten vor. Abigails Welt war so anders als alles, was ich bislang kennengelernt hatte, daß selbst der peruanische Dschungel mit seinen Tieren und Problemen mir verständlicher erschien als die Sache mit dem sauberen und schmutzigen Geld, das kam und ging, oder den schrecklichen Bildern, für die man ein Vermögen zahlte, während andere, die mir gefielen, keiner haben wollte.

Er wohnte am Rand von Country in einer Villa voller Kunstgegenstände und mit so vielen Alarmanlagen, daß es ein Abenteuer war, rein- und rauszugehen. Wenn man nicht höllisch aufpaßte, löste man tausend Sirenen aus, was mich gelegentlich ganz verrückt machte.

Auch das Telefon klingelte in einer Tour. Wenn nicht ein Fremder dran war, der vom anderen Ende der Welt anrief, war es eine tiefe Stimme, die eine verschlüsselte Nachricht durchgab, oder eine der vielen Frauen, mit denen Abigail ins Bett ging.

Meine Hauptaufgabe bestand darin, ihm die Mädels vom Hals zu halten, egal mit welchen Ausreden und Märchen. Der arme Kerl hatte wirklich alle Hände voll zu tun. Da er immer großzügig war und keiner ein Schäferstündchen verweigerte, gab es Tage, an denen er total erschöpft war.

Wie wird einer damit fertig, wenn sich sein Leben von einem auf den anderen Tag grundlegend verändert? Was steckt dahinter? Welche Macht macht sich einen Spaß daraus, einen sinnlos hin- und herzuwerfen?

Gestern noch in der Hölle, in den Abwasserkanälen oder in Lurigancho, und heute in einem Paradies voll schöner Frauen und solcher Pracht, daß sogar ich, der von Kunst nicht die geringste Ahnung hat, inmitten all dieser Gegenstände glücklich war.

Überall auf der Welt dient ein Stuhl dazu, sich hinzusetzen. Und ein Tisch ist dazu da, um Teller oder andere Sachen draufzustellen.

Aber in Abigails Haus war ein Stuhl ein Museumsstück und ein Tisch ein Objekt, das man stundenlang bestaunen konnte.

Hier war alles irgendwie im Gleichgewicht. Zwischen den Dingen im Raum herrschte Harmonie. Ein Wunder. Immer wieder hab ich mich gefragt, wie ein Straßenkind, das in einem feuchten Keller schlief und in den Supermärkten stehlen ging, es in so kurzer Zeit so weit hatte bringen können. Abigail konnte sogar einen echten Picasso von einem falschen unterscheiden.

Er kannte sich mit Musik aus, mit Filmen, sogar mit Büchern und Schriftstellern. Er hatte sich völlig verändert. Eines Nachmittags, als wir an einer Ampel hielten, starrte er wie gebannt auf einen kleinen Jungen, der auf einer Brüstung saß. Dann sagte er in einem Tonfall, den ich noch nie an ihm gehört hatte: »Sieh ihn dir an. So waren wir auch. Wir hatten das gleiche hungrige und traurige Gesicht, und die Menschen sind genauso achtlos an uns vorbeigegangen.«

Ein paar Meter weiter bremste er, stieg aus dem Wagen und drückte dem Kleinen ein paar Scheine in die Hand. Als er zurückkam, war er wie umgewandelt.

Zwei Wochen später hat er die Schule gekauft.

Er holte ein paar Bilder aus dem Wohnzimmer, stritt sich mit seinem Vater am Telefon, brüllte seinen Verwalter an, bis er heiser war, und schloß sich mit seinen Anwälten ein. Aber schließlich setzte er seinen Willen durch und gründete »El Sótano«, den »Keller«, die »Unterwelt«.

Ich glaube, ich muß Ihnen nicht erklären, warum er diesen Namen wählte.

Er kümmerte sich selbst um alle Einzelheiten, die Renovierung der Zimmer und Toiletten, den Sportplatz und die Unterrichtsräume. Als alles fertig war, ließ er mich rufen und sagte:

»Such diesen *gamín* und bring ihn her!«

Er hieß Serapio *el Lápidas*. Wahrscheinlich, weil er davon lebte, in der Nacht in Friedhöfen einzubrechen und Grabsteine zu stehlen. Dann schliff er die Namen der Toten vorsichtig ab und brachte die Steine später für einen Spottpreis an den Mann.

Ich glaube, Sie kennen meine Landsleute mittlerweile gut genug, um nicht mehr überrascht zu sein.

Mit jemanden, der Serapio hieß und obendrein Grabsteine aus dem Friedhof klaute, ein Heim für Straßenkinder aufzumachen, schien mir nichts Gutes zu verheißen. Deshalb nahm ich auch den blonden Jungen mit dem Engelsgesicht mit, der immer bei ihm war. Er hieß Christóbal und entpuppte sich als echtes Arschloch, während Serapio sich in kürzester Zeit in einen wunderbaren Kumpel verwandelte.

Achtzehn. Manchmal bis zu zwanzig Kinder.

Es gab mehr als fünftausend, die auf der Straße saßen. Aber Abigail hat immer gesagt, es wäre ein Fehler, zu viele nach »El Sótano« zu holen. So sehr wir es gewollt hätten, wir konnten nicht allen helfen. Deshalb fand er es besser, wenige zu unterstützen und darauf zu hoffen, daß unser Beispiel Schule machte.

Das Ganze hat ihn ein Vermögen gekostet.

Ich weiß es, weil Ramiro sich um die Buchhaltung kümmerte. Jeden Tag, wenn er die Rechnungen durchging, schwitzte er Tinte und raufte sich die Haare.

Achtzehn Bengel, die futterten, als hätten sie sich noch nie im Leben sattgegessen. Für die meisten traf das wahrscheinlich sogar zu. Sie verschlangen alles, wie die Geier. Und dazu kamen Kleidung, Schuhe, Ärzte und Medizin, Lehrer, Putzfrauen, Taschengeld, Strom und Wasser ... ein Vermögen!

Trotzdem schien Abigail glücklich zu sein. Er hatte zwar viele Jahre außerhalb von Bogotá gelebt, doch dabei nie das Elend vergessen, das er als Kind erlebt hatte. Als er dann wiederkam und erneut darauf gestoßen wurde, ging ihm auf, daß er nie ein ruhiges Gewissen haben würde, wenn er nicht etwas für die armen Kerlchen tat, die genauso litten wie er früher.

Verstehen Sie jetzt, warum man ihn bewundern mußte? Jeder andere hätte das gute Leben genossen und die anderen, die es nicht geschafft hatten, vergessen. Aber er wollte nicht nur Ramiro und mir helfen, seinen Jugendfreunden, sondern fühlte sich für alle verantwortlich, die er als »seine Leute« betrachtete.

Er sah gut aus, war gebildet und hatte genug Geld, um ganz oben mitzumischen. Er hätte auch das Zeug für eine politische Karriere gehabt, aber er spielte lieber mit einer Horde Kinder Fußball und erklärte ihnen den Unterschied zwischen einem Greco und einem Botero, als sich in den Golfclubs oder Salons der Reichen herumzutreiben.

Sogar seine Geliebten hat er auf zwei oder drei Auserwählte reduziert. An eine erinnere ich mich besonders gern. Ich will sie Daniela nennen. Sie war die Tochter eines ehemaligen Präsidenten und Mitglied einer der einflußreichsten Familien Kolumbiens. Diese Frau kümmerte sich wirklich um die Probleme ihres Volkes und der Straßenkinder.

Sie war ein nettes, schüchternes Mädchen, von geradezu

überirdischer Schönheit, die von einer Sekunde auf die andere ins Gegenteil umschlagen konnte. Man sah, daß sich in ihrem Inneren ein Kampf abspielte zwischen der Liebe zu ihrer Familie und der Enttäuschung darüber, daß ihr Vater alle seine guten Vorsätze und Versprechungen über Bord geworfen hatte, als er Präsident wurde. Er hatte seine Ideale verloren und es gemacht wie die meisten: das Volk bestohlen und von der Korruption gelebt.

Daniela sagte immer, die Probleme der Welt könnten nicht gelöst werden, wenn die, denen wir am meisten vertrauten, nichts tun würden, um die Lage der Ärmsten zu verbessern. Sie verabscheute Politiker derart, daß sie sogar Abigail manchmal kompromittierte, der gezwungenermaßen mit ihnen zu tun hatte.

Nichts demütigt unsere Oligarchie, die sich seit der Eroberung durch die Spanier als von Gott auserwählt ansieht, so sehr wie die Verachtung durch jemanden aus ihrer eigenen Schicht. Deshalb hatte Daniela auch eine Menge Feinde.

Sie müßten Kolumbien besser kennen, um zu verstehen, wovon ich Ihnen erzähle. Die Gesellschaft bei uns ist nicht wie in den meisten anderen Gesellschaften eine Art Pyramide: unten die Armen und oben, da, wo es immer enger wird, die Reichen. Durch mein Land geht ein Bruch. Unten gibt es eine hungrige Masse, die nie etwas haben wird, dann kommt eine hauchdünne Schicht von Militärs und Beamten, die Mittelschicht, und darüber schwebt, sozusagen von Gottes Gnaden, eine Elite von einem halben Dutzend Familien. Sie hassen einander wie die Pest und sind trotzdem durch Heirat und gemeinsame Interessen verbunden. Deshalb halten sie zusammen wie Pech und Schwefel.

Der Boom des Drogenhandels und das viele Geld, das daran hängt, haben daran nicht viel geändert. Wenn das Kokainfieber vorbei ist, das Geschäft nicht mehr so einträglich oder die Drogenbosse im Kugelhagel der Bullen krepiert sind, werden ihre riesigen Gewinne auf diese oder jene Art in die alteingesessenen Vermögen übergehen, darauf können Sie Gift nehmen. Die Herren, die seit fünfhundert Jahren die Fäden in der Hand haben, werden notfalls auch nicht davor zurückschrecken, die Verfassung zu ändern, um die Gelder reinzuwaschen, auf die sie es abgesehen haben. Und natürlich werden sie erwarten, daß wir ihnen dafür dankbar sind.

Daniela war im Bilde.

Sie war im faulen Kern des Apfels aufgewachsen. Sie hatte so viel gesehen und gehört, daß sie sehr wohl wußte, wovon sie sprach, wenn sie auf Verbindungen zwischen Drogenbossen, Justiz, Polizei und sogar dem Klerus hinwies. Das waren Tatsachen, und sie hatte Beweise, die man nicht abstreiten konnte.

Tja, so ist das, Señor, machen wir uns nichts vor. Ich hab mit eigenen Augen gesehen, wie ein Minister einen Modigliani – das ist der mit den überlangen nackten Mädchen – für ein Zehntel des tatsächlichen Wertes kaufte. Später hat Abigail mir gesagt, daß es trotzdem ein glänzendes Geschäft war.

Ich erinnere mich, daß ich einmal an einer Ecke stehen mußte, damit ein Richter vom Obersten Gericht zufälligerweise vorbeikommen und mir einen Lotterieschein abkaufen konnte.

Was daran komisch war? Es war der Schein, auf den bei der letzten Ziehung der Hauptgewinn entfiel.

Sie werden sich fragen, warum ein Kerl wie Abigail Anaya seine Finger auch noch im Lotteriespiel hatte.

Nun, was die Korruption in meinem Land angeht, das ist sehr einfach: Entweder man korrumpiert selbst, oder man wird korrumpiert. Abigail war der Meinung, daß beides auf dasselbe hinauslief. Daher wollte er lieber zur ersteren Gruppe gehören, weil es immer besser ist, daß ein anderer einem was schuldet als umgekehrt.

Es gibt vieles, was ich über Abigail Anaya nicht weiß.

Warum sollte ich es leugnen? Dinge in seinem Leben, von denen ich nicht die geringste Ahnung habe. Ich befürchte das Schlimmste, aber ich sage mir, daß es mich nichts angeht, was er früher gemacht hat. Was zählt, ist seine Menschlichkeit, wie gut er zu Ramiro und mir war und zu allen, die ihn umgaben.

Das ist etwas, worüber ich nicht sprechen will. Alles, was ich darüber weiß, hat man mir hinter vorgehaltener Hand erzählt, und Sie sind bestimmt nicht hergekommen, um sich Gerüchte anzuhören.

Aber ich weiß noch ganz genau, daß ich damals der glücklichste Mensch auf Erden war. Ich lernte, einen Wagen zu fahren, konnte etwas rechnen und sogar gute Bilder von schlechten unterscheiden. Ich konnte richtig mit Messer und Gabel essen und gewöhnte mich daran, jeden Tag zu baden und ein Deospray zu benutzen. Schließlich mußte ich den Jungs ein gutes Vorbild sein.

In puncto Hygiene war Abigail ziemlich empfindlich. Wenn ich schwitzte, schmiß er mich aus dem Wagen oder ließ mich in der Küche essen. Nach einer Weile war ich soweit, daß ich alle paar Stunden ins Badezimmer ging, um mich zu waschen und ein frisches Hemd anzuziehen.

Ramiro und ich hatten jede Menge Hemden und drei Anzüge, nur vom Feinsten. Zu Weihnachten schenkte Abigail jedem von uns eine goldene Armbanduhr und eine Krawattennadel.

Ramiro schlief immer noch über den Büchern ein. Er trieb es so weit, daß er eine Brille brauchte, weil ihm vom vielen Lesen schwindelte.

Ich hatte immer das Gefühl, daß Abigail auf ihn stolzer war als auf mich. Aber trotzdem weiß ich, daß er mich mehr geliebt hat. Schließlich war es nicht meine Schuld, daß ich nicht zum Studieren taugte und nie Gelegenheit gehabt hatte, in die Schule zu gehen.

»El Sótano« verschlang ziemlich viel Geld. Das Ganze war zu einem Faß ohne Boden geworden. Abigail hatte jeden Tag neue Ideen. Nach dem Sportplatz kam eine Turnhalle, dann eine Bibliothek und schließlich eine Werkstatt für alle, die lieber ein Handwerk lernen wollten als studieren. Alles mögliche, was ich gar nicht alles aufzählen kann. Und so verschwand ein Bild nach dem anderen von den Wänden und wurde durch eine Kopie ersetzt, die nichts wert war.

Ramiro warnte ihn. Er sagte Abigail, daß er verrückt sei und daß sein Vermögen, so groß es auch war, auf diese Art bald weg sein würde, aber Abigail lachte ihn aus und antwortete, kein Degas wäre so schön wie der, der dazu gedient hatte, die Bibliothek zu bezahlen, und er sehe lieber den Kindern beim Fußballspielen zu, als einen Renoir an der Wand zu betrachten.

Er war keine Vaterfigur, dazu war er viel zu jung, aber er fühlte sich vielleicht ein bißchen wie ihr großer Bruder. Ich glaube, daß Abigail Anaya schon als Kind den Drang hatte, die Habenichtse unter seine Fittiche zu nehmen. Die Rolle hatte er schon gespielt, als wir noch zusammen im Keller hausten.

Was fragen Sie mich? So war er eben, mehr kann ich Ihnen nicht sagen. Vielleicht könnte Ihnen einer dieser Psychiater, von denen die Gringos so viel halten, weiterhelfen. Ich kann Ihnen nur erzählen, wie ich ihn erlebt habe; abenteuerliche Schlüsse zu ziehen liegt mir nicht.

Die Kleinen haben ihn geliebt und respektiert. Außer ein paar Hurensöhnen, bei denen Hopfen und Malz verloren war, egal, was wir mit ihnen anstellten. Alle anderen Kinder waren großartig und gaben sich so viel Mühe beim Lernen, daß ich mich oft geschämt habe.

Manchmal hab ich mich in die hinterste Bank gesetzt und beim Geschichts- oder Erdkundeunterricht zugehört. So hab ich alles gelernt, was ich heute weiß. Ich gebe zu, es ist nicht viel. Wo die Länder so liegen und ein bißchen über das Leben von Kolumbus, Bolívar und Alexander dem Großen; alles andere hab ich wieder vergessen.

Manchmal passierten komische Sachen. Im zweiten Jahr, in der Vorweihnachtszeit, fuhren drei riesige Wagen vor, und ein Mann stieg aus und fragte, ob sein Boß die Kinder besuchen dürfte.

Abigail war nicht davon angetan, weil uns das mit einem der brutalsten Drogenbosse des Landes in Verbindung brachte. Aber da sich die Gorillas notfalls mit Gewalt Zugang hätten verschaffen können, ließ er sie rein und zeigte ihnen das Gelände.

Der Kerl war wirklich brutal. Der beschränkteste Schläger, den ich je gesehen habe. Schwer zu glauben, daß ein solcher Orang-Utan ein Vermögen von über fünfhundert Millionen Dollar zusammengescheffelt haben sollte. Es machte ihm schon Mühe, einen zu grüßen. Dazu mußte er sein Hirn gewaltig anstrengen.

Er sah und hörte sich alles schweigend an und rollte dabei seine Orang-Utan-Augen. Dann drehte er sich zu einem der Gorillas um und grunzte: »Ich will dasselbe, aber viermal so groß.«

Er machte auf dem Absatz kehrt und verschwand. Drei Minuten später kam sein Vasall mit einer Plastiktüte wieder, die er Ramiro »zu Weihnachten für die Jungs« in die Hand drückte.

Es waren hunderttausend Dollar.

So ist es. Das Schwein. Dieser Mörder, der mehr Tote auf dem Gewissen als ich Haare auf dem Kopf hatte, schenkte uns hunderttausend Dollar, einfach so, »zu Weihnachten für die Jungs«. Und dann ordnete er an, daß man in Medellín ein Heim baute, das viermal so groß war wie unseres.

Zum Glück haben sie ihn umgelegt, bevor es fertig war.

Das ist typisch für mein Land. Tausende von Menschen

kratzen vor Hunger ab, ohne daß die Behörden sich darum kümmern, und dann kommt ein skrupelloser Mörder und gibt Millionen für die Wohlfahrt aus.

Für uns kam das Geld wie gerufen. Wir hätten einige Monate davon leben können, aber Abigail bestand darauf, daß ein neues Gebäude gebaut wurde, um mehr Kinder aufnehmen zu können. Das wiederum bedeutete einen erheblichen Anstieg der Kosten.

Wir konnten das Geld doch nicht derart aus dem Fenster werfen! Wo sollte das hinführen?

Ramiro war außer sich, und er hätte um ein Haar den Koch erschossen, als er erfuhr, daß der Kerl Lebensmittel mitgehen ließ. Er feuerte ihn auf der Stelle und stellte dafür seine Kleine ein, die nach Zwiebeln und Bleiche stank und immer noch nicht den Mund aufkriegte. Dafür wußte sie, wie man sogar aus Kartoffelschalen noch eine Suppe zaubern konnte.

Die Frau war die Richtige, wenn's ums Sparen ging! Sie drehte jeden Peso zweimal um, bevor sie ihn ausgab. Obwohl sie ein Fliegengewicht und ein unscheinbares Mäuschen war, kehrte mit ihr eine solche Disziplin im Heim ein, daß die größten Rebellen unter den Jungs den Schwanz einzogen, sobald sie irgendwo Zwiebeln rochen.

Die beiden waren schon ein seltsames Paar. Ramiro, der die ganze Zeit über Büchern und Rechnungen verbrachte, als würde die Welt untergehen, wenn er nicht gerade irgendwas las, und Herminia, die sich nur darum kümmerte, daß die Böden blitzblank waren und keine einzige *arepa* verschwendet wurde.

Abends saßen sie stumm in einer Ecke im Fernsehzimmer, und meistens schliefen sie trotz der um sie lärmenden Kinder einfach ein.

Ich konnte diese seltsame Verbindung nicht verstehen, aber dann sagte ich mir, daß es im Leben so viele Sachen gibt, die man nie kapiert, daß es auf eine mehr oder weniger nicht ankommt.

Schließlich stand ja Herminia meiner Freundschaft mit Ramiro nicht im Weg. Sie war nicht mehr als sein Schatten.

Außerdem taten sich damals plötzlich ganz andere Probleme auf. Zum ersten Mal, seit ich Abigail kannte, wirkte er ernst und besorgt. Und das hatte nichts mit Geld zu tun.

Im Frühling hatte ich ihn einmal zu einem großen Haus begleitet, etwa hundert Kilometer von der Hauptstadt entfernt. Es mußte einem hohen Politiker oder wichtigen Drogenboß gehören. Hab nie rausgekriegt, um wen es sich handelte, da die Gorillas, die es bewachten, mich nicht reinließen und kein Wort mit mir sprachen. Nicht mal Feuer hatten sie mir gegeben.

Mangelnde Gastfreundschaft, gar Feindseligkeit, sind in solchen Kreisen nichts Besonderes. Vor allem bei einem Typen wie mir, der nicht gerade einen vertrauenerweckenden Eindruck macht. Aber ich hatte mein ganzes Leben auf irgendwelchen Türschwellen verbracht, also dachte ich mir nichts dabei.

Ich hatte nur Angst, daß sie mich wie damals bei *el Lindo Galindo* wieder ohne meinen Boß nach Hause schicken könnten. Doch dazu kam es nicht. Drei Stunden später tauchte Abigail auf. Totenbleich und irgendwie abwesend.

Er ließ mich ans Steuer. Das war nicht nur ein ungeheuerlicher Vertrauensbeweis, sondern fast ein Wunder. Diese schlichte Tatsache zeigte mir, daß ihm irgendwas schwer zu schaffen machte.

Erst nach zwanzig Kilometern brachte er ein Wort heraus. Es stand schlecht.

»Die Welt wird immer verrückter«, sagte er. »Dagegen ist kein Kraut gewachsen . . .« Er schwieg eine Weile und fügte dann hinzu: »Aber ich hab keine Lust, mich davon anstecken zu lassen.«

Als ich ihm sagte, daß man sich am besten vor Anstekkung schützt, indem man die Umgebung der Krankheit meidet, antwortete er mir, da hätte ich vollkommen recht, aber es gäbe nun mal Leute, die man nicht mehr los würde, wenn man sich erst einmal mit ihnen eingelassen hätte.

In der ganzen Zeit, die ich als Fahrer, Vertrauter und Freund für Abigail Anaya arbeitete, hab ich nie rauskriegen können, womit er seine Geschäfte machte und wer seine Hintermänner waren, die sich stets bedeckt hielten.

Ich kenne die Märchen, die man Ihnen erzählt hat. Die Leute sagen, daß es Pablo Escobar war oder Rodríguez Gacha, die Ochoas oder Carlos Lehder, aber wenn Sie die Wahrheit wissen wollen, ich glaube, daß es jemand ganz anderes war. Dieser Jemand gehörte einer anderen Schicht und Klasse an. Und mit diesem Jemand hatte er sich getroffen und das verheerende Gespräch geführt.

Abigail Anaya wußte etwas. Diejenigen, die so taten, als führten sie einen erbitterten Krieg gegen den Drogenhandel, waren auch diejenigen, die das geringste Interesse hatten, ihn zu stoppen. Die Verstrickungen zwischen Drogenhandel und Politik sind so eng, daß nichts mehr sie auseinanderbringt.

Ich hörte seiner Stimme an, daß es nicht um simple Korruption ging, wo ein paar Drogenbosse zu viel Geld haben und Richter und Politiker beide Augen zudrücken – für einen angemessenen Anteil, versteht sich. Nein, das hier ging tiefer und war um einiges komplizierter.

In Kolumbien wird das Kokaingeschäft auf etwa sechzig Milliarden Dollar Umsatz im Jahr geschätzt. Das ist eine Menge Kies, da werden Sie mir zustimmen.

Seit Tausenden von Jahren wußten die Indios in den Anden, wie man mit der Pflanze umgeht. Sie nutzten sie zu ihrem Besten. Und trotzdem dauerte es nur eine Generation, bis andere, viel weniger »zivilisierte« Menschen die

Kokapflanze in eine furchtbare Waffe und ein Gift verwandelten, das heute die ganze Menschheit bedroht.

Abigail hatte nicht gezögert, vom Drogenhandel zu profitieren, aber er mußte eingesehen haben, daß allmählich alles aus den Fugen geriet und nicht einmal mehr seine Hintermänner die Sache im Griff hatten. In diesem Sog wollte er nicht untergehen.

»Die schlimmste Sünde der Drogenhändler«, sagte er immer, »ist, daß ihre Geldgeilheit keine Grenzen kennt. Und wenn Gier außer Kontrolle gerät, wird eine Zeitbombe daraus.«

Keine Ahnung, welche Schritte er unternahm oder welche Mühe ihn das kostete. Ich weiß nur, daß er nach Italien geflogen ist, um mit seinem Vater zu reden. Als er zurückkam, schloß er sich abermals mit seinen Anwälten ein. Für mich waren sie nur eine Horde von Geiern, einer falscher als der andere.

Er fragte auch Daniela um Rat, was mich ein wenig beruhigte. Ich glaube, ich hab Ihnen bereits erklärt, daß ich sie für ein ganz patentes Mädchen hielt. Wirklich ungewöhnlich.

Sie hatte weder Ramiro noch mich je mit ihren Problemen behelligt. Nicht weil sie uns nicht traute, sondern weil sie der Meinung war, je weniger wir von diesen Dingen wüßten, um so leichter würden wir es später haben. In Kolumbien trifft das alte Sprichwort zu: Reden ist Silber, Schweigen ist Gold.

Es gibt tausend Methoden, jemanden zum Singen zu bringen, wenn er zufällig einmal etwas mitgekriegt hat. Aber bisher hat noch niemand ein System erfunden, um einem Geheimnisse aus der Nase zu ziehen, die man überhaupt nicht kennt.

Das hatte Abigail begriffen.

Gegen Ende des Sommers 1985 kriegten sogar die

Dümmsten unter uns mit, daß sich etwas zusammenbraute. Nach der Zerstörung des Ochoa-Stützpunkts in »Tranquilandia« und der Ermordung des Justizministers, Lara Bonilla, brach ein so schmutziger Krieg zwischen Teilen der Regierung und dem Kokainkartell aus, daß es einem kalt über den Rücken lief.

Ich hab Ihnen doch erzählt, daß bei der Verarbeitung von Kokablättern zu Kokain der Äther eine Schlüsselrolle einnimmt. Nun gehört Kolumbien nicht zu den Ländern, die Äther produzieren. Unter anderem deshalb, weil sich über den Import der inländische Handel und Vertrieb besser kontrollieren läßt.

Das Drogenkartell hatte ernste Schwierigkeiten mit der Beschaffung. Das geht so weit, daß ein Faß Äther, das normalerweise dreihundert Dollar kostet, in Kolumbien für fünftausend verkauft wird, wenn überhaupt welches zu haben ist. Deshalb nahm der Mann des Medellínkartells in Miami, ein gewisser Francisco Torres, Kontakt zu einer amerikanischen Firma auf. Er bot für die Lieferung von zweitausend Fässern das Doppelte des üblichen Preises. Bar auf die Hand.

Doch dann funkte ihm die amerikanische Drogenbehörde dazwischen. Sie schickte V-Männer zu Torres, die ihm so viel Äther anboten, wie er nur haben wollte.

Was sie ihm nicht sagten, war, daß sich im doppelten Boden der Fässer Sender befanden, die von einem Satelliten geortet werden konnten.

Clever, was? Die Jungs haben den »Drogenkrieg« ganz schön ernst genommen.

Sie verfolgten den Weg der Fässer von oben und fanden den Stützpunkt Tranquilandia, irgendwo bei Caquetá im Osten Kolumbiens, etwa fünfhundert Kilometer nordöstlich von dem Ort, wo ich mein Abenteuer im Dschungel erlebt hatte.

Als die Drogenfahnder angriffen, unterstützt vom Militär

und amerikanischen Hubschraubern, muß Tranquilandia zu einem wahren Schlachtfeld geworden sein. Zwar konnten die großen Fische durch den Dschungel entkommen, aber die Bullen hatten mehr als fünfzehntausend Kilo reinstes Kokain und Paste, ungezählte Tonnen Kokablätter und ein riesiges Lager mit Waffen, Fahrzeugen, Hubschraubern und Sportflugzeugen erbeutet.

Es war ein gewaltiger Schlag für die Ochoas und das gesamte Kartell. Aber in kürzester Zeit hatten sie sich erholt und sich noch enger zusammengeschlossen, um eine Gegenoffensive zu starten, die die Straßen mit neuen Toten füllte. Der Justizminister war auch dabei.

Was sagen Sie dazu, Señor?

Sie haben zurückgeschlagen. Erst den Justizminister in aller Öffentlichkeit umgenietet und dann den Chef der Drogenpolizei, einen gewissen Jaime Ramírez, der auch nicht von Pappe war. Was für ein Land!

Ein verrücktes Land, verrückt und mörderisch. Und mit einer korrupten Justiz, denn jedesmal, wenn die Bullen einen der Ochoas oder jemand anderen aus dem Kartell festgenommen hatten, kam ein Richter und fand eine Möglichkeit, ihn auf Kaution aus der Haft zu entlassen.

Schließlich fing man an, über Auslieferung zu sprechen. Wenn die wichtigen Drogenbosse in Kolumbien schon nicht mehr als ein Jahr im Knast verbrachten, sollten sie lieber in die USA verfrachtet werden, wo sie wenigstens für immer hinter Gittern verschwanden. So erging es Griselda Blanco, Carlos Lehder und vielen anderen.

Das muß Abigail Anaya geahnt haben, und in so etwas wollte er auf keinen Fall reingezogen werden.

Damals, Ende 1985, war noch alles offen. Die meisten der Richter am Obersten Gerichtshof hatten sich geweigert, das Auslieferungsgesetz zu unterschreiben, das die unverzügliche Auslieferung von Drogenhändlern an die Vereinigten

Staaten ermöglichen sollte. Die Richter behaupteten, ein solches Gesetz würde gegen die Verfassung des Landes verstoßen und die Souveränität des Staates untergraben.

Trotzdem brachten das viele vergossene Blut und vor allem die Ermordung eines so respektierten Ministers wie Lara Bonilla das Faß zum Überlaufen. Die Geduld des Volkes war erschöpft. Und das verstanden sogar die Herren Richter beim Obersten Gericht, von denen viele auf der Gehaltsliste des Drogenkartells standen.

Das Ganze weitete sich zu einem internationalen Skandal aus. Präsident Reagan machte den Krieg gegen die Drogen zur Chefsache. Er drohte der kolumbianischen Regierung ganz offen einen Handelsboykott an, wenn die Korruption nicht umgehend ein Ende nahm.

Auch die traditionellen Oligarchien des Landes, die immerhin am meisten von den Geschäften profitierten, sahen ein, daß sie zu weit gegangen waren, daß eine Bande von Bauern die Geschicke des Landes nicht dermaßen beeinflussen durfte, selbst wenn sie bereit war, das Geld großzügig mit ihnen zu teilen. Sie wollten den ganzen Kuchen für sich.

Selbst die Smaragdhändler, diese skrupellosen Schweine, gaben zu verstehen, daß sie bereit wären, gegen das Drogenkartell vorzugehen. Der viele Rummel vermasselte ihnen das Geschäft.

Alles, was mit Kolumbien zu tun hatte, klang nach Lepra.

Die Richter, die in die Befreiung der Drogenbosse verwikkelt gewesen waren, standen mit dem Rücken zur Wand. Einerseits konnten sie diejenigen, die sie so viele Jahre bezahlt hatten, nicht verraten, andererseits wußten sie genau, daß sie Gefahr liefen, ihren Posten zu verlieren, wenn sie so weitermachten. Auch sie mußten an ihre Zukunft denken.

Die Lage war prekär, und jeden Tag wurde sie weiter angeheizt.

Nicht nur mit Worten, auch mit Taten. Man mußte Mut

haben, um überhaupt auf die Straße zu gehen, denn man wußte nie, wann und wo die nächste Autobombe hochging.

Keine Ahnung, welche Rolle Abigail Anaya dabei gespielt hat.

Ich könnte nicht einmal sagen, ob er selbst mitgemischt hat bei dem Spiel oder nur privilegierter Zuschauer war. Aber es dauerte kaum einen Monat, und alle Bilder, Statuen, Teppiche und Möbel von Wert waren wie vom Erdboden verschluckt. In der Villa blieb, wie in der Galerie, nur noch Drittklassiges, für das nicht einmal ein Prolet wie ich hundert Pesos gegeben hätte.

An einem schönen Herbsttag, ich kann mich noch genau daran erinnern, es war der elfte Oktober, lud Abigail Ramiro und mich zum Essen in die »Fragata« ein, wie beim ersten Mal. Er teilte uns mit, daß er in der Banco de la República ein Girokonto eröffnet habe für den Fall, daß ihm etwas passierte. Dort würde Monat für Monat eine Summe eingehen, die ausreichen müßte, um das Heim weiterzuführen, vorausgesetzt, man beschränkte die Anzahl der Kinder auf fünfzehn und sparte bei der Verwaltung.

Er bat uns, alles zu tun, um das Heim zu erhalten. Er sagte, es sei das einzig Gute, was er in seinem Leben getan habe und außerdem ein Beispiel für alle, die behaupteten, das Problem der Straßenkinder wäre unlösbar.

Ich hatte einen Knoten im Hals. Hörte sich an, als wäre er am Abkratzen oder irgendwas Schreckliches würde passieren. Aber so sehr wir ihn auch bedrängten, er blieb hart und sagte kein Wort darüber. Nur, daß wir ihn in Ruhe lassen sollten.

Wir waren seine Freunde. Er liebte uns und würde sich immer an uns erinnern, egal, wo er war und was geschehen mochte. Und um dieser Freundschaft willen wollte er nicht Schuld daran haben, daß uns was zustieß.

Ich hätte um ein Haar losgeheult.

Sie kamen mit dem Bus, so wie eine der vielen Touristengruppen, die früher diese Stadt besuchten, und fuhren direkt in die Garage des Justizpalastes. Kein Soldat, Polizist oder Parkwächter hielt sie an.

So einfach war das.

In der Garage holten sie ihre Waffen unter den Sitzen hervor und überwältigten die Wachmannschaften im ersten Stock, schneller, als ich Ihnen dies erzählen kann. Anschließend verriegelten sie sämtliche Türen.

Sie ahnen es?

Ja. Ich spreche von dem Überfall auf den Justizpalast.

Es geschah am sechsten November. Am selben Tag, an dem ich Abigail Anaya zum letzten Mal sah.

Wie viele? Etwa vierzig Mann. Alles Guerilleros der M-19. In weniger als zehn Minuten hatten sie alle vier Stockwerke des Gebäudes unter Kontrolle und dreihundert Geiseln in ihrer Gewalt, unter ihnen die meisten Richter des Obersten Gerichtshofes. Sie hatten sich versammelt, um über das umstrittene Auslieferungsgesetz zu debattieren, das die meisten von ihnen mittlerweile zu befürworten schienen.

Die M-19, Señor, ist die berüchtigte kolumbianische Guerillagruppe. Der bewaffnete Arm der Linken. Man müßte meinen, daß sie die Drogenhändler hassen, weil diese die Rechtsreaktionären finanzieren.

Wer soll das verstehen, Señor? Das gibt es wohl nur in Kolumbien.

Aber sie waren es. Unter der persönlichen Leitung von

Andrés Amarales, der geschworen hatte, der Korruption in diesem Land ein Ende zu machen.

Amarales ließ Reyes, den Vorsitzenden des Gerichtshofes, beim Präsidenten der Republik anrufen und ihm durch ihn mitteilen, daß alle Geiseln getötet würden, angefangen bei den Obersten Richtern, falls der Präsident nicht unverzüglich im Jusitzpalast auftauchte und sich einem »Volksgericht« stellte.

Ich bin nicht besonders klug, und von Politik verstehe ich wenig, aber eines ist mir klar: Wenn jemand so dumme Forderungen stellt, dann nicht, weil er daran denkt, zu verhandeln.

Wenn sich Präsident Betancur gestellt hätte, was ziemlich ausgeschlossen war, hätte Amarales als nächstes Reagan verlangt. Was er eigentlich wollte, war, mit den Richtern aufräumen.

Genau das hat er dann ja auch getan. Als sich das Überfallkommando dem Gebäude näherte, hat er erst Reyes, oder wie der Kerl hieß, eine Kugel durch den Kopf gejagt und dann zehn weiteren Richtern, die meisten Befürworter des Gesetzes.

Verstehen Sie das?

Können Sie es mir erklären?

Warum die, die in den Bergen im Namen des Volkes ihr Leben aufs Spiel setzen, plötzlich in die Stadt kommen und genau die kaltmachen, die das Volk gewählt hat, um sie vor den Mächtigen zu beschützen?

Ich wollte es nicht wahrhaben. Ich bin hingelaufen, so nah ich konnte, aber ich kam nur bis zur Plaza Santander. Ich traute meinen Ohren nicht, als ich das Schießen und das Krachen der Bomben hörte. In der Ferne sah man Rauch aufsteigen, und aus dröhnenden Transistorradios wurde berichtet, daß die M-19 die gesamte kolumbianische Justiz in die Luft jagte.

Ich konnte verstehen, daß die M-19 gegen den Staat kämpfte, aber was sie da aufführte, war bestimmt nicht geeignet, um irgend etwas zu verändern.

Vor allem als bekannt wurde, daß die Kerle dabei waren, sämtliche Polizeiakten über die Drogenhändler verschwinden zu lassen, um dafür zu sorgen, daß später keines dieser Schweine vor Gericht gestellt würde.

Machte das etwa Sinn? Kämpfte die Guerilla nicht für ein neues, gerechteres System? Oder war sie nur Handlanger von ein paar Kriminellen?

Urteilen Sie selbst. Ich hab meine eigene Meinung dazu.

Am Schluß stand der Justizpalast in Flammen, und es gab hundert Tote. Die meisten starben durch Genickschuß. Fast alle Akten waren vernichtet worden und das Land in aller Welt blamiert.

Sie werden vielleicht verstehen, daß mich vor allem das Verschwinden von Abigail Anaya interessierte.

In diesen Tagen verschwanden eine Menge Leute in Bogotá. Die meisten freiwillig, weil sie wußten, daß es jetzt richtig losgehen würde, viele aber wurden auch kaltblütig um die Ecke gebracht. Gründe gab es genug, und wie Sie wissen, fackelt man in meinem Land nicht lange.

Diese Stadt war es gewohnt, in Angst zu leben, jetzt aber machte sich Panik breit. Jeder, der glaubte, einen Feind zu haben, der ihm ans Leder wollte, beschloß, ihn zu beseitigen, bevor der andere ihm zuvorkommen konnte, oder er tauchte selber unter.

Nie hatte es eine derartige Nachfrage nach Auslandsflügen gegeben. Wenn es sein mußte, reisten die Leute bis nach China, denn kein Ort der Welt schien weit genug entfernt, um den Häschern zu entkommen.

Der einzige Richter, der die Auslieferung befürwortet hatte und am Tag des Überfalls nicht im Justizpalast gewesen war, wurde auf offener Straße über den Haufen geschossen.

Das Kartell warnte ganz unverblümt alle, die auf die Posten der Toten schielten, sich lieber zweimal zu überlegen, was sie da vorhatten.

Abigail Anaya hatte recht gehabt, als er uns in jener Nacht in der »Fragata« erzählte, Kolumbien sei zur Geisel des Kokains geworden.

Und im Scherz hatte er hinzugefügt, daß wir bald alle »Koka-Kolumbianer« sein würden, abhängig von einer Droge, von der wir nicht mehr loskommen würden.

Ramiro hatte nicht wahrhaben wollen, daß ein paar Verbrecher eine ganze Nation in Schach halten konnten.

»Sie werden mit ihnen aufräumen«, hatte er geantwortet. »Wenn der Hund erst einmal tot ist, gibt es keine Tollwut mehr.«

»Da bist du auf dem Holzweg«, hatte Abigail ernst geantwortet. »Diese Tollwut wird die Hunde überleben, weil der Mensch sie braucht.«

Abigail glaubte, die Sucht sei nur deshalb in den letzten Jahren so stark geworden, daß sie niemand mehr aufhalten konnte und es auch gar nicht wirklich wollte, weil die Menschen nichts hatten, um sie zu ersetzen.

Er sprach von der Leere des Menschen, die der Geist mit irgend etwas füllen müsse, und davon, daß Gott diese Welt verlassen habe.

Er sagte, die Zeiten, da wir so miteinander umgehen könnten wie unsere Großeltern früher, seien ein für allemal vorbei. Die Familie wäre tot, es würde keine Liebe mehr unter den Menschen herrschen. Sie wären einsam und würden deshalb Drogen nehmen.

Es hat mich immer fasziniert, Abigail sprechen zu hören. Vieles hab ich nicht verstanden, und manchmal mußte ich mich wirklich anstrengen, aber von ihm hab ich Dinge gelernt, die ich nie für möglich gehalten hätte. Er sprach, als käme er von einem anderen Stern.

Mit der Zeit war mein Leben ein billiger Abklatsch von seinem geworden. Hab ständig versucht, ihn nachzumachen, aber das war, als wollte ich meinen Pinkelstrahl mit dem Amazonas vergleichen.

Dann verschwand er, und wir waren zum zweiten Mal verwaist.

Leben Ihre Eltern noch?

Tut mir leid. Muß traurig sein, Eltern zu verlieren, die man liebt und die einen geliebt haben. Andererseits ist es ein Naturgesetz, mit dem jeder Mensch irgendwann fertig werden muß.

Trotzdem kann sich wohl niemand auf der Welt vorstellen, was es heißt, jemanden wie Abigail Anaya zu verlieren.

Sie haben ihn nicht gekannt und können das nicht verstehen. Ich bezweifle, daß Sie jemals einen Freund wie ihn hatten, egal, wie viele Länder Sie besucht haben.

Wir haben nie wieder von ihm gehört. In all diesen Jahren nicht.

Alles ist möglich. Gebe Gott, daß er nicht einer der vielen »N.N.« geworden ist. Damals ist eine Menge Blut geflossen. Möglich auch, daß er noch rechtzeitig abhauen konnte und sich irgendwo versteckt hat, um eines Tages wieder aufzutauchen. Das ist meine einzige Hoffnung.

Sie können sich nicht vorstellen, wie oft ich an irgendeiner Ecke stehengeblieben bin, in der Erwartung, daß ein Wagen bremst und Abigail mit ausgebreiteten Armen auf mich zukommt!

Sie können sich nicht vorstellen, wie oft ich träume, er klopft an meiner Tür und weckt mich mit einer Tasse Kaffee!

Sie können sich nicht vorstellen, wie gerne ich wieder zwei Stunden vor dem Autoradio sitzen und darauf warten würde, daß er im »Tequendama« sein Schäferstündchen mit einer neuen Braut beendet.

Ramiro und ich waren wie vor den Kopf geschlagen.

Ebenso Herminia, die sogar badete und drei Tage nicht nach Zwiebeln stank.

Und die meisten Kinder, Lehrer, Angestellte, seine Frauen und alle, die ihn gekannt hatten.

Vor allem aber Daniela.

In zehn Tagen alterte sie um zehn Jahre. Sie war wie weggetreten, dumpf, irgendwie abwesend. Sie wollte es einfach nicht wahrhaben.

Sie fragen sich sicher, was für ein Mensch dieser Abigail gewesen sein muß, wenn er so vielen so fehlte. Ich weiß es nicht.

Ich weiß nur, daß sein Schatten uns all die Jahre geprägt hat. Und heute noch prägt, denn jedesmal, wenn ich etwas tue, frage ich mich zuerst, ob es in seinem Sinn gewesen wäre, ob es ihm gefallen hätte.

Noch heute, nachdem so viel Zeit vergangen ist, kann ich keine Entscheidung treffen, ohne daran zu denken, was er davon halten würde, wenn er mich sehen könnte. Ich vermisse seinen Rat und seine Kritik sogar bei ganz alltäglichen Dingen, die ein Mann in meinem Alter eigentlich längst im Griff haben müßte.

Ich gebe zu, der Rum machte die Sache nicht besser. Ich suchte Zuflucht dort, wo es keine gibt, im Alkohol. Zum ersten Mal stritt ich mit Ramiro, der wütend wurde, wenn er mich trinken sah. Er sagte, davon würde Abigail auch nicht wieder lebendig oder gar zurückkehren, falls er noch am Leben war.

Irgendwie lebte er weiter. An jedem Monatsersten gingen die versprochenen Beträge auf der Bank ein, obwohl man uns nie erklären konnte, woher oder wie. So hielten wir auf Biegen und Brechen »El Sótano« am Leben.

Eigentlich war ich der einzige, der seinen Kummer im Rum ertränkte. Alle anderen waren tapferer als ich.

Drei von unseren Lehrern suchten sich nach einer Weile

eine andere Arbeit. Herminia vollbrachte wahre Wunderwerke in der Küche und schrubbte die Böden bis zum Umfallen. Die meisten Jungs halfen, so gut sie konnten, und gaben uns alles, was sie draußen zusammenkratzten.

Zum ersten Mal hatten sie so etwas wie eine Familie, und die wollten sie ums Verrecken nicht verlieren.

Manchmal hatte ich den Verdacht, daß Abigail das absichtlich eingefädelt hat. Er ließ uns gerade so viel, daß wir uns über Wasser halten konnten, aber schwimmen mußten wir aus eigener Kraft.

Ramiro sprang für einen der Lehrer ein und gab jetzt Unterricht. Sie werden verstehen, daß es ein großer Tag für uns war, als er zum ersten Mal vor der Klasse stand. Doch er setzte sich seelenruhig hin und begann mit dem Unterricht. Das war der Augenblick, in dem wir unsere Vergangenheit als hungrige Straßenkinder endgültig begruben.

Durch Willensstärke und Selbstbewußtsein hatte er sich eine bescheidene, aber wichtige Stellung als Lehrer der *gamines* erkämpft. Damit hatte er der ganzen Welt gezeigt, daß es möglich war.

Nur das: Es war möglich.

Wir hatten gebettelt, geraubt, Ziegelsteine geschleppt und sogar gemordet, um es zu erreichen, und er hatte es geschafft. Auch wenn sein Triumph bescheiden blieb und kaum wahrgenommen wurde – er war es wert gewesen. Ich hab es nie bedauert, daß ich den steinigen Weg gegangen bin, der uns zum Sieg führte.

Serapio *el Lápidas* wurde Rennfahrer.

Radrennfahrer. Einer von den Typen, die auf ein Rad steigen und mit zweihundert anderen durch die Berge kurven. Bei der Spanienrundfahrt wurde er vierter und bei der Bergwertung in der Tour de France zweiter. In Kolumbien ist er ein Idol.

Ich weiß noch, als er mit seinem ersten Rad ankam und

schwor, es nicht geklaut zu haben. Wir haben ihm geglaubt. Eine Stunde vor Sonnenaufgang stand er auf und kam erst wieder, wenn der Unterricht begann, total verschwitzt und verdreckt. Zwei Jahre später verdiente er seine Pesos schon mit dem Rad. Ich glaube, er gibt immer noch ein Viertel seiner Einnahmen an das Heim ab.

Einmal hab ich ein Interview gelesen, da hat er erklärt, er verdankte alles Abigail Anaya, den natürlich kein Schwein kannte.

Warten Sie, ich habe den Zeitungsartikel noch. Hier, das ist Serapio. Verdammt hager, der Kerl! Hager, aber zäh.

Cristóbal, der Blonde, ist unter die Räder gekommen. Man kann eben nicht immer gewinnen.

Eigentlich würde ich ganz gerne an dieser Stelle Schluß machen, Señor.

Es wäre der richtige Augenblick. Ich hätte Ihnen die Geschichte von ein paar netten Burschen erzählt, die der Armut entkamen und heute nicht übel leben. Das wäre doch etwas.

Überlegen Sie es sich. Mit einem solchen Schluß, vielleicht noch ein bißchen ausgeschmückt, würde sich das Buch doch sicher prima verkaufen.

Die Leute, die es lesen, sind bestimmt so ähnlich wie die, die ins Kino gehen. Sie wollen ihr Happy-End, stimmt's oder hab ich recht?

Ich glaube, es war ein Fehler wiederzukommen, Señor, wirklich. Aber da ich mich nicht einmal mehr für mich selbst verantwortlich fühle, kann ich Ihnen nicht vorschreiben, was Sie zu tun haben, das müssen Sie schon selber wissen.

Wenn ich zurückblicke und darüber nachdenke, was in meiner Kindheit und Jugend passierte, bis zu dem Augenblick, als Abigail Anaya an der Ecke Jiménez de Quesada und Caracas aus dem Wagen stieg und vor mir stand, dann kommt es mir vor, als hätte mich das Schicksal von Anfang an zu dem bestimmt, was ich war. Und da kann niemand Rechenschaft von mir fordern.

So war die Welt um mich herum, so war ich auch. Ich tat nur das, was man von mir erwartete.

Später lagen die Dinge anders. Ich will gern zugeben, daß Abigail mir die Chance gab, mich zu ändern. Aber ich hab sie nicht genutzt.

Oder doch, ich hab sie genutzt, nur nicht durchgehalten. Der Weg war zu steinig und schwer und ich zu schwach.

Abigail sagte immer, das Problem mit Gut und Böse ist, daß sie zu nah beieinander liegen. Das verwirrt die Faulen und Schwachen nur.

Ich hab die Weisheit nicht gerade gepachtet, wie Sie bestimmt gemerkt haben. Aber ich weiß mittlerweile, daß ich nicht der harte Macho bin, als den man mich immer wieder hingestellt hat.

Um ein Killer zu werden, muß man nicht grausam, nur zum Killer geboren sein.

Ich weiß, Sie verstehen.

Sie sagen zwar nicht viel, Gott sei Dank, denn ich hab nicht viel Lust zum Zuhören, aber ich weiß, wann Sie bei der Sache sind und wann ich Sie langweile.

Um jemanden zu töten, muß man auch nicht stark sein; man braucht nur eine Pistole und den Drang loszuballern.

Wahre Stärke aber zeigt sich darin, daß man nicht abdrückt, wenn der Augenblick gekommen ist. Wie Sie gesehen haben, hat mich diese winzige Anstrengung immer eine Menge Kraft gekostet.

Wollen Sie wirklich nicht lieber wissen, wie es mit »El Sótano« weiterging, und dafür meine Geschichte vergessen?

Sie sind ja verdammt hartnäckig!

Ich hatte Ihnen erzählt, daß Abigail uns jeden Monat etwas Geld überwies. Nicht viel, aber genug. Ich war ebenfalls in das Heim gezogen und hatte jetzt ein Zimmer neben dem von Ramiro und Herminia. Erst da ist mir richtig klargeworden, warum diese Frau tagsüber keinen Ton herauskriegte.

Sie hat ihr ganzes Pulver während der Nacht verschossen. Es war ein ständiges Geschrei und Gestöhne. Man hätte fast auf die Idee kommen können, daß der arme Ramiro sie mit einer Machete traktierte.

Dabei haben sie immer so schüchtern getan, die beiden!

Sie brachten mich auf hundertachtzig, und manchmal mußte ich abhauen. Bloß raus aus der Bude. Dann wanderte ich durch die gottverlassene Stadt und hoffte, eine barmherzige Seele zu treffen, die mir ein bißchen Ablenkung und Beruhigung verschaffte.

Doch in Bogotá gibt es nicht mehr viele barmherzige Seelen, nur jede Menge Körper, für die man bezahlen muß. Wenn ich ehrlich sein soll – das meiste Geld aus der Bank ist dafür und für Rum draufgegangen.

Und außerdem war ich so blöd, mit Roulette anzufangen.

Ich hockte einfach da und sah zu, wie die verdammte

Kugel immer wieder auf der falschen Zahl landete. Ich wußte genau, daß ich das, was ich verloren hatte, nie wieder reinkriegen würde, aber ich saß wie festgenagelt. Bis ich den letzten Peso los war.

Auch eine Sucht, und eine teure obendrein.

Ich machte mich zum Narren, zum tausendfachen Narren. Ich glaube, es lag zum größten Teil daran, daß ich so frustriert war, weil dieser Hundesohn von Abigail uns schon wieder im Stich gelassen hatte.

Ramiro flüchtete sich in seine Bücher und in die Verwaltung von »El Sótano«. Nachts hat er sich das Geschrei seiner Kleinen angehört. Ich hatte nur das Fernsehen, Rum, Nutten und meine ohnmächtige Wut.

Im Casino traf ich Román *Marrón* Morales wieder.

Ich kannte ihn noch aus der Zeit, als ich für *el Lindo Galindo* arbeitete. Er war damals ein Junge aus gutem Haus, der immer braun gekleidet herumlief, daher sein Spitzname. Außerdem war er mit schweren Goldketten und riesigen Smaragdringen behängt.

Jetzt war er pleite und spielsüchtig. Er saß den ganzen Tag am Roulettetisch und beobachtete die Kugel, obwohl er gar kein Geld hatte, um mitzuspielen. Komische Sache, wenn jemand, der im Überfluß lebte und alles haben konnte, plötzlich im Casino jemanden wie mich trifft, der sein Leben in der Gosse verbracht hat, und beide zusammen sind nicht in der Lage, einen einzigen Drink zu bezahlen.

Aber er hatte etwas, das mir gefiel. Er machte nie jemanden für sein Schicksal verantwortlich, sondern gab offen zu, was für ein Idiot und Parasit er gewesen war.

»Ich hab mein ganzes Geld versoffen und verhurt und den Rest aus dem Fenster geworfen«, war sein Lieblingsspruch. »Der einzige Fehler, den ich gemacht habe, ist, den Löffel nicht an dem Tag abgegeben zu haben, als ich den letzten Peso verlor.«

Er war zu feige gewesen, um Selbstmord zu begehen. Jetzt ärgerte er sich über seine robuste Natur, weil er nicht schon beim ersten Herzinfarkt draufgegangen war. Hätte ihm eine Menge Ärger erspart.

Fünf Generationen von Morales-Bonfantes hatten im Dschungel Kaffee angepflanzt und sich niemals was gegönnt, nur damit der letzte aus der Sippe innerhalb von zehn Jahren das gesamte Vermögen durchbrachte. Eigenartigerweise hatte Román nicht die geringsten Gewissensbisse. Er schwor, seinem Vater und Großvater hätte es viel mehr Befriedigung verschafft, die Centavos zu zählen, als ihm, sie auszugeben.

»Sie haben es gut gemeint«, sagte er. »Aber mit mir haben sie sich verrechnet. Sie ahnten nicht, wozu ich fähig war, wenn man mich ließ.«

Er hatte jede Menge Freunde, die ihn zu allem möglichen einluden, nur nicht zum Roulette. Sogar bei den Edelnutten hatte er Kredit, weil sie ihn und seine Großzügigkeit noch in guter Erinnerung hatten.

Mir gefiel er. Was soll ich Ihnen sagen?

Sicher war er ein Symbol für all das Schlechte in einem Land, in dem Gut und Böse so brutal aufeinanderprallen wie in dem meinen. Aber wie er selbst sagte, taugte sein Geld nichts, solange es auf der Bank lag. Daher brachte er es unter die Leute, vor allem unter die Huren, wann immer er welches hatte.

Eines Nachts im April saß er am Tisch und spielte mit ziemlich hohen Einsätzen. Als er mich sah, drückte er mir einen Haufen Chips in die Hand, damit auch ich mein Glück versuchen konnte.

»Wir unterhalten uns später«, sagte er nur.

Wir hatten eine Glückssträhne. Als wir das Kasino verließen, hatten wir mehr Geld in der Tasche, als wir in den letzten Monaten zusammen gesehen hatten.

»Ein gutes Omen!« sagte er immer wieder. »Ein gutes Omen. Das Geschäft wird klappen.«

Dann erklärte er mir alles. Das Geschäft bestand darin, Kurier für fünfzig Kilo Kokain zu spielen.

Fünfzig Kilo zum damaligen Marktpreis – das war eine Investition von anderthalb Millionen Dollar. Ich konnte nicht glauben, daß irgendwer verrückt genug wäre, einem Kerl wie Román Morales so viel Kohle anzuvertrauen.

»Ich habe Freunde«, erklärte er. »Sehr einflußreiche Freunde, und wenn du mir hilfst, die Ware zu transportieren, kriegst du hunderttausend Dollar ab.«

Wenn es etwas gibt, wobei ich schwach werde, Señor, dann ist es eine Versuchung.

Vor allem, wenn sie hunderttausend Dollar wert ist.

Ich will nicht leugnen, daß ich anfangs ziemlich sicher war, alles wäre nur ein Hirngespinst, und *el Marrón* hätte nicht mehr alle Tassen im Schrank. Aber als er mit dem Geld nur so um sich warf, neue Klamotten kaufte und mir sogar dreißigtausend Pesos als »Vorschuß auf die Spesen« gab, wurde ich neugierig.

Es war klar, daß er finanzielle Rückendeckung hatte. Er versicherte mir, daß der Plan hundertprozentig sicher sei, tat aber schrecklich geheimnisvoll. Heute weiß ich, warum. Er hatte selbst keine Ahnung.

Ich hütete mich, Ramiro etwas davon zu erzählen. Ich kannte ihn gut genug, um zu wissen, daß er mir sämtliche Knochen im Leib brechen würde, ehe er zuließ, daß ich in eine solche Sache verwickelt wurde.

Er hielt sich strikt an Abigails Anweisung, niemals die durchgezogene Linie zu überqueren. Wenn ich mich jetzt als Kurier verdingte, schlug ich nicht nur diesen Rat in den Wind, sondern stürzte mich geradezu in den Abgrund.

Also log ich und sagte ihm, ich hätte einen Job als Leibwächter bei einem Bankier angenommen, der oft geschäftlich in Cartagena zu tun hatte. Ich weiß nicht, ob er mir das abgekauft hat, aber schließlich war er nicht mein Vater oder sonst jemand, der mich daran hätte hindern können, zur Hölle zu fahren.

Die erste Etappe unserer Reise führte uns tatsächlich nach Cartagena. Wir kamen als einfache Touristen an, und bald war klar, daß wir hier die Ware in Empfang nehmen sollten. Gleichzeitig würden wir erfahren, wie der Weitertransport geplant war.

Kennen Sie Cartagena de Indias?

Ein Paradies, sage ich Ihnen.

Das Meer ist blau und türkis, warm und klar. Nicht wie in Peru, wo es kalt und schmutzig ist, immer grau und aufgewühlt. In Cartagena ist das Meer sanft, es liebkost die Küsten und Strände. Keine riesigen Wellen, keine Brandung wie im Pazifik.

Der Sand ist stumm, daher sind es die Palmen, die auf das leise Plätschern des Wassers antworten. So unterhalten sie sich Tag und Nacht.

Ich würde gerne in Cartagena sterben, Señor, wirklich. Aber wenn das nicht geht, dann will ich wenigstens unten an der Mauer direkt am Meer begraben werden. Dann könnte ich den Klang der Cumbias hören, der ständig durch die Straßen und Plazas flirrt.

Ja, Cartagena ist wirklich eine tolle Stadt. Die Sonne ist warm und der Wind niemals kalt. Die Menschen lachen immerzu, und nie hat einer davon gehört, daß Kinder in Abwasserkanälen übernachten.

Das ist Kolumbien, Señor. Auch wenn Sie es nicht glauben, Cartagena liegt in Kolumbien.

Cartagena de Indias erinnerte mich an eine vergessene Oase in einer Wüste von Gewalt.

Alles ist anders dort.

Riesige Festungsmauern umgeben die Stadt, die zwischen

das Meer, eine große Bucht und eine Lagune gebaut wurde, um jedem Angriff zu widerstehen, egal, woher er kommt. Hier haben die Spanier nämlich Gold, Silber, Smaragde, Diamanten – alles, was sie erbeuteten, gehortet. Später wurde es mit einer gewaltigen Flotte nach Sevilla weitertransportiert.

Es heißt, die Stadt sei so reich gewesen, daß Piraten und sogar Könige davon träumten, sie zu erobern. Aber es ist im Verlauf der Geschichte niemandem gelungen, sie einzunehmen. Angeblich ist es der einzige Ort auf der Welt, der noch nie erobert worden ist.

Aber das ist unwichtig. Geschichte hat mich noch nie interessiert.

Was zählt, ist, daß Cartagena jahrhundertelang die Schatzkammer der Spanier war und mit der Zeit wahnsinnig reich wurde. Eine echte Perle. Und die *costeños* haben sich weiß Gott alle Mühe gegeben, sie intakt zu halten.

Sie wissen ja, daß für mich die Straßen einer Stadt hauptsächlich zum Betteln, Stehlen, Rauben, Morden und Abhauen da waren. Ich brauchte immer einen Kanaldeckel in der Nähe, um schnell untertauchen zu können. Doch in Cartagena entdeckte ich, daß es auch andere Straßen gibt.

In Cartagena sind die Straßen dazu da, um im Schein der Laternen zu flanieren, ohne Angst, überfallen oder vergewaltigt zu werden. Manche Leute sitzen vor den Eingängen ihrer Häuser und grüßen selbst die Fremden, und überall bleiben Leute stehen, um ein Schwätzchen zu halten oder jemandem zuzuhören, der an einer Ecke steht und leise Gitarre oder *maracas* spielt.

Das ist die Karibik. Das karibische Blut. Schwarzes, warmes und süßes Blut; Blut von fröhlichen Menschen, die gern feiern und Blutvergießen verabscheuen. Es ist anderes Blut.

Nach drei Tagen war meine ganze Wut verflogen.

Zwanzig Jahre Bitterkeit und Haß auf eine Welt, die mich

nicht haben wollte. Zwanzig Jahre Angst und ständige Wachsamkeit dahin, als hätten sie sich im Meer aufgelöst wie Zucker.

Román Morales führte das auf einen plötzlichen Abfall des Blutdrucks zurück, typisch für Menschen, die direkt aus den Bergen kommen. Aber ich glaube, es war eher der Eindruck dieser Stadt: Ihre Einwohner schienen wirkliche Menschen zu sein.

Das hätte Abigail gefallen.

Er hätte es genossen, abends in einer Pferdekutsche durch die Stadt zu fahren. Unter einem malvenfarbenen Mond. Der Mond in der Karibik ist beinahe rot, wenn er durch den Dunst des Meeres am Horizont aufsteigt.

Fahren Sie nach Cartagena, Señor. Ich rate es Ihnen. Fahren Sie hin, genießen Sie das Meer und die schönen Mulattinnen. Vergessen Sie das, was niemanden interessiert. Die Leute müssen es doch satt haben, immer nur Schreckliches zu hören.

Warum sind Sie bloß so verdammt dickköpfig?

Das stimmt, ans Meer hab ich keine guten Erinnerungen, nein, im Gegenteil, die schlimmsten, die man sich vorstellen kann. Aber die Mulattinnen in Cartagena, Señor, von denen könnte ich Ihnen stundenlang erzählen.

In eine hab ich mich verliebt, sie hieß Maria Luna, aber jeder nannte sie Luna. Von dem Augenblick an, als ich ihn das erste Mal hörte, zerging mir der Name auf der Zunge wie eine reife Mango.

Ja, ich hab mich verliebt. Ich schwöre Ihnen, es war so, als hätte ich mein ganzes Leben lang darauf gewartet. Die Leere, die entstanden war, als Haß und Wut verflogen, wurde durch Maria Luna wieder gefüllt.

Noch ehe ich sie zum ersten Mal sah, war mir ihr vibrierendes Lachen aufgefallen, das in einem der Nebenzimmer erklang und sich anhörte wie ein Glockenkonzert.

Man mußte einfach mitlachen, wenn sie lachte. Ich konnte mir nie erklären, wie sie es fertigbrachte, sogar die Priester anzustecken. Einmal erzählte sie mir, daß man sie als kleines Mädchen vom Kommunionsunterricht ausgeschlossen hatte, weil sie die Klasse ständig zum Lachen brachte.

Sogar ihr Beichtvater hat sie einmal rausgeworfen. Und wenn ich mit ihr zusammen war, mußte ich mir den Bauch halten vor Lachen, oder ich lief mit einem Mordsschluckauf herum, der mir den ganzen Tag vermieste.

Sie brachte mich mitten in einer Nummer zum Lachen, weil sie nicht mal im Bett aufhören konnte, Unsinn zu machen.

Nicht daß sie ständig Witze erzählt hätte oder es bewußt drauf anlegte, die Leute zum Lachen zu bringen. Sie war ganz einfach komisch – so wie Cantinflas oder die Marx Brothers mit Röcken.

Wenn ich Ihnen hier wiederholen würde, was sie gesagt hat, wäre es überhaupt nicht mehr komisch. Bei ihr kam es darauf an, daß ihr immer das richtige Wort im richtigen Augenblick einfiel. Als hätte sie es seit einem Jahr für genau diesen Moment aufgehoben.

Einmal mußte ein Kellner so lachen, daß er ein Tablett über uns kippte. Ich selbst hab unzählige Male Leute am Tisch mit Bier bespritzt und mich einmal so verschluckt, daß ich abgekratzt wäre, wenn ich nicht das ganze Essen ausgekotzt hätte.

Wenn man mit ihr ausging, lief man eher Gefahr, sich totzulachen, als von einem Auto überfahren zu werden – ich schwöre!

Und ich hatte bisher wirklich nicht viel zu lachen gehabt.

Sie war nicht besonders hübsch, zugegeben. Ihr Körper war der eines jungen Mädchens kurz vor dem Erblühen, klein und schwächlich. Die Hautfarbe eine Mischung aus Schwarz und Kaffeebraun, aber straff und glänzend.

Wenn sie irgendwo reinkam, schaute niemand auf, aber nach zehn Minuten stand sie unweigerlich im Mittelpunkt, selbst wenn die hundert schönsten Frauen der Welt dagewesen wären.

Ich nehme an, das ist eine Gabe. Wahrscheinlich hätte sie sogar einen Stein zum Lachen gebracht.

Die Leute beneideten mich.

Können Sie sich vorstellen, was das für jemanden bedeutet, der so schäbig war wie ich?

Es kam mir vor, als wär ich auf einem anderen Stern gelandet.

Ich kam in ein Restaurant und sah mir die wichtigen Herren an mit ihren aufgedonnerten Weibern in Luxusklamotten, und nach einer Weile fiel mir auf, wie gelangweilt ihre Gesichter waren und wie sie ständig darauf horchten, was meine Kleine mir zuflüsterte. Ich wußte, daß sie auf der Stelle mit mir getauscht hätten.

Wirklich Señor, im Bett kann jede Frau gut sein. Jede kann eine gute Geliebte sein, eine gute Frau, eine gute Mutter und sogar eine gute Köchin, aber keine kann einen andauernd zum Lachen bringen. Dabei ist das unglaublich wichtig.

Weil unser »Transportmittel« auf sich warten ließ, mietete ich eine kleine Finca bei El Lagunito, umgeben von Meer und Strand. Schon morgens wachzuwerden und nur Sonne und Palmen zu sehen war eine Wonne.

Román Morales mietete sich in einem Hotel namens »El Caribe« ein. Abends kam er rüber zum Essen, und da die Bude ständig voll war mit Freunden von Luna, die nicht ohne sie leben konnten, ging es bei uns zu wie in einem Taubenschlag. Ich war sehr glücklich.

Vielleicht verstehen Sie das. Es war ein echtes Heim, das ich mit meiner Frau teilte, und nur die durften kommen, die ich sehen wollte. Endlich hatte ich etwas, das mir allein gehörte, selbst wenn es nur gemietet war.

Vom Keller in die Abwasserkanäle, von da in das miese Zimmer von Doña Esperanza, dann von Abigails Freundschaft abhängig und jetzt endlich – mein Haus!

Sie haben schon immer ein Haus gehabt, nehme ich an.

Irgendein Haus.

Versuchen Sie, sich in meine Lage zu versetzen und zu fühlen, was ich gefühlt habe. Es war, als würde mir Cartagena in zwei Wochen all das in den Schoß legen, was Bogotá mir seit Jahren verweigert hatte.

Ich fragte Luna, ob sie mich heiraten wollte.

»In Ordnung«, sagte sie. »Aber ich glaube kaum, daß wir jemanden finden, der Trauzeuge einer schmutzigen Mulattin und eines ausgemergelten Straßenjungen sein will.«

Später meinte sie, daß es besser wäre, wenn wir etwas warteten, bis die Begeisterung der ersten Tage vorüber sei: Ein Leben zu zweit und mit Kindern sei eine ernste Sache, und sie wolle diesen Schritt nur dann tun, wenn sie vollkommen sicher war.

»Ich weiß nicht mal, wer du bist«, sagte sie einmal, nachdem wir uns wie wahnsinnig geliebt hatten. »Ich liebe dich und bin glücklich mit dir, aber ich will, daß meine Söhne einen Vater haben, auf den sie stolz sein können. Ihr aus der Hauptstadt habt einen schlechten Ruf. Erzähl mir mehr von dir.«

Was sagen Sie dazu?

Was hätte ich ihr schon erzählen können?

Dasselbe wie Ihnen, damit sie genau gewußt hätte, daß ihre Söhne einen Dieb, Drogenhändler und Mörder zum Vater haben würden?

Das Schlimme ist, daß ich keine Geschichten erfinden kann. Sonst hätte ich auch Ihnen vielleicht etwas ganz anderes erzählt. Also hab ich so getan, als wäre ich todmüde, und gehofft, daß meine Liebe sie eines Tages überzeugen würde.

Sie verkaufte Obst und Gemüse gegenüber der Plaza de los

Zapatos Viejos. Zwar hatte sie nie einen Peso, um sich Kleider zu kaufen oder auszugehen, aber ich hab sie nie klagen hören. Sie sagte immer, in Cartagena bräuchte man nur Luft und Liebe, um glücklich zu sein.

Und so wie sie sind viele Menschen dort. Die Dunkelhäutigen haben nämlich kapiert, daß sie auf der Welt sind, um sich am Leben zu freuen, so gut es geht, ohne den Nachbarn weh zu tun.

Ich hätte alles dafür getan, daß dieses Glück nie zu Ende ging. Lunas Liebe bestand aus Sex und Lachen, zu sehr ungleichen Teilen, je nach Tag und Laune. Es wäre mir vermutlich ziemlich lächerlich vorgekommen, wenn ich versucht hätte, ihr zu erklären, daß es auch noch eine romantische Liebe gibt. Davon hatten wir alle beide keine Ahnung.

Dabei war ich bestimmt sehr romantisch. Für mich war alles neu. Ich wollte nicht verlieren, was für Luna nur eine von unzähligen Geschichten war.

Zum Beispiel war ich furchtbar eifersüchtig.

Können Sie sich vorstellen, daß ein Sicario wie ich, der x-beliebigen Menschen ohne zu zögern eine Kugel durch den Kopf gejagt hatte, plötzlich eifersüchtig war wie ein Truthahn während der Balz?

Ich hatte Angst, daß jemand kommen und sie mir wegnehmen könnte. Der Gedanke, ohne sie und ihr Lachen leben zu müssen, war unerträglich geworden. Er kam mir genauso absurd vor, wie nach Lurigancho zurückzukehren.

Sie müssen verstehen, was mir Luna bedeutet hat, damit Sie wissen, warum ich später so handeln mußte. Wenn Sie einem Blinden das Augenlicht wiedergeben, wird er nicht so dankbar sein wie ich dafür, daß ich Luna kennenlernen durfte.

So einfach ist das.

Ich bereue es nicht.

Warum sollte ich mich schämen? Wenn ich zugeben kann,

unzählige Menschen umgelegt zu haben, ohne ein schlechtes Gewissen zu haben, wäre es doch lächerlich, so etwas zu verschweigen. Ich hab wegen einer Frau, die mich glücklicher machte als jeder andere Mensch in meinem Leben, den Kopf verloren.

Ich fragte sie, ob sie den Obststand nicht vergessen und sich nur noch um mich kümmern wollte. Sie lachte und fragte: »Für wie lange?«

»Für immer.«

Aber »immer« war für Luna wie für jede Mulattin ein Fremdwort. Wie ein bitteres Abführmittel, das der Körper sofort wieder ausscheidet. Diese Frauen geben sich einem nur so lange hin, wie die Leidenschaft andauert. Außerdem konnte sie sich, wie schon gesagt, mit der Idee an eine Heirat nicht anfreunden.

»Ich bleibe lieber bei meinen Melonen und Guyaven«, antwortete sie. »Ich bin doch selbst noch grün hinter den Ohren.«

Sie stand in aller Hergottsfrühe auf und holte ihre Ware. Dann baute sie den Stand auf und feilschte und lachte mit ihren Kunden. Die Männer umschwirrten sie wie Bienen den Honig.

Denn in Wirklichkeit verkaufte sie Lebensfreude, und nur deshalb schmeckten ihre Mangos besser als andere, oder zumindest kam es einem so vor.

Um die Mittagszeit nahm ich den Bus oder ging zu Fuß und holte sie ab. Wenn sie alles verkauft hatte, legten wir uns an den Strand und genossen die Sonne und das Meer.

Abends überfielen uns ihre Freunde. Sie kochte für alle, und trotzdem kam nie ein Wort der Klage über ihre Lippen, wenn sie müde war.

Schließlich liebten wir uns bis tief in die Nacht.

Und vor Sonnenaufgang war sie schon wieder auf den Beinen.

Neunzehn, vielleicht zwanzig Jahre. Sie wußte es auch nicht.

Eines Tages tauchte Morales mit einem langen Gesicht auf. Er brauchte nicht einmal den Mund aufzumachen. Ich wußte es sofort: Wir mußten los.

Scheiße!

Als hätte man mir den Boden unter den Füßen weggezogen.

Drei Tage später übergab man uns zwei Koffer mit Koks. Es war eigenartig. Als ich im Dschungel mit dem Zeug zu tun gehabt hatte, war es für mich nichts weiter als ein Pulver gewesen, das allerdings eine Menge kostete. Aber jetzt erschienen mir die lächerlichen fünfzig Kilo wie Nitroglyzerin, und man hatte sie mir einfach in die Hand gedrückt.

Morales und ich wußten, daß die Sache ab jetzt heiß war. Wenn die Bullen das Zeug bei uns fanden, waren wir dran. Und wenn wir es nicht schafften, die Ware an den richtigen Empfänger zu bringen, auch.

Erst da eröffnete mir Morales, daß das Zeug nicht seinen Freunden gehörte, sondern irgendwelchen »schwierigen« Kerlen, an die er über eine Zufallsbekanntschaft geraten war. Wir mußten uns genauestens an ihre Anweisungen halten, wenn wir keinen Ärger riskieren wollten.

Uns war bewußt, daß Drogenhändler, die einem anderthalb Millionen anvertrauten, nicht zulassen würden, daß man mit ihrem Geld Späßchen treibt. Vor allem, wenn feststand, daß unsere Auftraggeber nicht zu den vier oder fünf großen Familien des Medellínkartells gehörten, für die fünfzig Kilo Kokain nichts weiter als Trinkgeld waren.

Wir versteckten die Koffer unterm Bett. Ich kann Ihnen sagen, es schläft sich verdammt schlecht auf so viel Geld, auch wenn man vorher die Nacht durchgevögelt hat und hundemüde ist.

Luna muß gespürt haben, daß etwas nicht in Ordnung

war. Irgendwann machte sie Licht und starrte mich an. Und dann fragte sie, warum zum Teufel ich so aussehe, als ob ich auf einem Pulverfaß sitze.

Ich hatte das Gefühl, daß mir alle Felle davonschwammen. Aber ich liebte sie zu sehr, um sie in einer so wichtigen Sache zu belügen. Also schenkte ich ihr reinen Wein ein.

Sie hörte aufmerksam zu, überlegte eine Weile und sagte dann nur:

»Gut. Wenn es so ist, komme ich mit.«

Ich war platt, Señor. Vollkommen verdattert.

Ich versuchte sie davon abzubringen, weil das Risiko für sie zu groß war, aber sie blieb hart. Sie sagte, daß sie auch nicht mehr riskierte als ich und daß wir viel mehr zusammenbringen könnten, als nur das Bett vollzuschwitzen, und sie schon immer mal gern in die Vereinigten Staaten gewollt hätte.

Ich sagte, es würde keine Vergnügungsreise. Daß wir vielleicht lange Zeit hinter Gittern verbringen würden, wenn man uns mit fünfzig Kilo Kokain schnappte. Sie aber ließ nicht locker und sagte, sie würde auf der Stelle Schluß mit mir machen, wenn sie nicht mitdürfte.

Sie hatte einen verdammten Dickkopf, Señor.

Ich hatte nie eine so enge Beziehung zu einer Frau gehabt. Für mich waren sie Geschöpfe, die ich bezahlte und dann vergaß. An diesem Tag entdeckte ich, daß sie einen ziemlich starken Willen und obendrein Charakter haben können.

»Ich komme zurück«, beschwor ich sie. »Ich verspreche es dir!«

Aber sie sagte, sie würde mit dem erstbesten ins Bett steigen, wenn ich sie allein ließe.

Was hätten Sie an meiner Stelle getan?

Einerseits war es faszinierend, daß sie mir so ihre Liebe zeigte, andererseits hatte ich Angst, daß ihr der Knast das Lachen für immer austreiben würde.

Ich sprach mit Román darüber, aber der konnte mir auch nicht helfen. Ich glaube, er war so in Panik, weil er uns in einen solchen Schlamassel reingeritten hatte, daß er keinen klaren Gedanken fassen konnte. Er war ein Junge aus gutem Haus, der in Nullkommanichts ein riesiges Vermögen durchgebracht hatte, aber kein Krimineller. Und das Zeug zu einem Drogenhändler hatte er erst recht nicht.

Richtige Kriminelle sind aus anderem Holz geschnitzt. Morales war nur ein armer Teufel, der keiner Fliege etwas zuleide tun konnte.

Er hatte die Hosen gestrichen voll, und wahrscheinlich nichts dagegen, daß Luna mitkam, weil er glaubte, je mehr wir waren, um so mehr würde die Schuld aufgeteilt werden.

Auch das Geld war ihm plötzlich nicht mehr wichtig. Er sagte, er würde sich mit einer kleinen Kommission für Vermittlerdienste zufriedengeben, wenn ich das Geschäft allein machen wollte.

Aber was sollte ich mit zwei Koffern voller Koks allein in einem fremden Land, in dem ich nicht einmal die Sprache verstand?

Román konnte wenigstens ein paar Brocken Englisch, und außerdem kannte er die Besitzer der Ware, während ich von nichts eine Ahnung hatte.

Eines stand fest: Wir mußten das verdammte Abenteuer jetzt zusammen durchstehen. Es gab keinen Weg zurück. Vor allem, weil wir die Ware bekommen und unseren Vorschuß längst verpulvert hatten. Drogenhändler verstehen keinen Spaß. Da kann man sich die Sache nicht plötzlich anders überlegen.

Also blieb uns nichts übrig, als uns auf das verdammte Pulverfaß zu setzen und weitere Anweisungen abzuwarten. Wir hatten nämlich nicht die geringste Ahnung, wie wir das Zeug nach Nordamerika schaffen sollten.

Schließlich kam eines Abends kurz nach Einbruch der Dämmerung ein baumlanger Neger zu uns. Zunächst wollte er nicht, daß Luna dabeiblieb. Man habe ihm nur was von zwei Männern erzählt. Aber dann willigte er ein. Offensichtlich war es zu spät, um die Bosse zu fragen. Er war unser Führer.

Unterwegs kaufte er noch eine zusätzliche Hängematte und etwas mehr Wasser und Proviant als vorgesehen.

Gegen Mitternacht brachte er uns zu einer der vielen Molen an der Avenida Sancho Jimeno, wo wir in ein kleines Boot stiegen. Der Motor war so leise wie das Ticken einer Uhr.

Wir durchquerten die Bucht, kamen an der Insel Terra Bomba vorbei und fuhren auf die Ölterminals zu, wo vier riesige Schiffe vor Anker lagen.

Sie waren hell erleuchtet, aber die Decks waren so hoch und wir so winzig, daß man uns unmöglich sehen konnte. Schließlich machte unser Führer den Motor aus und ruderte leise, bis wir das wohl größte Schiff erreicht hatten, wo er das Boot festmachte.

Ich übertreibe nicht, wenn ich Ihnen sage, daß allein das Ruder mindestens fünfmal größer war als das Boot, mit dem wir gekommen waren. Wie ein Wolkenkratzer erhob sich der Tanker über unseren Köpfen.

Was für ein Anblick!

Ich war der Härteste und Abgebrühteste von uns dreien, und trotzdem hatte ich Schiß. Vielleicht können Sie sich vorstellen, wie es Luna und Román zumute gewesen sein muß, die viel unerfahrener waren als ich.

Morales kriegte den Mund nicht auf, und Luna zitterte am ganzen Leib.

Ist kein schönes Gefühl, mitten in der Nacht vor dem Heck eines riesigen Stahlmonstrums auf den Wellen zu schaukeln und von nichts eine Ahnung zu haben. Am liebsten hätte ich das Ganze auf der Stelle abgeblasen und den Schwarzen gebeten, uns zurückzubringen.

Aber er ließ mir keine Zeit zum Überlegen. Bevor ich mich versah, hatte er sich wie ein Affe am Ruder hochgehangelt und war weiter oben in einem kleinen dunklen Loch verschwunden.

Erst dort knipste er eine Taschenlampe an und leuchtete die dunkle Luke an, die sich etwa zwei Meter über dem Meeresspiegel erhob.

An der Innenseite der Luke, an ihrer höchsten Stelle, etwa sieben Meter über dem Wasser, gab es drei Querverstrebungen aus Stahl. Er setzte sich darauf und warf uns ein Seil runter, mit dem er zuerst die Koffer hochholte und dann alles, was wir sonst noch dabei hatten.

Wir konnten es nicht fassen – das also war unser Transporter!

Wir kletterten hinauf und versuchten ihn zu überzeugen, daß es eine Schnapsidee war, auf diese Weise nach Amerika zu fahren. Woraufhin er erklärte, er würde nur Befehle ausführen.

Ich sagte, da machten wir nicht mit.

»Das ist euer Bier«, antwortete er. »Aber wenn ihr jetzt wieder an Land geht, seid ihr so gut wie tot. Die Kerle verstehen keinen Spaß.«

Ich sah Román an, und sein Gesicht, bleicher als verdammter Schnee, gab mir zu verstehen, daß der Schwarze recht hatte. Es gab kein Zurück mehr.

»Nimm wenigstens die Frau mit!« bat ich ihn.

»An mir soll es nicht liegen«, antwortete der Hundesohn so ruhig, daß ich von Sekunde zu Sekunde nervöser wurde. »Aber die Verantwortung übernehme ich nicht. Sie kennt den Trick, und sie kennt das Schiff, und ich glaube nicht, daß ihnen das gefällt.«

Man mußte nicht allzu viel auf dem Kasten haben, um zu

begreifen, daß er es ernst meinte. Wenn Drogenhändler eine todsichere Methode gefunden haben, um ihre Ware an den Mann zu bringen, ohne daß ihnen die Behörden auf die Spur kommen, leuchtet es ein, daß sie kein Interesse daran haben, jemanden lebend herumlaufen zu lassen, der nichts mit der Sache zu tun hat und trotzdem davon weiß.

Es sind Killer, Señor, wirklich. Kerle wie ich, der schon für einen Bruchteil des Geldes Leute umlegte. Wäre Luna zurückgegangen, hätte am nächsten Tag ein Lastwagen sie und ihren Stand über den Haufen gefahren und Obstsalat aus ihr gemacht.

Cartagena war eine ruhige Stadt. Bis die Drogenhändler alles kaputtmachten.

Der Führer, dessen Namen ich nie erfuhr, sagte, es könnte eine ganz gemütliche Fahrt werden, wir sollten es uns bequem machen. Wir müßten nur darauf achten, uns anzuschnallen und dafür zu sorgen, daß man uns nicht sah, wenn wir die Luke wieder verließen.

Dafür hatten wir ein Schlauchboot, das man mit der Hand aufpumpen konnte, ein Seil und ein Paar Ruder. Wenn wir in Nordamerika waren, brauchten wir nur zu warten, bis es richtig dunkel wurde, um mit dem ganzen Kokain an Land zu gehen.

»Kein Problem!« sagte er und bleckte seine weißen Zähne. »Überhaupt kein Problem.«

Arschloch!

Für ihn war es natürlich kein Problem. In einer halben Stunde würde er sich mit einer Flasche Rum und einer dunkelhäutigen Freundin amüsieren, während wir wie Zirkusaffen oder verschreckte Hühner auf den verdammten Stahlstangen hockten.

Ich bestand darauf, daß er Luna mitnahm und niemandem etwas davon erzählte, aber der Schweinekerl weigerte sich. Er sagte, er würde nicht uns zuliebe Kopf und Kragen riskieren. Dem Patron etwas zu verheimlichen wäre dasselbe, wie es vor Gott dem Allmächtigen verbergen zu wollen.

Hätte ich eine Knarre in der Tasche gehabt, ich hätte ihn über den Haufen geschossen, das schwöre ich. Aber leider war sie tief im Rucksack versteckt, und er ließ mir keine Gelegenheit, sie herauszuholen. Außerdem muß ich zugeben, daß er natürlich irgendwie auch recht hatte.

Luna hatte kein einziges Wort gesagt. Ihre schöne Hautfarbe, diese Mischung aus Ebenholz und Kaffeebohnen, hatte im Moment allerdings eher die Farbe einer Olive, und ihre lebendigen Augen schienen viel größer als sonst. Trotzdem sah es aus, als hätte sie sich mit der Situation abgefunden. Immerhin hatte sie selbst darauf bestanden, in diese Falle zu gehen. Jedenfalls war sie viel zu tapfer, um zu weinen oder einen hysterischen Anfall zu kriegen.

Die Mulatten sind echte Fatalisten, Señor. Sie können nicht anders, oder sie sind keine Mulatten mehr.

Román Morales war weiß und kam aus den Bergen. Er schaffte es nicht, so gleichmütig zu bleiben.

Ich hatte oft beobachtet, wie er seinen letzten Centavo im Spiel verlor, nie aber die Gelassenheit eines echten Herrn, für den es keine Rolle spielt, wie viele Münzen er noch in der Tasche hat. Deshalb beunruhigte mich sein Verhalten sehr. Er machte den Eindruck, kurz vor einem Nervenzusammenbruch zu stehen.

Er machte immer Witze darüber, daß ihn sein Herz im Stich gelassen hatte, weil es nicht im richtigen Augenblick ausgesetzt hatte, aber ich sage Ihnen, in diesem Moment sah er aus, als wäre er kurz vor einem tödlichen Herzanfall.

Da war ich und machte mir Sorgen – um Luna und ihre unheimliche Ruhe und um meinen Freund. Zugleich beobachtete ich, wie der Schwarze sich ohne ein Wort des Abschieds aus dem Staub machte. Er kletterte zuerst auf das Ruder hinab, sprang von da in das Boot und verschwand.

Was für ein Gefühl, Señor. Als könnte man die Hand ausstrecken und mit den Fingern die Angst greifen, die die verdammte stählerne Luke erfüllte. Als der Schwarze außer Sichtweite war, saßen wir wie erstarrt auf unseren Stangen. Wir konnten einfach nicht glauben, daß es wahr war.

Wir musterten uns im Licht der Taschenlampe, die der Schwarze an der Wand befestigt hatte. Wir sahen aus wie Fledermäuse in einer Höhle, nur konnten wir weder fliegen noch uns sonst irgendwie regen.

Mein erster Gedanke war, das verdammte Schlauchboot aufzupumpen und zu machen, daß wir wegkamen. So sehr ich mich vor den Drogenhändlern fürchtete, die Panik vor diesem Ungeheuer war größer. Auf keinen Fall war ich gewillt, auf einer Hühnerstange hockend das Meer zu überqueren.

Lieber hätte ich mich mit zehn Sicarios rumgeschlagen, als auch nur eine Minute länger zwischen Meer und Stahldecke zu baumeln. In einer Luke, so eng, daß man kaum Luft kriegte, und ohne einen Schimmer, was passieren würde, wenn sich das Ungeheuer erst einmal in Fahrt setzte.

Aber das war gar nicht so leicht, glauben Sie mir.

Im Dunkeln ein Schlauchboot von drei Metern Länge aufzupumpen, ohne dabei das Gleichgewicht auf der Stange zu verlieren, ist kein leichtes Unterfangen. Obwohl Román und Luna versuchten, mir so gut es ging zu helfen und dabei selbst Gefahr liefen herunterzufallen, mußten wir nach einer Stunde aufgeben. Vielleicht war es leichter, wenn es hell wurde.

Wir hängten die Hängematten so tief es ging und versuchten völlig geschafft, ein paar Stunden zu schlafen.

Sind Sie schon einmal aufgewacht mit dem Gefühl, von einem riesigen Tier verschlungen zu werden?

Ich hoffe nicht, denn es ist schrecklich.

Aber stellen Sie sich vor, Sie werden wach und merken, daß der Alptraum grausame Wirklichkeit ist.

Genauso war es nämlich.

Es dämmerte bereits, und im dunstigen grünen Licht wirkte alles sehr unheimlich. Aber als ich nach unten sah, wäre ich vor Schreck fast aus der Hängematte gefallen.

Das Wasser war gestiegen!

Großer Gott! Das Wasser war mehr als zwei Meter gestiegen und hatte den Ausgang versperrt. Jetzt gab es kein Entrinnen mehr.

Wir saßen in der Falle. Jetzt konnte uns nicht einmal das Schlauchboot retten, denn die Luke war mittlerweile hermetisch abgeschlossen.

Na hören Sie! Wie hätte es an der Flut liegen können? Wenn die Flut kommt, steigt das Schiff mit.

Es war der zu Tode erschrockene Román, der eine Antwort darauf hatte, nachdem er fast zehn Minuten später den Mund endlich aufkriegte. Nicht das Wasser war gestiegen, sondern das Öl in den Tanks.

Das Schiff war beladen und dadurch viel schwerer geworden, so daß das Wasser den Eingang zur Luke erreicht hatte.

Das hatte der verdammte Schwarze garantiert gewußt und uns deshalb hierher gelotst, als die Tanks noch leer waren. Er selbst hatte sich ja verdächtig schnell wieder verdrückt.

Aber wieviel Erdöl kann so ein Schiff aufnehmen? Haben Sie eine Ahnung, Señor?

Als María Luna wach wurde, begann sie hysterisch zu schreien, und wenn ich sie nicht festgehalten und gedroht hätte, sie zu erwürgen, hätte sie sich ins Wasser gestürzt.

Das war gar nicht so abwegig. Auch ich spielte mit dem Gedanken. Wir wären wie Bleisäcke untergegangen, aber das erschien mir immer noch vernünftiger, als da oben zu bleiben und abzuwarten, bis das Wasser so hoch stieg, daß wir ersoffen.

Román erging es nicht anders.

Was hätten Sie gemacht? Können Sie schwimmen und so tief tauchen, daß Sie da heil rausgekommen wären?

Sehr klug! Aber ich hätte gern gesehen, wie Sie unter dem Rumpf des Schiffes hindurchtauchen und an Land schwimmen. In einer Bucht, in der es von Haien nur so wimmelt.

Ich komme aus Bogotá. In dem Fluß, wo wir badeten, reichte mir das Wasser höchstens bis zum Bauch.

Luna war in Cartagena geboren. Zwar verbrachte sie den ganzen Tag am Strand und schwamm wie ein Fisch, aber sie geriet in Panik, sobald sie Wasser in die Nase kriegte.

Glauben Sie mir, es ist nicht leicht, darüber zu sprechen, was an diesem Tag geschah.

Vielleicht müßte ich gebildeter sein, um unsere Angst besser ausdrücken zu können, einen größeren Wortschatz haben.

Haben oder erfinden. Einen, den Sie obendrein verstehen, mein Freund – ich darf Sie doch Freund nennen? Denn die Worte, die das beschreiben könnten, was wir fühlten, müssen noch erfunden werden.

Das Wasser stieg und stieg.

Und es war klar, daß die Luke völlig abgeschlossen war.

Wenn wir nicht ertranken, würden wir ersticken, sobald der Sauerstoff aufgebraucht war.

Schöne Aussichten, was?

Lassen Sie mich nachdenken. Lassen Sie mich die Augen schließen und an jenen Tag zurückdenken.

In meinen Träumen erlebe ich ihn so oft, daß es mir weh tut, davon zu sprechen.

Warten Sie.

Luna hörte auf zu schreien, und Morales weinte.

Dann fing auch Luna an zu weinen. Ob ich geweint habe, weiß ich nicht mehr, aber möglich ist es.

Ich hab Ihnen erzählt, daß ich als Kind nie geweint habe, oder? Kann sein, daß ich auf dieser Fahrt meine erste Träne vergoß. Nicht weil ich Angst vor dem Tod hatte. Das Sterben ist einfach. Sondern weil ich sah, daß Luna ihr Lachen für immer verloren hatte.

Dabei war ihr Lachen mehr wert als ein Menschenleben.

Mehr als meines jedenfalls.

Ach, mein Freund! Es tut gut, Sie Freund zu nennen. Besser als Señor, das ging mir langsam auf den Wecker. Nachdem Sie sich mit so viel Geduld meine Geschichte angehört haben, müssen Sie so etwas wie ein Freund sein. Wüßte nicht, was Freundschaft sonst bedeuten soll.

Vielleicht hab ich also an dem Tag geweint oder auch erst später, ich weiß es nicht mehr. Irgendwann kam es mir jedenfalls so ätzend den Rachen hoch, daß meine Stimme bis auf den heutigen Tag heiser geblieben ist.

Was für ein Licht! Grün und eiskalt. Unter uns leuchtete ein Smaragd, größer als dieses Zimmer, der stieg und stieg wie ein Ungeheuer in einem Film, das uns verschlingen wollte.

Die Angst verwandelte sich in Panik.

Später sahen wir winzige Fische, kaum größer als meine Hand, aber ihre Anwesenheit beruhigte mich sofort. Ich erkannte nämlich, daß der grüne Fleck kein Ungeheuer war, sondern das Meer, und das konnte ja nicht ewig steigen.

Dann wurde mir klar, daß derjenige, der uns das eingebrockt hatte, genau wußte, was er tat. Er hatte uns nicht auf gut Glück in diese Stahlhöhle gesteckt. Schließlich paßten wir auf seine fünfzig Kilo Kokain auf, und kein Mensch ist so blöd, eine solche Menge einfach abzuschreiben.

So wie der Schwarze gesprochen hatte, war es nicht das erste Mal, daß jemand auf diese Weise reiste. Das hieß, die Methode funktionierte.

Wenn es anderen gelungen war, zu überleben, würde ich es auch schaffen. Schließlich war ich ein *gamín*, der zwei Jahre im Kanal, zwanzig Jahre auf den Straßen von Bogotá und sechs Monate im Knast von Lurigancho hinter sich hatte.

Glauben Sie mir, die Fische haben mich gerettet.

Sie holten mich in die Realität zurück. Und mit der wurde ich immer noch fertig, so hart sie auch sein mochte.

Ich wurde wieder ruhiger.

Das Wasser hörte auf zu steigen, und ich versuchte, auch die anderen zu beruhigen. Wir waren in Sicherheit. Wir mußten nur die Anweisungen des Schwarzen genau befolgen und alles festbinden. Auch wir selbst mußten uns angurten, um nicht ins Meer zu fallen. Es war nur eine Frage der Zeit, bis wir aus diesem Käfig wieder herauskamen.

Wir hatten Wasser, Proviant, Decken, Hängematten und zwei Flaschen Rum. Unser einziges Problem war, die Angst zu besiegen.

Es gelang mir, die beiden zu überzeugen. María Luna hörte auf zu weinen, und Morales zitterte nicht mehr, als hätte er Typhus. Eine halbe Stunde lang hatte ich das Gefühl, daß wir die Krise gemeistert hatten.

Doch dann ging es los.

Zuerst hörten wir nur ein entferntes Rumpeln, so als würde sich etwas im Magen des riesigen Stahlwals bewegen, dann das Klirren der Ketten gegen den Rumpf und dann den brüllenden Krach.

Ein ohrenbetäubender Lärm, als würden einem tausend verrückte Schmiede auf dem Kopf herumhämmern. Plötzlich fing genau unter uns die riesige Schiffsschraube an, sich zu drehen. Immer schneller ging sie und wühlte das Wasser derart auf, daß es gegen die Wände der Höhle klatschte und uns vollkommen durchnäßte.

Da erst ging mir auf, wozu die komische Luke wahrscheinlich gedacht war. Die Schiffsschraube lag nicht ganz hinten, sondern etwas unterhalb des Hecks. Das Wasser, das verdrängt wurde, mußte irgendwohin, dafür war dieses Loch gedacht. Und genau dort hatte man uns versteckt.

Wenn Sie eine bessere Erklärung wissen, würde sie mich interessieren. Ich verstehe nichts von Schiffen, und ich schwöre Ihnen, es war das erste und auch letzte Mal, daß ich einen Fuß auf ein Schiff gesetzt habe.

Als die Schiffsschraube nach zehn Minuten richtig in Fahrt kam, habe ich mir in die Hose gemacht.

Wir klammerten uns, so gut es eben ging, an den oberen Stahlstangen fest. Der Kopf drohte uns zu platzen, so unbeschreiblich war der Lärm. Riesige Wellen schwappten über uns hinweg und drohten uns in die Tiefe zu reißen.

Es war die Hölle.

Verfluchte Arschlöcher! Wie kann man Menschen in eine solche Lage bringen, nur um sein verdammtes Zeug nach Nordamerika zu schaffen?

In dem Moment schwor ich mir, sie alle umzubringen, wenn ich mit heiler Haut davonkam. Sie wissen ja, daß ich schon für viel weniger gemordet habe.

Wer immer für diese Tour verantwortlich war, er hatte mehr verdient als nur den Tod. Das, was uns da angetan wurde, war schlimmer als alles, was ich je durchgemacht hatte.

Vor Angst und Schrecken wie gelähmt, konnten wir keinen Gedanken mehr fassen. Und der ohrenbetäubende Lärm machte alles noch unwirklicher. Wir wußten nicht mehr, wo wir waren und was los war.

Viel später, ich weiß nicht mehr wann, begann der Wasserspiegel abwechselnd zu steigen und zu sinken, je nach Wellengang. Manchmal sank er so weit, daß der Ausgang frei wurde und ein Windstoß reinkam, manchmal stieg er fast bis zu den Stangen, auf denen wir hockten.

Jede neue Welle konnte die letzte sein. Wäre nur ein einziger Brecher von der Größe darunter gewesen, wie sie in der Karibik nicht unüblich sind, hätte er uns gegen die eiserne Decke gequetscht.

Aber damals hatte ich Gott sei Dank noch keine Ahnung, wie groß die Wellen in der Karibik sein können.

Und auch keine Gelegenheit, darüber nachzudenken.

Den möchte ich sehen, der noch logisch denken kann, wenn er praktisch auf der Schiffsschraube eines Öltankers hockt, der mit voller Kraft vorausstampft.

Dann wurde es Nacht.

Lassen Sie mich in Ruhe. Muß ich Ihnen auch noch schildern, wie die Nacht verlief?

Ich könnte es nicht.

Irgendwann hat die Angst Román Morales den Todesstoß versetzt. Sein Herz hörte einfach auf zu schlagen.

Am Morgen war er eine Leiche.

Ich hab zwar nicht viel Ahnung davon, aber für mich war es die Angst, die ihn umgebracht hat. Vielleicht hat er sich genau diesen Tod insgeheim gewünscht, ich weiß es nicht.

Nein. Ich hab ihn nicht angerührt.

Ich ließ ihn da hängen. Hätte ich ihn runtergeworfen, hätte die verdammte Schraube Hackfleisch aus ihm gemacht, und die Fische hätten ihn gefuttert. Aber das hatte er nun wirklich nicht verdient.

Vielleicht hängt er heute noch da. Es war ein Sarg, so gut

wie jeder andere. Der größte, den je einer gehabt hat. Ein riesiger Öltanker, der alle sieben Weltmeere durchschifft.

Makaber?

Tja, ich hatte Ihnen doch gesagt, es wäre besser, vorzeitig mit meiner Geschichte Schluß zu machen, aber Sie wollten ja nicht. Jetzt müssen Sie die bittere Pille schlucken. So ist mein Leben gewesen, und wenn es Ihnen makaber vorkommt, eine Leiche im Bauch eines Öltankers hängen zu lassen, stellen Sie sich mal eine Sekunde vor, was für Gefühle wir gehabt haben müssen. Wir haben nämlich den Rest der Reise in Begleitung eines Toten gemacht.

Vier oder fünf Tage. Ich weiß nicht mehr so genau.

Vielleicht eine Woche.

Eine Ewigkeit, um genauer zu sein.

Die Zeit ist etwas, das von Uhren gemessen werden kann, aber für Menschen ist sie sehr relativ.

Meine glücklichen Tage vergingen wie Sekunden.

Die Zeit in der Sonne von Cartagena, voll von Lunas Lachen, war so kurz gewesen wie ein Strohfeuer, und manchmal denke ich, es hat sie gar nicht wirklich gegeben.

Die Überfahrt dagegen ist heute noch nicht zu Ende. Wie oft wache ich mitten in der Nacht auf, mit dem Dröhnen der Maschinen in den Ohren und dem Gefühl, daß sich unter meinem Bett eine riesige Schiffsschraube dreht.

Luna hatte sich in ihrer Hängematte zusammengerollt und bewegte sich kaum noch. Sie hielt sich mit beiden Händen die Ohren zu und sah aus wie ein Baby, das in den Mutterleib zurückwollte. Ich hatte sogar das Gefühl, daß sie erst wieder zu atmen begann, als das Schiff anhielt.

Die Stille tat weh.

Es war, als hätte die Welt aufgehört, sich zu drehen. Die Schiffsschraube kam zum Stillstand, das Wasser wurde klar und ruhig. Die Gischt löste sich auf, man konnte sogar den steinigen Meeresgrund sehen.

Ich glaubte, ich wäre tot.

Ich schwöre es Ihnen. Mehr als zehn Minuten hatte ich das Gefühl, daß alles zu Ende war. Ich hatte den langen friedlichen Tunnel betreten, der angeblich nach dem Sterben auf einen wartet.

Danach müssen sie mit dem Löschen begonnen haben. Der Wasserspiegel fiel. Sobald ein halber Meter Platz war, sprang ich mit steifen Gliedern auf das riesige Ruder und wagte einen Blick nach draußen.

Ich konnte nicht viel sehen, aber ich hatte den Eindruck, daß wir an einem riesigen Turm festgemacht hatten, mit dem wir durch lange Schläuche verbunden waren. Etwa einen Kilometer entfernt sah ich den Strand mit vereinzelten Häusern. Dahinter, ziemlich weit weg, ragten Gebäude mit leuchtenden Glasfassaden in den dämmrigen Himmel.

Das mußte Nordamerika sein.

Ich stieg wieder hinauf, um Luna die Neuigkeit zu berichten, aber sie hörte mich nicht einmal.

Ich schrie sie an, schüttelte sie und ohrfeigte sie sogar, aber sie rührte sich nicht. Sie hatte die Augen geöffnet und sah mich an, aber ich bin mir sicher, daß sie mich nicht erkannt hat. Es war, als hätte sich eine Mauer zwischen uns geschoben.

Da hab ich dann wirklich losgeheult. Mehr als eine halbe Stunde konnte ich nicht mehr aufhören.

Als ich sie so sah, als »Ding«, eine Art Pflanze, ohne irgendeine menschliche Regung, da erst hab ich begriffen, daß ich den einzigen Menschen auf dieser Welt verloren hatte, der mich glücklich machen konnte.

Was sollten mir da ein paar Tränen schon ausmachen? Ich stand vor der Leiche eines Freundes und einem stummen Bündel Mensch, das ich mehr als alles andere auf der Welt liebte.

Warum hätte ich in dieser Lage den tollen Macho spielen sollen?

Stundenlang saß ich da, sah sie an und erzählte ihr alle möglichen Geschichten. Doch da war nichts, für das es sich gelohnt hätte weiterzuleben.

Oder vielleicht doch. Haß. Haß, besser gesagt, der Wunsch nach Rache. Ich hatte die Nase voll, und ich schwöre Ihnen, in dem Moment hätte ich den erstbesten, der mir komisch gekommen wäre, rücksichtslos abgeknallt.

Sie müssen doch zugeben, da war einer zu weit gegangen.

Und dafür mußte er zahlen.

Das hab ich vor Román Morales und Luna geschworen, und ich tat es mit der festen Absicht, sie zu rächen.

Eine Stunde später, nachdem ich mich wieder etwas beruhigt hatte, nutzte ich das letzte Restchen Licht und pumpte das Schlauchboot auf. Ich machte es an den Stangen fest und ließ es, als es dunkel wurde, zu Wasser. Dann trug ich Luna und die beiden Koffer ins Boot.

Können Sie rudern?

Ich nicht. Man kommt sich ziemlich lächerlich vor, wenn man versucht, ein paar Lichter zu erreichen, die zum Greifen nahe scheinen, und sich dabei immer nur im Kreis dreht. Zu blöd, um das verdammte Boot auch nur einen Meter vorwärts zu bringen.

Und in dem Boot die Frau, die man liebt, und Kokain im Wert von einer Million!

Komische Situation, was?

Ich wußte weder, wo ich war, noch, wohin ich ruderte. Der Lärm hatte mich so betäubt, daß ich nicht in der Lage war, das Tuten der Schiffssirenen zu hören, und als wäre das alles nicht genug, mußte ich auch noch ein Ruder verlieren.

Doch das war gar nicht mal so schlecht. Ich gab meine vergeblichen Ruderversuche auf, legte mich über den Bug und paddelte mit den Händen auf ein nahes Licht zu.

Lachen Sie nicht, wenn ich Ihnen sage, daß ich die ganze Nacht brauchte, um weniger als einen Kilometer zurückzulegen. Erst als es hell wurde, konnte ich an Land gehen. Die Strömung hatte mich getrieben, wohin sie wollte.

Gott sei Dank war niemand zu sehen, und so versteckte ich die Koffer, das Schlauchboot und Luna im Dickicht.

Sie reagierte immer noch nicht.

Ich hatte gehofft, sie würde wieder zu sich kommen, wenn sie erst weg von dem Schiff und wieder in der Sonne war, aber ich wurde schnell enttäuscht. Sie blieb so reglos, als hätte man sie eingefroren. Nichts auf der Welt erweckte sie wieder zum Leben.

Ich wußte nicht, was ich tun sollte.

Sie verstehen doch, oder?

Ich war mitten in einer riesigen Bucht. Im Hintergrund die Stadt, vor mir ein paar Schiffe vor Anker, und in meinem Rücken ein riesiger Highway, auf dem hochmoderne Autos und große Lastwagen vorbeifuhren.

Ich hatte genug Hollywood-Filme gesehen, um zu wissen, daß ich irgendwo in den Vereinigten Staaten sein mußte.

Aber ich sprach kein Wort Englisch und hatte keinen Cent in der Tasche. Nur eine ziemlich lange Telefonnummer, die ich anrufen sollte, wenn ich mit der Ware in Sicherheit war.

Ich hatte, das ja, fünfzig Kilo Koks und eine schwerkranke Frau bei mir.

Ich bin wirklich nicht der Klügste. Doch daß ich in meinem Leben so viele Fehler begangen habe, hat mich auch sehr vorsichtig gemacht. Daher fällt mir eine Entscheidung zuweilen schwer, weil ich immer das Gefühl habe, ich könnte mich wieder irren.

Noch einmal versuchte ich, Luna zu einer Reaktion zu bewegen, aber ich hatte das Gefühl, daß sie vollkommen taub geworden war. Das Beste wäre gewesen, sie in ein Krankenhaus zu bringen, damit man sich dort um sie kümmerte. Ich konnte es nicht.

Ich prägte mir den Ort genau ein, merkte mir jeden einzelnen Markierungspunkt, und dann vergrub ich die beiden Koffer neben einem Baum mit roten Blüten, der zwischen zwei hohen Palmen stand.

Später, als es dunkel wurde, schob ich das Schlauchboot ins Wasser und legte Luna hinein, damit ich sie am Strand entlangziehen konnte. Ich war einfach zu erschöpft, um jemanden zu tragen, auch wenn er so leicht war wie Luna.

Aber selbst das war schon zuviel. Ich mußte fünfmal anhalten, um mich auszuruhen. Schließlich kam ich zu einer Art Pier, wo ein Schwarzer mit einem Schwamm und einem Schlauch Segelboote saubermachte.

Dort hab ich dann das Schlauchboot festgemacht und mich an ihn rangeschlichen. Er machte vor Schreck einen Satz. Aber ich muß auch furchtbar ausgesehen haben, schmutzig, unrasiert, mit einer Knarre in der Hand.

Er sprach meine Sprache! Können Sie sich das vorstellen? Wir waren in Nordamerika, aber der Schwarze kam aus der Dominikanischen Republik und verstand mich sofort.

Ich sagte ihm, daß ich eine kranke Frau im Schlauchboot hätte. Ich flehte ihn an, ihr zu helfen und mir Gelegenheit zu geben, in die Stadt zu kommen, bevor die Bullen mich aufgriffen.

»In Ordnung, Bruder«, hat er gesagt. »Aber wenn du so auf die Straße gehst, werden sie dich sofort einkassieren.«

Er zeigte mir einen Platz zum Umziehen und gab mir einen alten Arbeitskittel. Er lieh mir sogar ein paar Dollar, damit ich etwas essen konnte.

»Ich weiß, was es heißt, illegal in dieses Land zu kommen«, sagte er. »Ich sorge dafür, daß man sich um die Frau kümmert, und wenn du wissen willst, wie es ihr geht, kannst du mich unter dieser Nummer anrufen. Ich heiße Augusto.«

Tja, auch solche Menschen gibt es noch.

Genau so jemanden brauchte ich jetzt. Hab nie vergessen,

was er für mich getan hat, und mich, so gut es ging, erkenntlich gezeigt.

Dann verabschiedete ich mich von Luna, die mich immer noch nicht hörte. Als ich mich auf den Weg machte in die Stadt, die in der Ferne glitzerte, hatte ich das sichere Gefühl, daß ich sie nie wiedersehen würde.

Seit ich das lebendigste und fröhlichste Wesen, das mir je begegnet war, als Zombie in einem fremden Land zurückließ, hab ich keine ruhige Nacht mehr gehabt. Wenn das Gewissensbisse sind, dann plagen sie mich mehr als all die Toten, die ich auf dem Kerbholz habe.

Luna ist nämlich irgendwie toter als die anderen – die ruhen und werden vergessen. Meine Kleine aber ist noch immer im Krankenhaus. Sie starrt auf die Wand und sagt kein Wort.

Letztes Mal hab ich Sie mein Freund genannt, haben Sie etwas dagegen?

Na schön, aber dann hab ich eine große Bitte an Sie. Vielleicht als Entgelt für die viele Kraft, die ich für Ihr Buch aufbringen mußte.

Könnten Sie sie nicht eines Tages einmal besuchen?

Vielleicht würde sie Ihnen zuhören.

Vielleicht, wenn Sie ihr ins Ohr flüstern, wie sehr ich leide, weil ich ihr das angetan habe, vielleicht verzeiht sie mir dann.

Sie können ihr sogar sagen, daß ich sie nicht um Verzeihung bitte; es würde mir genügen, wenn sie nur ein Wort rausbringt.

Hauptsache, sie könnte wieder leben! Und lachen, selbst wenn ich es nicht hören könnte.

Es tut weh.

Ach was, vergessen Sie es. Es ist nicht recht, daß ich mich nur um das sorge, was ich Luna angetan habe, und all die anderen vergesse.

Manchmal wünsche ich mir, ich könnte mich besser ausdrücken und mehr zu dieser Geschichte beitragen, als nur vor Ihrer Maschine zu hocken und drauflos zu reden oder Fragen zu beantworten.

Ihre Meinung wäre mir eine große Hilfe, obwohl ich mir vor langer Zeit geschworen habe, nie wieder von irgend jemandem Hilfe anzunehmen.

Aber lassen wir das. Sie wollen meine Geschichte hören und keine Sentimentalitäten.

Kennen Sie sich in Miami aus?

Ich nicht, wirklich nicht. Noch heute erscheint mir die Stadt schön, aber vollkommen undurchschaubar. So konfus, daß ich manchmal glaube, nicht einmal diejenigen, die dort geboren sind, blicken durch.

Denn viel mehr als die Straßen oder Gebäude sind es die Menschen, die einer Stadt eine Seele vermitteln. Und das fehlt in Miami.

Wer lebt eigentlich in Miami?

Die, die dort geboren wurden? Exilkubaner? Exzentrische Millionäre? Alte Touristen oder Rentner? Drogendealer? Zahllose illegale Einwanderer aus ganz Lateinamerika?

Alle betrachten sich als die Herren Miamis. Und meiner Meinung nach sind sie es und sind es auch wieder nicht.

Was für eine absurde Stadt!

Bis zum Hals mit Drogen vollgestopft!

Was Drogen angeht, da hab ich einen todsicheren Riecher. Nicht umsonst bin ich zwischen Kindern aufgewachsen, die sich mit neun Jahren so viel *basuco*, Crack und anderes Zeug reingehauen hatten wie ein Rocksänger im ganzen Leben nicht. Ich brauchte mich nur auf eine Plaza zu setzen und die Szene zu beobachten, und schon wußte ich, wer für mich in Frage kam und wer ein V-Mann war.

Bullen sind überall gleich, egal, ob sie Englisch oder Spanisch sprechen.

Und auch die Junkies sehen einen alle auf die gleiche Art an. In den Augen von Crack- oder Heroinsüchtigen liegt ein Glanz, eine Sehnsucht – die brächte nicht mal Al Pacino zustande, und der ist Spezialist in so etwas.

Es sind Leute, die sich rebellisch und aggressiv geben, aber nur, weil sie genau wissen, daß sie von vornherein auf verlorenem Posten stehen. Ein Gramm von dem Zeug, und sie sind erledigt. Wie schon gesagt, sie haben sich nicht eine Stunde am Tag unter Kontrolle. Ihr ganzes Streben richtet sich auf den Kick, bis zum bitteren Ende.

Ich bin zu einem hingegangen, und wir sprachen über das Geschäft.

Er hat mir vieles erklärt, und so hab ich erfahren, daß die zwei Koffer mit den fünfzig Kilo Kokain, die ich am Strand versteckt hatte, vier Millionen Dollar wert waren.

Verstehen Sie?

Román Morales' Leben, Lunas Krankheit und alles, was ich erlitten hatte, um da hinzukommen, waren auf dieser Plaza zweieinhalb Millionen Dollar in bar wert.

Das war der Unterschied zwischen Cartagena de Indias und Miami.

Für die Mafia Grund genug, Menschenleben zu riskieren.

Aber sie hatten nicht damit gerechnet, daß eines davon meines war.

Das eines armen Teufels und das einer unschuldigen Obstverkäuferin, deren Lachen nicht mit allem Geld der Welt zu bezahlen war.

Mein »Freund« und ich wurden uns einig. Ich nenne ihn einfach einmal so, sein Name tut nichts zur Sache.

Wenn er mir einen zuverlässigen Käufer für zwei Kilo Kokain besorgen könnte, würden zehntausend Dollar für ihn abfallen.

Er sah mich mit offenem Mund an. Vielleicht überlegte er, wie viele Schüsse er sich davon setzen könnte. Dann sagte er, ich sollte mich nicht vom Fleck rühren. Eine halbe Stunde später schickte er mir einen Kubaner, einen von diesen aalglatten Typen, die mit allen Wassern gewaschen sind. Der fragte als erstes: »Wo hast du das Zeug her?«

»Ich bin Kolumbianer!«

Das war wie ein Codewort, wirklich. Alle Türen öffneten sich wie von selbst.

Der Kerl war nicht dumm, aber er war ja auch Kubaner. Er durchschaute meine Lage sofort und fackelte nicht lange. Er drückte mir dreihundert Dollar in die Hand, damit ich mir vernünftige Klamotten kaufen und ein Hotelzimmer nehmen konnte, und bestellte mich für den nächsten Tag mit den zwei Kilo an einen bestimmten Ort.

»Kommt nicht in Frage!« sagte ich bestimmt. »Wir machen es hier, und du bringst das Geld.«

Er sah mich nur an und nickte stumm.

Drogengeschäfte laufen nun mal so. Wenn du Bescheid weißt, brauchst du dir den Kerl nur anzuschauen und dir ist klar, ob er ehrlich ist oder versucht, dich zu bescheißen.

Der geschniegelte Kubaner, dieser Hundesohn, der nicht gezögert hätte, mir mit seinem langen Messer den Bauch aufzuschlitzen, hatte sofort gerochen, daß ich nach Geld stank, obwohl ich rumlief wie ein Penner. Er hat dreihundert Dollar investiert und dafür dreißigtausend eingesackt.

Hundertfünfzig gingen für Klamotten und Essen drauf, zwanzig für einen kleinen Koffer und noch mal zwanzig für die Information, wo es Hotels gab, in denen man keine dummen Fragen stellte.

Ich will es kurz machen. Nachts holte ich zwei Kilo aus dem Versteck, ließ den Rest zurück und wickelte am nächsten Tag das Geschäft mit dem Kubaner ab.

Ich bezahlte dem Junkie die versprochenen zehn Riesen und tauchte erst einmal unter.

Ich machte einen guten Schnitt. Trotz der Ausgaben, der

Kommission und des Geldes, das ich Augusto gab, damit für Luna gesorgt war, blieben mehr als fünfzig Riesen für mich übrig. Das ist sogar in Miami eine Menge, vor allem wenn man noch achtundvierzig weitere Kilo irgendwo am Strand verbuddelt hat.

In Miami falsche Papiere zu bekommen ist tausendmal leichter als echte. Außerdem sind sie so gut, daß sogar Experten Mühe haben, einen echten von einem falschen Reisepaß zu unterscheiden.

Damit Sie mich richtig verstehen. Es gibt Leute, die sagen, daß über die Häfte des Geldes in Miami mehr Dreck enthält als Papier. Daher wimmelt es in dieser Stadt nur so von Menschen, die einen besonderen Riecher für diese Art von Dreck haben.

Natürlich ist die ganze Stadt korrupt. Zwar gibt es noch keine Straßenkinder, die in Abwasserkanälen leben müssen, aber es wird nicht lange dauern, bis die Kinder der Schwarzen und illegalen Einwanderer auch so enden.

Ich hatte noch nie so prächtige Wolkenkratzer gesehen, und das in einem Viertel, wo man keinen Schritt machen konnte, ohne überfallen zu werden.

Ich wechselte ins »Miami Beach«, ein diskretes, elegantes Hotel. Mittlerweile besaß ich einen Paß aus Ecuador und war Geschäftsmann aus Vilacabamba. Ich hab keine Ahnung, wo das liegt. Nach allem, was ich herauskriegen konnte, ist es ein kleines Städtchen in den Bergen, wo die Einheimischen älter als hundert Jahre werden.

Weiß ich nicht. Einmal fragte ich einen alten Mann, und der sagte, das gehe nur, wenn man im vorigen Jahrhundert geboren sei.

Der Kerl, der die Papiere fälschte, muß eine Menge Humor gehabt haben.

In Miami jedenfalls wird keiner so alt, selbst wenn er aus Vilacabamba stammte. Daran ändert auch die Tatsache nichts, daß man im Winter kaum jemanden sieht, der jünger ist als sechzig.

Die Stadt ist nicht mehr das, was sie einmal war: ein Paradies für Rentner aus der Mittelschicht. Heute muß man schon richtiges Geld haben, um sich eine Villa zu kaufen und sie mit Stacheldraht und Alarmanlagen zu befestigen. Sonst wird man so oft überfallen, daß es ungefährlicher ist, im Dschungel zu leben.

Hab nie richtig begriffen, wie diese Stadt funktionierte. Teils, weil ich die Sprache nicht konnte, obwohl man fast überall Spanisch versteht, teils, weil es mich nicht interessierte.

Ich wußte vom ersten Augenblick an, was mich an Miami wirklich interessierte, und darauf konzentrierte ich mich.

Sobald ich mich an meine neue Identität und mein neues Hotel gewöhnt hatte, rief ich von einer Telefonzelle aus Ramiro an. Ich sagte ihm, wo ich war, und erkundigte mich nach dem »Sótano«.

Er war ziemlich sauer, weil ich so lange nichts von mir hatte hören lassen. Er fragte nach Luna, von der ich ihm schon erzählt hatte, und schien traurig, als ich nur knapp erwähnte, daß es vorbei wäre. Ich sagte ihm nicht, was passiert war, nur daß wir uns getrennt hätten.

Armer Ramiro. Ich glaube, er hatte gehofft, daß ich eine Art Herminia gefunden hatte, die mir helfen würde, zur Ruhe zu kommen.

Wahrscheinlich wäre es auch so gekommen, wenn sie mich genommen hätte. Wer weiß.

Doch das waren Dinge, an die ich damals nicht denken wollte, sonst hätte ich mich wahrscheinlich zu sehr aufgeregt, und ich brauchte unbedingt einen klaren Kopf, um durchzuführen, was ich mir vorgenommen hatte.

Vielleicht wäre ich jetzt glücklicher Vater von ein paar Kindern oder hätte mich mittlerweile totgelacht.

Ich kann Ihnen nicht beschreiben, wie sehr mir dieses Lachen fehlt, mein Freund.

Ich erinnere mich noch an einen Abend, als ich so außer mir war, daß ich sie anschrie: »Jetzt reicht's mir – ich gehe!« Aber sie lachte nur und antwortete: »Vergiß nicht den Schirm, ich glaube, es regnet.«

Natürlich bin ich nicht gegangen.

So war sie. Und heute öffnet sie kaum die Augen, wenn man mit ihr spricht.

Nein. Hab sie nicht wiedersehen wollen.

Sie hat alles, was sie braucht, bis ans Ende ihrer Tage, aber meinen Schmerz muß ich mit mir allein abmachen.

Wissen Sie was, mein Freund? Ich glaube, ich hab sie nie besucht, weil ich eines Tages entdeckte, daß ich mehr Mitleid für mich selbst empfand als für sie.

Sie hatte den Verstand verloren, aber ich hatte sie verloren.

Wenn jemand zum Friedhof geht und vor dem Grab des Menschen betet, den er einmal geliebt hat, sieht er ihn so wie früher, als er noch lebte. Wenn er mit ihm spricht, macht er sich vielleicht vor, daß er ihm aus der Ferne antwortet.

In ein Krankenhaus zu gehen, um eine María Luna zu sehen, die kein Wort mehr über die Lippen bringt, ist etwas ganz anderes.

Aber lassen wir das.

Also, nachdem ich mit Ramiro gesprochen und mich erkundigt hatte, was es Neues in Bogotá gab, wählte ich erneut. Diesmal die lange Nummer. Als sich ein Typ mit Akzent aus Antioquia meldete, sagte ich ihm, ich wäre Román Morales und gerade in Miami angekommen. Ich hätte ein Geschenk für »Eduardo«.

Ich hörte Gemurmel, nervöse Stimmen, und schließlich kam ein anderer ans Telefon. Er stammte wohl aus der Küstengegend und fragte mich, was zum Teufel ich die ganze Zeit gemacht hätte.

»Das nächste Mal komme ich mit der Avianca«, antwortete ich, aber das fand er gar nicht lustig.

Sie wollten ihre Ware noch in derselben Nacht haben, aber ich sagte ihnen, ich wäre jetzt allein und müßte sie erst holen.

»Wo ist der andere?«

»Ins Wasser gefallen.«

»Und die Schwarze?«

Luna war nicht schwarz. Sie war Mulattin, wie Sie wissen, aber dieses Arschloch sagte »Schwarze«, als meinte er »Ratte«.

Ich mußte mich verdammt zusammennehmen, um nicht die Geduld zu verlieren. Jedenfalls erklärte ich ihnen, daß ich sie zum Teufel gejagt hätte, weil sie schließlich nicht meine Freundin gewesen sei.

Stille und mehr Gemurmel. Sie waren erregt. Sie waren erregt und sprachen alle durcheinander, und es waren mehrere. Mindestens drei, wahrscheinlich vier.

Ich bestellte einen von ihnen, nur einen, für den nächsten Abend in einen Schnellimbiß auf der Lincoln Avenue, nicht weit vom Strand entfernt. Ich riet ihnen, das Geld nicht zu vergessen, das sie mir noch schuldeten, wenn sie ihre Koffer wiederhaben wollten.

Mein Signalement hatten sie bereits: der bekannte Tausendsassa Román Morales, der einst in allen Illustrierten Kolumbiens abgebildet war.

Klar! Sie hatten nicht die geringste Ahnung, wer ich war. Sie hätten alle Hände voll zu tun gehabt, um den vermeintlichen Morales in Miami ausfindig zu machen, glauben Sie mir.

Der Typ, der sich mit mir treffen würde, sollte einen dunklen Anzug tragen und eine rote Plastiktüte mit dem Geld bei sich haben.

Was soll ich Ihnen sagen? So sieht man es im Kino, und diese Typen stehen doch auf Gangsterfilme.

Um die verabredete Zeit betrat ein bulliger Kerl mit dunklem Anzug die Imbißstube, setzte sich mit seiner auffälligen roten Tüte direkt neben die Tür und bestellte etwas zu trinken.

Ich wartete schon seit einer Stunde draußen. Ich hab meine Erfahrungen und weiß, wann ein Kerl allein aufkreuzt und wann er Leute dabeihat, die ihm den Rücken freihalten.

Als ich sicher war, daß er allein war, nahm ich einen Koffer und ging hinein.

Ich schüttelte den Koffer ein wenig, damit er sah, daß er leer war.

»Ein gewisser Morales schickt mich«, sagte ich ihm. »Er hat mich gebeten, Ihnen etwas auszurichten. Wenn Sie den Inhalt des Koffers haben wollen, sollen Sie mir folgen. Ich arbeite für ihn.«

Wie Sie wissen, gehörte ich schon immer zu denen, die aussehen, als arbeiteten sie für andere. Ich falle nie auf, und das liegt nicht nur an meiner Statur. Ich hab nun mal so ein Gesicht.

Mir macht das nichts aus. Überhaupt nicht. In meinem Beruf kann es nur von Vorteil sein, wenn man eine unauffällige Visage hat, die kein Mensch sich merken kann.

Der Idiot machte einen Fehler. Er achtete mehr auf den richtigen Koffer als auf den richtigen Mann.

Wahrscheinlich deshalb, weil er ein bulliger Kerl war, der glaubte, von einem Zwerg wie mir nichts zu befürchten zu haben.

Er folgte mir ohne ein Wort.

Nicht, daß er unvorsichtig war. Doch während er neben mir herging, schien er nur auf der Hut vor Gefahren, die von anderswoher drohten und achtete nicht auf mich.

Ehe er sich versah, fand er sich mit dem Lauf eines geladenen Revolvers vor der Nase im dunklen Gang eines verlassenen Gebäudes wieder.

Erst da merkte er, was Sache war.

Er stand vor einem echten Sicario.

Ich will Ihnen die unappetitlichen Details ersparen.

Sie wissen bereits, daß ich Räuber, Schmuggler und Mörder war, da macht es mir nichts aus, zuzugeben, daß ich mich auch hervorragend aufs Foltern verstehe, wenn es sein muß.

Der Kerl hieß Rudy Santana. Ich war verblüfft, als ich entdeckte, daß er zweihunderttausend Dollar und seinen Paß bei sich hatte.

Er kam aus Yuramál, aber es war nicht derselbe Antioqueño, der zuerst ans Telefon gekommen war. Drei Stunden hielt er durch und brach erst zusammen, als ich ihm erzählte, daß Morales noch immer in der Luke des Öltankers baumelte und meine »Braut« den Verstand verloren hatte.

Als er dann noch erfuhr, daß ich ein *gamín* aus Bogotá war, mehr als zwanzig Morde auf dem Gewissen hatte und er das nächste Opfer sein würde, egal, was er sich einfallen ließ, war er am Ende.

»Es gibt zwei Wege«, erklärte ich ihm. »Einen leichten und einen schweren. Der leichte ist, wenn du mir sagst, was ich wissen will. Dann erlöse ich dich mit einem Schuß. Der schwere kann lange dauern, und es wird dir verdammt drekkig gehen.«

Er entschied sich für den leichten.

Vergessen Sie nicht, ein Dealer weiß genau, worauf er sich einläßt. Sonst könnte ja jeder hergelaufene Idiot mitmischen bei diesem Geschäft, wo so viel Geld im Spiel ist.

Der Gewinn ist groß, aber auch das Risiko. Damit muß der Dealer leben.

Rudy Santana akzeptierte das und stand seinen Mann. Hut ab vor ihm.

Ich glaube nicht, daß es ihm etwas ausmachte, seine Komplizen zu verpfeifen und mir die Information zu geben, die ich brauchte. Nach dem, was er sagte, hegte er nicht die geringste Sympathie für die Brüder – für keinen von ihnen. Es war ihm ganz egal, wie schnell die anderen ihm folgen würden.

Ich hielt Wort und erledigte ihn auf saubere und diskrete Weise. Dann versteckte ich ihn an einem Ort, wo man ihn erst Wochen später entdecken würde.

Am nächsten Tag holte ich mir einen großen Junkie von der Straße, der ihm ähnlich sah, und bot ihm eine Reise nach Spanien an, mit zwei Koffern voller Wäsche und zwanzigtausend Dollar. Vorausgesetzt, er reiste mit dem Paß des Toten aus.

Der Kerl überlegte nicht lange. Ich steckte ihn ins erstbeste Flugzeug und rief eine halbe Stunde später die lange Telefonnummer an, um wütend die andere Hälfte des versprochenen Geldes zu fordern.

Da war was los!

Ich konnte mir vorstellen, was für ein Gesicht der Kerl am Apparat gemacht hat. Seit mehr als vierundzwanzig Stunden warteten sie auf den Bulligen mit den beiden Koffern, und dann rief dieser Morales an und eröffnete ihnen, der andere hätte sich mit der »Ware« abgesetzt und schuldete ihm obendrein noch Geld.

Sie ließen mich mehr als zehn Minuten warten, während sie über den vermeintlichen Verrat ihres eigenen Mannes diskutierten.

Schließlich sagten sie, ich solle am nächsten Tag wieder anrufen. Ich tat so, als sei ich verdammt sauer, und drohte, ich würde den Bullen einen Tip geben, wie sie ihr Zeug nach Miami schafften, wenn ich nicht binnen achtundvierzig Stunden die andere Hälfte meines Geldes hätte.

Sie sagten, sie würden das Geld besorgen, aber wenn ich den Mund aufmachte, würden sie mir eine Kugel durch den Kopf jagen.

Wessen Kopf? Románs?

Ich hatte meinen Spaß, denn eines stand fest: Sie würden nie darauf kommen, wie kaltblütig und brutal ich sein konnte.

Wie erwartet, brauchten sie nicht lange, um rauszukriegen, daß ein gewisser Rudy Santana am Tag zuvor nach Spanien geflogen war.

Sie verstehen nicht?

Jemanden zu töten ist ganz einfach. Vor allem, wenn das Opfer keine Ahnung hat, wer ihn tötet oder warum.

Viel schwerer ist es, jemandem das Leben zur Hölle zu machen.

Die Burschen hier waren am Durchdrehen. Sie hatten mehr als vier Millionen Dollar in den Sand gesetzt, ich wollte noch hunderttausend mehr, ein Kumpel hatte sie betrogen, und sie liefen Gefahr, daß ich Ernst machte und den Bullen ihre Schmuggelmethode verriet. Wie finden Sie das?

Harter Schlag für die Herren.

Das hätte sogar die Bosse geärgert, und die hier waren nur kleine Fische. Dessen war ich sicher, denn der Tote hatte mir erzählt, wie sie operierten.

Am nächsten Tag rief ich wieder an. Wem hätten Sie denn geglaubt? Dem Kerl, der mit zwei Koffern voller Koks abgehauen war, oder dem armen Kurier, der sein Geld forderte?

Klar haben sie bezahlt.

Sie befolgten meine Anweisungen und schickten einen kleinen schwarzen Jungen auf dem Fahrrad, der das Paket an einen anderen kleinen schwarzen Jungen auf dem Fahrrad weiterreichte. Der fuhr um tausend Ecken und brachte es dann zu mir. Er kriegte dreitausend Dollar und war glücklicher, als wenn er über Nacht weiß geworden wäre.

Ich war noch anständig genug, um bei den Jungs anzurufen und mich für das Geld zu bedanken. Hab ihnen außerdem viel Glück gewünscht bei der Suche nach Rudy Santana und erklärt, von nun an müßten sie auf meine Dienste verzichten.

Eine Zeitlang hab ich die Sonne und die Nutten genossen, dann fand ich eine Bank, wo man keine dummen Fragen über die Herkunft des Geldes stellte, und einen Monat später brachte ich den Rest der Ware in Fünfkilodeals an den Mann.

Eine Million Dollar flossen auf das Konto des »Sótano«, zweihunderttausend Dollar auf das von Ramiro und weitere zweihunderttausend auf mein eigenes bei der Banco de la República in Bogotá.

Wie ich mir gedacht hatte, war Ramiros Überraschung groß. Nicht nur wegen des Geldes, mit dem das Heim einen ganzen Haufen Probleme los war, sondern weil er glaubte, das Geld käme von Abigail, was bedeutete, daß er am Leben war.

Als ich das nächste Mal mit ihm telefonierte, war er völlig aus dem Häuschen. Er arbeitete immer noch wie ein Irrer, und in zwei Jahren würde er Anwalt sein. Außerdem wollte er heiraten. Seine Cholita erwartete Nachwuchs, und er wollte nicht, daß sein Kind vaterlos und als *gamín* zur Welt kam.

Wie Sie wissen, bin ich glücklich, wenn Ramiro es ist. Auch wenn er kein hervorragender Anwalt wird – was noch abzuwarten bleibt – und Herminia nicht gerade die Frau ist, mit der ich eine Familie gründen würde, bin ich schon deswegen glücklich, weil er seinen Weg gefunden und sein Leben auf die Reihe gekriegt hat.

Zwar sind unsere Schicksale ziemlich unterschiedlich verlaufen, aber wir haben einen langen Weg gemeinsam zurückgelegt. Wir verdanken uns gegenseitig eine Menge und wissen genau, daß keiner von uns ohne die Hilfe des anderen so weit gekommen wäre.

Ich hatte kein gutes Leben, aber ich hatte zwei. Verstehen Sie, was ich meine?

Wenn man mich vor die Wahl stellte, würde ich nicht mit Ramiro tauschen, weil das, was ihn glücklich macht, die Bücher und seine Cholita, mich kaltläßt. Aber weil wir so verschieden sind, bin ich froh, daß er erreicht hat, was er wollte, auch wenn es nichts für mich ist.

Er wird immer Ramiro sein und ich *Chico*. Wir hatten verschiedene Eltern und waren nie Brüder, eher so etwas wie zwei Äste desselben Baums, aber der eine Ast trägt Birnen und der andere Äpfel.

Ramiro und Abigail gaben meinem Leben einen Sinn, sonst wäre es völlig leer gewesen.

Jetzt sind Sie mein dritter Freund. Ich halte Sie für meinen Freund, weil ich glaube, daß Sie mich verstehen. Ich kann das Gute und Böse, wovon ich weiß, daß es in mir ist, nicht auseinanderhalten, aber Sie schreiben Bücher und müssen wissen, wo die Linie zwischen beiden verläuft.

Ich bin Ihnen dankbar, daß Sie mir ohne Verachtung zugehört haben. Kann verstehen, daß vieles von dem, was ich Ihnen erzählt habe, einen Menschen wie Sie anekeln muß. Schließlich kommen Sie aus ganz anderen Verhältnissen.

Vor ein paar Tagen hab ich sogar versucht, eines Ihrer Bücher zu lesen, aber ehrlich gesagt, ich bin nicht weit gekommen. Mir ist nicht nach Lesen, und außerdem kann ich mich kaum konzentrieren.

Ich werd's Ramiro schicken, der kann bestimmt was damit anfangen.

Ja, ich vermisse ihn!

Warum besuchen Sie ihn nicht?

Wenn Sie hier fertig sind, fahren Sie nach Bogotá und lassen Sie sich von ihm in die »Fragata« einladen. Man soll Ihnen den Tisch geben, den Abigail immer nahm, und dann wird Ramiro Ihnen dieselbe Geschichte von einer ganz anderen Warte erzählen. Er ist intelligenter als ich und hat außerdem studiert. Vielleicht interessieren Sie die Erinnerungen eines Straßenkindes, das es zu etwas gebracht hat.

Ich bin nur ein Sicario, obendrein einer, der unbedingt zu weit gehen mußte.

Glauben Sie nicht, daß ich mir meine Schuld nicht eingestehe. Ich weiß, daß ich mehrmals Gelegenheit hatte aufzuhören, aber ich bin nie stehengeblieben.

Na ja, ich hatte also meine neue Identität. So falsch wie die erste, stimmt, aber ich besaß jetzt auch eine Menge Geld. Hätte ich besser aufgepaßt, hätte ich gut davon leben können.

Gleichzeitig war ich immer noch voller Wut. Hatte diesen bitteren Geschmack auf der Zunge, diesen Haß, der mich nicht schlafen ließ, obwohl ich mit den drei teuersten Nutten Floridas in einem Luxusbett lag.

Huren verschaffen Befriedigung, aber kein Glück. Sie machen einen müde, ohne daß man schlafen kann, und wenn ich trotzdem die Augen schloß, kam das Dröhnen des riesigen Fleischwolfes zurück, der sich unter meinen Füßen drehte und drehte und nur darauf wartete, Hackfleisch aus mir zu machen.

Wundern Sie sich nicht, daß ein Mann wie Román Morales an Herzschlag starb und Luna den Verstand verlor. Ich selbst litt monatelang so stark unter der Erinnerung, daß ich glaubte, ich würde noch in der Klapsmühle enden.

Dabei war ich allein. Mutterseelenallein in einer fremden und feindseligen Stadt, wo man für jede kleine Dienstleistung teuer bezahlen mußte.

Ich ging wie ein Nachtwandler von einem Lokal ins andere und saß bis zum Umfallen vorm Fernseher, obwohl ich das meiste nicht verstand. Trank ein Bier nach dem anderen. Träumte von den schönen Tagen, als ich Luna an ihrem Obststand abholte und wir zusammen zum Strand fuhren.

Zu viele Jahre des Elends und nur zwei Wochen Glück. Das war nicht gerecht.

Allmählich wurde ich immer bitterer. Ein Greis, obwohl noch keine dreißig.

Ein *gamín* muß sich verdammt schnell entwickeln, wenn

er ein Mann werden und nicht auf der Strecke bleiben will. Aber auch ein erwachsener *gamín* altert viel schneller als andere, weil die Last, die er von Kindesbeinen an mit sich rumschleppt, einfach zu schwer wird.

Nichts konnte mich zerstreuen, nichts machte mir Spaß oder löschte die vielen traurigen Erinnerungen aus meinem Gedächtnis. In dieser Zeit war ich wie einer der vielen Penner, die in den Straßen rumlungerten, mit dem einzigen Unterschied, daß ich in einem Luxushotel schlief und eine Menge Knete hatte.

Heute weiß ich, was in mir vor sich ging. Ich versuchte, gegen den Wunsch anzukämpfen, die Arschlöcher wirklich umzulegen, die mich so unglücklich gemacht hatten.

Nein, das soll keine Rechtfertigung sein. Ich hab viele Leute für Geld umgebracht, und Sie wissen, daß es mir nie leid getan hat. Ein paar Mal hatte ich auch aus Rache getötet, aber was mich jetzt beunruhigte, war, daß ich Lust hatte zu töten, nur, um mich nicht zu langweilen.

Mit diesen Hundesöhnen aufzuräumen, gab meinem Leben plötzlich einen Sinn. Nicht, daß ich dadurch zur Ruhe gekommen wäre. Es mußte sein, weil ich nicht einfach nur herumsitzen konnte.

Sehen Sie mich nicht so an, als wäre ich ein Monster! Viele haben mich so angesehen, aber es hat mir nie etwas ausgemacht. Ich erzähl Ihnen hier etwas ziemlich Kompliziertes und würde mir wünschen, daß Sie von selbst auf den Kern der Sache kommen.

Nach Bogotá konnte und wollte ich nicht zurück, ich hätte mich selbst in Gefahr gebracht und Ramiro und den Jungs Schwierigkeiten bereitet. Cartagena de Indias dagegen wäre ohne Luna nur eine Stadt mit unerträglichen Erinnerungen gewesen.

Ich war in Miami, langweilte mich, war verbittert und hatte eine Mordswut auf die Kerle, die mit fünfzig Kilo

Kokain noch lange nicht für das bezahlt hatten, was sie mir angetan hatten. So billig sollten sie mir nicht davonkommen, und da fiel mir nichts Besseres ein, als sie kaltzumachen.

Ich meine es ganz ernst, und Sie verstehen es, auch wenn es Sie erschreckt. Es war nichts von einer anderen Welt, im Gegenteil, es war so, wie wenn man eine Jagd organisiert oder eine Bergwanderung. Eine Beschäftigung, um die Zeit totzuschlagen.

Ich sehe, daß wir immer noch völlig unterschiedliche Moralvorstellungen haben. Und daß Sie immer noch nicht begreifen wollen, wie ich wirklich bin, obwohl wir schon so lange miteinander reden.

Mir macht es nichts aus, Hurensöhne zu erledigen. Merken Sie sich das!

Stellen Sie sich vor, eines Tages haben Sie nichts zu tun und beschließen, einem Wolf das Handwerk zu legen, der Ihnen ein paar Schafe gerissen hat.

Nur der Tierschutzverein würde protestieren, nicht wahr?

In meinem Fall gab es so etwas nicht einmal, einen Verein zum Schutz der Dealer. Wenn ich sie umlegte, würde ich mich zerstreuen und zugleich die Wut abreagieren, die mir die Eingeweide zerfraß. Obendrein tat ich der Gesellschaft einen Gefallen.

Rudy Santana hatte eine Menge Informationen ausgeplaudert, aber nicht genug. Ich mußte alles über die Bande wissen. Da ich in Miami ziemlich verloren war, beschloß ich, die Hilfe eines gewissen Irving Ramírez anzunehmen. Ein Exbulle kubanischer Herkunft, der wegen Bestechung ein paar Jahre gesessen hatte.

Er war ein Mistkerl, korrupt bis in die Knochen, und hatte einen furchtbaren Haß auf alles, was mit Rauschgift zu tun hatte. Er war davon überzeugt, daß die Drogenmafia ihm damals die Falle gestellt hatte, in die er getappt war wie ein Esel.

Er kannte sich in der Stadt und mit ihren Einwohnern bestens aus. Im übrigen war er so pleite, daß er seine eigene Mutter bespitzelt hätte, um sich ein paar Dollar zu verdienen. Und Geld war das einzige, was ich im Überfluß hatte.

Ich erzählte ihm alles, was ich wußte, und er versprach, spätestens in einer Woche mehr Informationen zu besorgen.

Ich weiß, daß Sie mir nicht glauben werden, aber selbst als ich den Auftrag bereits erteilt hatte, war ich nicht sicher, was ich tun würde.

Tut mir leid, daß Sie so viele Tage umsonst gekommen sind. Mir ging es nicht besonders, und wenn der Körper schlapp macht, will auch der Kopf nicht.

Ich weiß, wir sind nun an dem Punkt meines Lebens angelangt, der Sie am meisten interessiert.

Geben Sie es zu. Man nennt es die »Pest«, und es steckt sogar Leute an, die Bücher schreiben.

Warum wären Sie sonst gekommen? Bislang unterscheidet sich meine Geschichte in nichts von der vieler anderer Straßenkinder, die als Sicarios endeten. Manche haben es noch viel schlimmer getrieben.

Da war einer, den sie vor kurzem erst hingerichtet haben, der hat Säuglinge gestohlen, ihnen die Eingeweide herausgeschnitten und sie mit Kokain vollgestopft. Seine Geliebte, die jetzt lebenslänglich hinter Gittern sitzt, ist dann mit ihnen nach Los Angeles geflogen. Ganz einfach – sie hat so getan, als würden die Kinder schlafen.

Sie haben sie geschnappt, weil es ihrer Sitznachbarin komisch vorkam, daß das Kind auf dem ganzen Flug weder trank noch einen Piepser von sich gab.

Sogar den Bullen ist schlecht geworden bei dem Anblick.

Aber warum regen wir uns eigentlich auf? Kann man nicht jeden Tag im Fernsehen zusehen, wie Kinder in aller Welt krepieren?

Darüber könnten Sie doch auch ein Buch schreiben.

Diese letzten Tage, wo ich nicht aus dem Bett kam, hab ich fast nur ferngesehen. Und es hat mich noch kränker gemacht.

So viel Krieg und Tod nehmen sogar einen Typen wie mich mit, der eigentlich abgebrühter sein müßte. Wenn ich so zurückdenke... meine Verbrechen vollzogen sich im allgemeinen schnell und sauber. Hatte nicht mal Zeit, mich zu vergewissern, ob der Betreffende hinüber war. Aber im Fernsehen lernen schon Kinder, wie man Menschen umbringt, und bleiben dabei genauso gleichgültig wie bei einem Zeichentrickfilm.

In den Vereinigten Staaten gibt es Fernsehanstalten, die Live-Berichte von Hinrichtungen übertragen. Wie finden Sie das? Ein Programm zeigte den großen Gegenangriff mit »Patriot«-Raketen, ein anderes das Endspiel der Baseball-Liga, ein drittes *Indiana Jones*, und das vierte die Hinrichtung eines Schwarzen, der eine Frau vergewaltigt hat.

Ich wette, sie schaffen es noch, Hinrichtungen auf abends nach neun zu verschieben – wegen der Einschaltquoten.

Aber was soll's.

Kehren wir zu unserer Geschichte zurück.

Ich hab Ihnen doch von Irving Ramírez erzählt, oder?

Das war ein richtiges Schwein. Er hat gestunken wie ein Weltmeister und obendrein die ganze Zeit gerülpst.

Ich glaube, daß nicht die Kokainmafia ihm die Falle gestellt hatte, sondern seine eigenen ehemaligen Kollegen. Vielleicht wollten sie ihn loswerden.

Können Sie sich vorstellen, mit dem eine Zelle zu teilen? Gott behüte!

Aber er verstand sein Handwerk.

Erinnerte mich an diese ekligen fetten Hunde mit den kurzen Beinen, denen ständig der Speichel aus dem Maul tropft. Wenn die eine Spur aufgenommen haben, lassen sie auch nicht mehr locker, bis sie ihre Beute haben. Nach genau einer Woche kreuzte er mit einem Umschlag auf, der so schmierig und fleckig war, daß nur so ein Dreckskerl wie er ihn entziffern konnte.

Mit Hilfe von Rudy Santanas Informationen hatte er rausgekriegt, daß die Bande aus drei Kolumbianern und einem Jamaikaner bestand und von einem gewissen Carlos Alejandro Criado Navas befehligt wurde. Das war ein Mexikaner, der im »Southeast Financial Center« in der Bucht von Biscayne Bürogebäude und im Nobelviertel von Coral Gables eine Luxusvilla besaß.

Die Telefonnummer, die ich gewählt hatte, gehörte zu einem Haus im Süden von Miami Beach, im »Art Deco«-Viertel. Wahrscheinlich hatte die Bande da ihr Hauptquartier oder ihren »Bunker«, wie die Bullen in Florida sagen.

Offiziell war dieser Carlos Alejandro Criado Navas ein erfolgreicher Schallplattenproduzent. Er belieferte den Chicano-Markt in den Staaten und machte hin und wieder auch Programme für die spanischsprachige Bevölkerung im Fernsehen. Seine Geschäfte liefen glänzend, und es gab überhaupt keinen Grund, warum er im Drogengeschäft mitmischen sollte.

Trotzdem war ich überzeugt, daß jemand, der den Tod vor Augen hat, sich keine komplizierten Stories mehr einfallen läßt, um seine Hintermänner zu schützen oder Unschuldige in seine Angelegenheiten hineinzuziehen. Deshalb bat ich Ramírez, zur Sicherheit noch in der Vergangenheit dieses Criado Navas zu schnüffeln.

Er entdeckte eine Menge interessanter Dinge.

Erstens wurde der Mann im eigenen Land gesucht, weil er verdächtigt wurde, Handlanger des berühmten *Negro Durazo* gewesen zu sein – einem ehemaligen Polizeichef, der wegen Korruption und Drogenhandel zu etlichen Jahren verurteilt worden war.

Zweitens hatte er sich darauf spezialisiert, unbekannte Sänger auf den Markt zu bringen, sie mit Knebelverträgen auszubeuten und schließlich, wenn sie nichts mehr einbrachten, fallenzulassen wie eine heiße Kartoffel.

Leute, die ihn kannten, erklärten, daß er trotz seines nach außen selbstbewußten Auftretens ungeheuer nervös war. Er lebte in ständiger Panik vor Migräneanfällen, die ihn jedesmal fast umbrachten. Seine Leute liebten und haßten ihn zugleich. Irgendwie war er einer von diesen Typen mit zwei Persönlichkeiten. Wie in dem Film, wo der Arzt irgendwas trinkt und zur Bestie wird.

Ja, genau so.

Ich erfuhr, daß er häufig im »Veronique's« in der Biscayne Bay zu Abend aß. Da ich mich dort mit dem Schwein von Ramírez nicht blicken lassen konnte, nahm ich eine meiner Edelnutten mit.

Ich ließ mir einen diskreten Tisch geben und beobachtete ihn.

Er war einer von den Männern, die wir selbst gern wären: elegant, attraktiv, er hatte Stil, war charmant, konnte gut reden. Alle, die an seinem Tisch saßen, besonders die Frauen, hörten jedenfalls aufmerksam zu.

Plötzlich hatte ich Zweifel, ob er wirklich das war, was Rudy Santana gesagt hatte.

Bevor der Kaffee serviert wurde, stand er auf und ging zur Toilette. Als er wiederkam und auf eine ganz bestimmte Art die Nase hochzog, wußte ich, daß er sich eine Linie genehmigt hatte.

Sie wissen, was ich meine. Ich sehe so etwas sofort. Wenn jemand direkt nach dem Essen seinen Stoff braucht, wie ein anderer seine Zigarette, geht er diskret zur Toilette und kommt ganz munter wieder raus.

Ja, ich weiß. Viele hauen sich das Zeug rein, auch ohne daß sie Dealer sind.

Ich weiß, daß auf einen Dealer tausend Konsumenten kommen und es in der Welt der Sänger, Künstler und sogar der Beamten zum guten Ton gehört, hin und wieder Koks zu schniefen.

Lassen Sie uns nicht darüber streiten, ob die Leute damit einen Fehler machen, den sie später bereuen könnten. Ist doch klar, daß sie behaupten, hin und wieder zu koksen mache überhaupt nichts.

Zu solchen Diskussionen hab ich keine Lust mehr. Außerdem bin ich müde und rede ohnehin nicht gern.

Die Sucht wird sich ausbreiten wie ein Ölfleck. Es ist zwecklos, sie aufhalten zu wollen. In manchen Ländern ist die Todesstrafe für den Drogenhandel eingeführt worden, und trotzdem hat sich nichts geändert.

Wissen Sie was?

In der Nacht, als ich in dem schnieken Restaurant voller Menschen saß, hab ich mir gewünscht, daß Carlos Alejandro Criado Navas wirklich nur ein erfolgreicher Weiberheld wäre, der sein Geld mit Schallplatten macht und sich gelegentlich eine Linie reinzieht.

Für mich, einen Niemand, der sich überall fehl am Platz fühlt, hätte es wirklich etwas bedeutet, wenn ich gesehen hätte, daß man es so weit bringen kann wie dieser Kerl, ohne sich die Finger im Drogenhandel schmutzig zu machen.

Er sprach fließend englisch und ein makelloses Spanisch, ohne den typisch mexikanischen Akzent. Zweimal sprach er mit dem Kellner sogar französisch, glaube ich.

Er sah aus wie ein gebildeter und sympathischer Mann.

Und ich beneidete ihn.

Sie kennen mich und wissen, daß ich kein Blatt vor den Mund nehme.

Ich beneidete ihn um seinen Stil und die tolle Frau, die er bei sich hatte. Im Vergleich dazu wirkte meine wie eine billige Nutte.

Es gibt etwas, das Sie vielleicht an meinem Charakter nie verstehen werden. Wir, die ganz unten sind, bewundern die über uns maßlos.

Ich könnte nie Carlos Alejandro Criado Navas sein, selbst

wenn ich wiedergeboren und tausend Jahre alt würde. Das ist mir völlig klar.

Aber es gefällt mir, daß es Menschen wie ihn gibt. So kann ich mir einbilden, daß aus mir vielleicht auch einer von ihnen hätte werden können.

Nicht alle Dummen beneiden die Klugen.

Nicht alle Proleten die feinen Leute.

Nicht alle grauen Mäuse die Schönheitsköniginnen.

Wenn das so wäre, gäbe es auf der Welt noch mehr Haß, als es ohnehin gibt. Sehen Sie sich doch um. Es gibt viel mehr häßliche, graue und unscheinbare als kluge, feine oder schöne Menschen auf der Welt.

Je kleiner der Unterschied zwischen ihnen ist, um so mehr verwandelt sich die Bewunderung in Neid.

Ich bewundere Al Pacino aufrichtig, aber ich bin überzeugt, daß ein Schauspieler, der fast so gut ist wie er, ihn nicht bewundert, sondern beneidet.

Wenn Sie Criado Navas gekannt hätten, hätten Sie ihn vielleicht wie viele andere für einen eingebildeten Lackaffen gehalten, der unter seiner seichten Oberfläche nur grausam und habgierig war. Ich aber beobachtete ihn mit den Augen eines naiven Habenichts. Für mich verkörperte er all das, was erstrebenswert war.

Sie müssen begreifen, wie verschieden unsere Welten sind und wie sehr dies unsere Anschauungen prägt, erst dann werden Sie verstehen, was mich dazu trieb, ihn zu töten.

Es ist, als diskutierten wir über ein Thema, das wir aus entgegengesetzten Winkeln sehen. Das Thema bleibt dasselbe. Nur unsere Sichtweise ist verschieden.

Ein Verbrechen ist und bleibt ein Verbrechen, egal, was passiert. Aber es ist auch klar, daß Opfer und Täter es nicht aus derselben Perspektive sehen.

Wie auch immer, der Typ gefiel mir. Er faszinierte mich.

Dabei entging mir nicht, daß auch meine Nutte, die mich sechshundert Dollar pro Nacht kostete, von ihm angetan war. Ihm hätte sie's wahrscheinlich umsonst gemacht, so aufreizend starrte sie ihn an.

Offensichtlich kriegte er das mit, aber er war anständig genug, es zu ignorieren. Entweder aus Respekt vor mir oder aus Angst vor der Brünetten mit den grünen Augen, die neben ihm saß und ihm zärtlich die Hand streichelte.

Eine Viertelstunde lang hatte ich das Gefühl, daß die Angelegenheit für mich erledigt war. Am besten vergaß ich alles und ließ diesen netten, sympathischen Mann in Ruhe.

Doch dann fing er an zu lachen.

Es war ein ansteckendes Lachen.

Ein spontanes Lachen, voller Leben. Ein Lachen, das sich auf die Nachbartische ausbreitete, obwohl niemand die leiseste Ahnung hatte, worum es ging.

María Lunas Lachen.

Lunas Lachen, mein Freund! Dasselbe Lachen, das mich so glücklich gemacht hatte.

Plötzlich sah ich mich, wie ich in einem kleinen Restaurant in Cartagena an einem Tisch saß und sich alle Blicke uns zuwandten, weil neben mir die Frau saß, die das Lachen erfunden zu haben schien.

Und in diesem Augenblick packte mich wieder das Gefühl, daß man mir etwas weggenommen hatte.

Carlos Alejandro Criado Navas hatte Lunas Lachen gestohlen.

Wahrscheinlich verstehen Sie das nicht.

Wahrscheinlich nehmen Sie mir nicht ab, daß es dieses Lachen war, das über Carlos Alejandro Criado Navas' Leben entschied.

Aber so war es.

Der Witz kostete ihn das Leben.

Er hatte eine Wunde wieder geöffnet, die noch sehr frisch

war. Ich fragte mich, wieso der Kerl das Recht hatte, so zu lachen, wenn er dafür verantwortlich war, daß María Luna nie wieder lachen konnte.

Und ich beschloß, mich nicht durch den Schein trügen zu lassen und weiterzubohren, bis ich ganz sicher war, ob er mit der Geschichte zu tun hatte oder nicht.

Zum ersten Mal hatte ich Lust, einen Mann, den ich ausschalten wollte, näher kennenzulernen.

Diesmal wollte ich nicht morden wie ein gedungener Sicario, der seinen Auftrag so distanziert wie möglich abwickelt, oder gar wie ein von Rache besessener Amokläufer.

Nein, mir ging es darum, die Situation zu genießen, so wie andere dicke Havannas rauchen oder ein Mädchen nicht für eine schnelle Nummer bezahlen, sondern um sich ein paar Wochen verwöhnen zu lassen.

Ich hab mich selbst nie für einen grausamen Menschen gehalten, obwohl manch einer Ihnen bestimmt das Gegenteil gesagt hat. Und sadistisch bin ich schon gar nicht.

In all den Jahren hab ich an meiner Arbeit weder Spaß gehabt noch überhaupt etwas empfunden, keine Lust und keine Abneigung.

Auch an dem Tag nicht, als ich Rudy Santana in die Mangel nehmen mußte. Ich brauchte eine Information und tat, was nötig war, um sie zu bekommen. Dann beförderte ich ihn völlig teilnahmslos ins Jenseits – so wie Sie ein Buch zuklappen würden.

Aber diesmal wollte ich das Buch in aller Ruhe lesen und jede Seite verstehen.

Ich studierte die Informationen, die mir Irving Ramírez besorgte, bis in die kleinste Einzelheit. Sie kennen mich ja. Ich bin kein Mann der schnellen Entscheidungen, und diesmal ließ ich mir noch mehr Zeit. Ich grübelte und grübelte, wie der Kerl für das, was er mir angetan hatte, bezahlen sollte. Vorausgesetzt, er war mein Mann.

Schließlich fanden wir ihren neuen »Bunker«, wo sie sich nach Rudy Santanas vermeintlicher Flucht verkrochen hatten. Er lag im dritten Stock eines rosafarbenen Gebäudes an der Collins Avenue, Ecke Spanish Avenue. Ich beauftragte Ramírez, gegenüber einen Mann zu postieren, um genau zu wissen, wer wann ein- und ausging.

Es war eine langwierige Arbeit, aber ich hatte ja Zeit. Schließlich waren wir uns ganz sicher, daß nur vier Typen beteiligt waren: drei Kolumbinaner und einer aus Jamaika.

Wer sich nie blicken ließ, war Criado Navas. Man konnte beinahe sagen, daß er eine Abneigung gegen die Gegend hegte. Jedenfalls setzte er in der ganzen Zeit, während der wir ihn beobachteten, keinen Fuß nach Miami Beach oder auch nur in die Umgebung.

Er fuhr von Coral Gables zum Büro oder in die Aufnahmestudios, und abends ging er in ein Luxusrestaurant. An Wochenenden lag er den ganzen Tag am Swimmingpool seines Hauses.

Hin und wieder machte er einen kurzen Abstecher nach New York oder Los Angeles, und einmal verbrachte er drei Tage in Europa. Es war offensichtlich, daß sich sein Hauptsitz in Miami befand. Jedenfalls schien er sich in seiner Luxusvilla und mit seiner atemberaubenden Gespielin verdammt wohl zu fühlen.

Und wieder bekam ich Zweifel, das gebe ich offen zu. Trotz allem, was Rudy gesagt hatte, schien es nicht das geringste Zeichen dafür zu geben, daß eine Verbindung zwischen Criado Navas und den vier Dealern existierte. Daher beschloß ich, die Sache selbst in die Hand zu nehmen.

Ich suchte mir einen der drei Kolumbianer aus. Nicht weil er ein Landsmann war, sondern aus dem einfachen Grund, weil er schwul war, was die Sache um einiges erleichterte.

Quatsch! Ich und mit Schwulen rummachen, hören Sie bloß auf!

Ich lauerte ihm vor der Tür seines Hauses auf und hielt ihm den Revolver an die Schläfe. Er ließ mich rein.

Das Bürschchen war nicht auf den Kopf gefallen. Kaum hatte ich angefangen, ihn zu befragen, da wollte er wissen, ob ich vielleicht Román Morales sei.

Er war der Kerl, mit dem ich dreimal telefoniert hatte.

Ich eröffnete ihm, daß Morales für immer am Heck des Öltankers baumelte und daß sein Kollege Rudy Santana in einem verlassenen Gebäude unter einem Haufen Müll begraben lag.

Er kapierte auf der Stelle.

Er war zwar ein Hinterlader, aber nicht feige.

»Dann ist es jetzt also soweit«, sagte er.

Wir unterhielten uns eine Weile wie zwei alte Bekannte. Sobald ich ihn an den Stuhl gefesselt hatte, entspannte er sich. Er hatte sich mit seinem Schicksal abgefunden und empfand jede zusätzliche Minute wie ein Geschenk, auf das er eigentlich kein Recht mehr hatte.

Er war ganz schön drauf auf dem Zeug. Seine Sucht und seine Schwäche für junge Knaben hatten ihn darauf vorbereitet, daß es eines Tages für ein paar Dollar mit ihm zu Ende sein könnte.

»Vielleicht ist es besser so«, sagte er leise.

Er erzählte mir sogar einen Witz. Die Kubaner hatten die Formel für das Weihwasser gefunden und versucht, Fidel Castro von der Notwendigkeit seiner Himmelfahrt zu überzeugen, um dem Allmächtigen die Exklusivrechte abzuluchsen.

Zuerst wollte er nichts über seine Leute sagen, aber nachdem ich ihm eine besonders dicke Linie serviert hatte, um Zeit zu sparen, erzählte er mir noch viel mehr als Rudy Santana.

Auf die Frage, warum sie sich nicht damit begnügten, die Ware in ihrem großartigen Versteck zu verstauen, ohne Menschenleben in Gefahr zu bringen und sie dann am Bestimmungsort nur noch abzuholen, antwortete er, das hätten sie zuerst auch so gemacht, bis sie zwei Ladungen verloren hätten.

»Öltanker sind nicht wie Linienschiffe. Oft ändern sie ihre Route auf hoher See und laufen schließlich in New Orleans oder New York statt in Miami ein.«

Da sie sich nicht leisten konnten, alle amerikanischen Häfen nach ihrem Schiff abzuklappern, hatten sie beschlossen, immer zwei Begleiter mitzuschicken.

»Warum zwei?« hakte ich nach.

»Weil die Wahrscheinlichkeit, daß einer durchkommt, doppelt so groß ist«, antwortete der Mistkerl seelenruhig.

Was sagen Sie dazu?

Es kam häufig vor, daß einer der Kuriere draufging, aber auf diese Weise hatten sie im letzten Jahr fast drei Tonnen Kokain in die Staaten geschafft und nach Abzug aller Unkosten etwa zweihundert Millionen Dollar eingesackt.

Zweihundert Millionen Dollar. Und sie waren nicht einmal organisiert. Sie waren Ameisen, gehörten weder einem größeren Drogenkartell noch einer anderen Institution an wie der von Griselda Blanco.

Sehen Sie, wieviel Geld in diesem Geschäft steckt?

Und dann kamen wir zur Gretchenfrage: Wer war der Boß des ganzen Unternehmens? Er antwortete wie aus der Pistole geschossen: ein Verrückter namens Carlos Alejandro Criado Navas.

Mir wäre jede andere Antwort lieber gewesen, aber so war es. Aus purer Neugier fragte ich ihn, ob er mir den Namen auch dann gesagt hätte, wenn er nicht absolut sicher gewesen wäre, daß ich ihn töten würde. Er sagte nein, denn dann hätte Criado Navas ihn umbringen lassen.

»Der Kerl kann dich aus dem Knast holen oder ins Grab befördern, aber er kann niemanden wieder lebendig machen, und deshalb ist es mir egal, ob ich ihn verpfeife. Er hat's verdient.«

Länger als zwei Stunden erzählte er mir alles über Navas' Gewohnheiten, Vorlieben und Arbeitsmethoden. Über seine Kontakte im In- und Ausland und über die Migräneanfälle, die ihm fast den Verstand raubten.

»Er schläft kaum, und er sieht aus wie fünfzig, obwohl er erst zweiunddreißig ist.«

Komisch, was? Hört sich an, als redeten wir von zwei völlig verschiedenen Menschen, aber ich war völlig sicher, daß es derselbe war.

Am nächsten Morgen ging ich aus der Wohnung und ließ sie so zurück, daß man an einen Lustmord glauben mußte. Wenn ein Kerl mit einer Angorakatze, zweihundert Gramm Kokain, Damenkleidern, Ledergürteln und Naziuniformen im Haus erdrosselt auf einem zerwühlten Bett aufgefunden wird, macht sich kein Bulle allzu viele Gedanken.

Nicht, daß ich mir deswegen den Kopf zerbrach. Ich wußte, daß sie keinen Finger rühren würden. Ich wollte nur vermeiden, daß der gute Criado Navas kalte Füße kriegte.

Später besuchte ich den schwarzen Augusto in seiner neuen Bar. Ich glaube, wenn er mir irgendwas gesagt hätte, was die geringste Hoffnung für Luna versprach, hätte ich mir alles noch mal überlegt.

Aber seine Neuigkeiten waren deprimierend wie immer. Meine Kleine würde nie wieder Obst an der Plaza de los Zapatos Viejos verkaufen. Ich spürte, wie sich vor Wut mein Herz verkrampfte.

Was hättest du an meiner Stelle getan?

Es wird langsam Zeit, daß wir uns duzen. Meinst du nicht?

Aber vielleicht fühlen Sie sich beleidigt, wenn ein Mörder Sie duzt?

Sagen Sie es mir nur. Ich wäre nicht böse, bestimmt nicht.

Na schön, also was hättest du an meiner Stelle getan?

Den Schwanz eingezogen und dich irgendwo verkrochen, damit der Hundesohn munter weitermachen konnte, oder ihm gezeigt, daß niemand ungestraft mit Menschenleben spielen darf?

Die Antwort liegt doch auf der Hand. Ich bin zwar etwas langsamer als andere, aber wenn ich einmal etwas anfange, führe ich es auch zu Ende.

Als erstes besorgte ich mir die Platte einer Kolumbianerin, die sehr gut singen konnte, aber im Ausland völlig unbekannt war. Ich nahm sie auf eine billige Kassette auf und beschaffte mir das Foto einer bildhübschen Peruanerin.

Als ich alles beisammen hatte, ging ich ins Büro von Carlos Alejandro Criado Navas und erklärte dem Typen, der mich empfing, ich wäre bereit, eine Menge zu investieren, um in Amerika einen richtigen Star aus meiner Soledad Alvarado zu machen.

Der Kerl witterte ein Geschäft.

Er hat bestimmt gedacht: Der häßliche Zwerg mit dem Affengesicht hat sich in eine Kleine vernarrt, und sie singt gar nicht mal schlecht. Da ist Kohle zu machen.

Und wenn der Zwerg aus Ecuador kam, in Miami lebte und keinerlei Erklärung über die Herkunft seiner Millionen abgeben wollte, um so besser.

Mittlerweile war ich in die Präsidentensuite des Hotels Fontainebleau gezogen. Das war natürlich eine Visitenkarte, die ihre Wirkung nicht verfehlte.

Er sagte mir, er würde sich mein Angebot ansehen und es mit seinem Chef besprechen. Ich würde in Kürze von ihm hören.

Sag schon was!

Na, du könntest mich wenigstens beglückwünschen.

Drei Tage später lud mich Carlos Alejandro Criado Navas zum Essen ein, um über das Thema zu sprechen.

Er war großartig.

Sehr clever, der Bursche, muß ich schon sagen. Wäre er ein Teppichhändler gewesen, hätte er mir bestimmt ein Dutzend Teppiche für ein Haus verkauft, das ich gar nicht besaß.

Es gibt Menschen, die können einfach jeden einwickeln, und so einer war er. Er hatte immer den richtigen Satz parat, um mir zu zeigen, wie wichtig er mich nahm. Und bevor einer wie ich sich wichtig vorkommt, muß man verdammt viel Süßholz raspeln.

Ich ließ ihn machen. Ohne es direkt auszusprechen, machte ich ihm weis, daß ich dick im Drogenhandel steckte und gar nicht wußte, was ich mit meinen vielen Millionen anfangen sollte.

Was sonst soll man von einem Typen glauben, der zwei Millionen Dollar ausgeben will, um eine unbekannte Sängerin groß rauszubringen, nur damit sie mit ihm ins Bett geht?

Der muß mich für Citizen Kane gehalten haben – den Kerl, der ein Opernhaus für seine Geliebte bauen ließ.

Schlau wie er war, ließ er sich natürlich nicht anmerken, daß er an einem Geschäft mit Drogen interessiert war. Du mußt wissen, daß in Florida auf einen Dealer fünf Fahnder kommen, und alle versuchen, ihm eine Falle zu stellen.

Allein in dem Jahr hatten die Bullen in Südflorida mehr als dreißig Tonnen Kokain entdeckt. Die Kriminalität in Miami war doppelt so hoch wie in New York und fünfmal höher als in anderen amerikanischen Städten.

Man mußte also höllisch aufpassen, wenn man nicht im Kittchen landen wollte.

Criado Navas war ein vorsichtiger Mann. Außer seinen Vasallen, Irving Ramírez und mir hatte wahrscheinlich niemand auch nur eine Ahnung davon, daß er in Drogengeschäfte verwickelt war.

Nicht einmal seine Geliebte wußte es.

Am darauffolgenden Samstag lud er mich ins »Plaza Saint

Michel« in Coral Gables ein, nicht weit von seinem Haus entfernt, und brachte sie mit.

Donnerwetter!

Schon als ich sie zum ersten Mal gesehen hatte, hatte sie mich verwirrt, doch jetzt brachte er sie mit, um mich auszutricksen, und ich gebe zu, daß es ihm fast gelungen wäre.

Sie hieß Diana. Ich glaube, mittlerweile ist sie mit einem chilenischen Multimillionär zusammen, der sie mit Diamanten überschüttet. Jedesmal wenn sie sich vorbeugte, blickte ich auf das schönste Paar Titten der Welt. Ich hätte nie gedacht, daß es so etwas gibt.

Außerdem war sie intelligent und konnte mitreden.

Ich bin immer wieder erstaunt, wenn ich Menschen treffe, für die die Welt nicht groß genug zu sein scheint. Egal, welches Thema man anschneidet, sie nehmen es auf und tun so, als wären sie damit aufgewachsen.

Das einzige, wovon ich ein bißchen was verstehe, und das auch nur, weil Abigail Anaya es mir beigebracht hat, ist die Malerei. Aber diese beiden Klugscheißer verwickelten mich in ein Gespräch über Tizian und machten mich in zehn Minuten völlig fertig.

Trotzdem schaffte ich es, ihre Freundschaft zu gewinnen. Das heißt, wir heuchelten einander so etwas wie Sympathie vor, während wir gemeinsam überlegten, wie man aus Soledad Alvarado einen Star machen könnte.

Er schlug mir sogar vor, eine Fernsehserie zu produzieren, in der meine Kleine die Hauptrolle spielen sollte. Das würde sie in kürzester Zeit bekannt machen, und alle wären verrückt nach ihr. Dann würden wir den besten Komponisten und eine Luxusband engagieren und die passende Aufmachung für sie suchen. Mit ihrer Stimme und ihrer Figur, sagte Carlos Alejandro, wäre ihr Erfolg sozusagen vorprogrammiert.

Und weißt du was? Ich hab's ihm abgekauft.

Hab meine eigene Lüge geglaubt! Dieser Teppichhändler hat mir tatsächlich weisgemacht, daß wir mit der Stimme der Kolumbianerin und dem Bild einer peruanischen Nutte den großen Coup landen würden.

Wie hättest du reagiert, wenn der Kerl, der dein Leben zerstört hat, dann auch noch versucht, dich zu verarschen?

Ich wollte ihn bluten lassen. So lange, bis er um Gnade winselte. Der Schwule hatte mir so viel erzählt, daß ich ihn am Wickel hatte. Ich konnte ihm das Fell über die Ohren ziehen, ohne daß er auch nur den geringsten Verdacht schöpfte, wer dahinter steckte.

Also nahm ich mir vor, ihn langsam auf die Palme zu bringen. Ich schob Soledads Ankunft auf die lange Bank und strapazierte seine Geduld. Mein nächster Schritt war, den Jamaikaner auszuschalten. Der Jamaikaner war ein baumlanger Neger, ein ehemaliger Basketballprofi, der immer rumlief wie aus dem Ei gepellt. Er sah aus, als sei er einem dieser schnieken Modemagazine entsprungen.

Wie ich erfahren hatte, war er für den Bunker in der Collins Avenue verantwortlich. Er verließ ihn nur, wenn einer seiner Kumpel ihn ablöste.

Den größten Teil seiner Freizeit verbrachte er auf den Tenniscourts von Flamingo Park. Oder mit einer seiner vielen Eroberungen im Bett. Meistens waren es verheiratete Frauen, die er an der Bar des Tennisclubs aufriß.

Der Kerl war ein richtiger Weiberheld. Durch seine Wohnung spazierten in einer Woche mehr Frauen, als ich in drei Jahren sah.

Hab ihn den Kaimanen zum Fraß vorgeworfen.

Unsinn! Warum sollte ich dich belügen?

Ich wollte, daß er verschwand, ohne Spuren zu hinterlassen. Wer irgendwas Eßbares im Everglade Park vergißt, kann sicher sein, daß die Kaimane nicht mal die Knochen übriglassen.

Nichts leichter als das. Du haust dem Kerl eins über die Rübe, steckst ihn in den Kofferraum eines Mietwagens und fährst am späten Nachmittag die Straße entlang, die in östlicher Richtung durch den Everglade Park führt.

Wenn es dunkel wird, suchst du dir eine tiefe Lagune aus, und eine halbe Stunde später drehst du um, hältst an der Stelle an und wirfst das Paket mit einem Stein um den Hals ins Wasser.

Dann hast du sogar noch Zeit, irgendwo in Miami mit deinen Freunden zu Abend zu essen.

Den Jamaikaner loszuwerden war nicht schwierig. Wirklich schwierig war es nur, ihn dazu zu bringen, mir die Nummer des Safes im Bunker zu verraten, wo sie zweiundzwanzig Kilo Koks und neunhunderttausend Dollar in bar aufbewahrten.

Nein, es war nichts Besonderes. Jamaikaner gibt es wie Sand am Meer. Ich wollte, daß Carlos Alejandro Criado Navas dachte, der Jamaikaner wär mit seiner Ware und seinem Geld abgehauen. So wie zwei Monate zuvor Rudy Santana.

Verstehst du?

Obwohl sie den Bunker gewechselt hatten, waren zwei seiner Vasallen verschwunden und der dritte Opfer eines Sexualverbrechens geworden.

Also hatte er in weniger als neun Wochen sechzig Kilo hochprozentiges Kokain, drei Männer und einemillionzweihunderttausend Dollar abschreiben müssen.

Seine Organisation war aufgeflogen, daran gab es keinen Zweifel. Es würde ihn eine Menge Zeit und viel Anstrengung kosten, sie wieder aufzubauen.

Er bekam den üblichen Migräneanfall und lag eine Woche flach.

Als ich mich scheinheilig nach seinem Befinden erkundigte, vertraute mir Diana an, er hätte die entsetzlichsten

Kopfschmerzen und könne sich nur mit Morphium über Wasser halten.

»Ich mache mir wirklich Sorgen«, sagte sie. »Er kann die Finger nicht vom Koks lassen, und ich habe Angst, daß er zuviel durcheinander nimmt.«

Am liebsten hätte ich gesagt, ich hoffte, daß er genauso meschugge würde wie Luna, aber ich riß mich zusammen. Sagte nur, sie solle mich anrufen, wenn sie etwas brauche, und wünschte ihm gute Besserung.

Das habe ich nie erfahren. Möglicherweise ein Tumor. Davor hatte er am meisten Angst. Aber vielleicht war es nur die eigene Bosheit, die an seinem Hirn nagte.

Als ich ihn das nächste Mal sah, schien er um Jahre gealtert.

Ich kannte niemand, der so jung war und so alt aussah. Es war, als ob jeder Tag eines Anfalls ein Jahr zählte.

Wäre er jemand anders gewesen, hätte er mir ehrlich leid getan.

Wahrscheinlich mußte er bei jedem Anfall durch die Hölle, und das merkte man seinem Gesicht an.

Ich hab mal einen Film gesehen, wo jemand einen Pakt mit dem Teufel schloß, oder so ähnlich. Er selbst blieb immer jung, nur sein Bild wurde ständig älter. Bei Carlos war es genauso, nur umgekehrt.

Auf dem Bild über dem Kamin sah er noch blendend aus. Dabei war es erst drei Jahre alt.

Als er sich besser fühlte und wir uns wieder trafen, hatte ich das Gefühl, daß er dabei war, verrückt zu werden. Das lag hauptsächlich an seiner Unsicherheit.

Er war verdammt reich, aber man hatte den Eindruck, daß er kein Auge zutat, sondern nur noch darüber nachgrübelte, welchen Strich das Schicksal als nächstes durch sein Leben machen würde. Offensichtlich hatte er panische Furcht, am nächsten Tag aufzuwachen und wieder bettelarm zu sein.

Da war kein Ehrgeiz mehr, sondern nur noch nackte Angst. Ich weiß nicht, ob ich mich klar genug ausdrücke.

Wahrscheinlich war er ein sehr stolzer Typ, der alle möglichen Erniedrigungen hinter sich hatte und lieber sterben würde, als dasselbe noch einmal durchzumachen.

Natürlich hat ihm das zu schaffen gemacht.

Die Vorstellung, daß er eines Tages nicht mehr der größte, bestaussehende und klügste Mann mit der schönsten Frau an seiner Seite sein könnte, muß die Hölle gewesen sein. Wahrscheinlich hatte er nie daran gedacht, daß man nicht ewig oben sein kann, vor allem, wenn man wie er über einen Berg von Leichen geht.

Die Zeit kennt kein Pardon.

Ich hatte viel mehr Tote auf dem Gewissen als Criado Navas, aber ich war schon immer häßlich gewesen.

Bei mir war es der Hunger.

Mein Gesicht wird sich nicht ändern, egal, was ich anstelle. Ramiro hat immer gesagt, ich sei nun mal nicht imstande, Freude oder Traurigkeit auszudrücken.

Vielleicht hätte er seine Meinung geändert, wenn er mich mit meiner Kleinen gesehen hätte. Er kannte mich nur in schlechten Zeiten.

Im Gesicht von Criado Navas dagegen spiegelte sich sein ganzes Leben.

Ich sehe, du bist überrascht, daß ich ihm so viel Zeit widme, aber vergiß nicht, daß es mein erster Mord aus persönlichen Motiven war.

Das ist so etwas Ähnliches wie das erste Verbrechen überhaupt.

Außerdem war es nicht ein x-beliebiges Verbrechen, sondern ein Kunstwerk. Ich möchte, daß du weißt, warum alles so gelaufen ist.

Als er mitkriegte, daß ich sogar meine geliebte Soledad vergaß, um ihm zu helfen, wurde er weich.

Ich hab mich benommen wie ein Schwein, das brauchst du mir nicht zu sagen.

Im Dschungel haben sie mir beigebracht, daß man lernen muß, wie ein Schaf zu blöken oder wie ein Jaguar zu brüllen, wenn man sie fangen will.

Carlos Alejandro war so unsicher wie noch nie. Er hatte die Wahnvorstellung, jeder hätte es auf ihn abgesehen. Er brauchte unbedingt einen Strohhalm, an den er sich klammern konnte.

Und da war ich. Großzügig und zuvorkommend, verständnisvoll und freundlich. Ich gab ihm das Gefühl, ein wichtiger Mann zu sein. Trotzdem konnte ich armes Schwein froh und dankbar sein, seine Gesellschaft genießen zu dürfen, auch wenn ich vermeintlich viel reicher war als er.

Ich schenkte ihm einen nagelneuen weißen Rolls-Royce, nur um ihn aufzuheitern.

Na und? War doch sowieso sein Geld.

Natürlich war er mir dankbar. Vor allem, als ich erklärte, daß ich nichts dafür erwartete, nur seine Freundschaft und die Möglichkeit, weiter von ihm zu lernen.

Ich kann dir versichern, kein Drogenfahnder käme auf die Idee, einen Rolls-Royce zu verschenken, nicht mal, wenn er dafür Pablo Escobar kriegen könnte, der der Chef des Medellín-Kartells ist und der meistgesuchte Rauschgifthändler aller Zeiten.

Wenn Navas irgendwelche Zweifel gehegt haben sollte, verflogen sie in dem Moment, wo er sich ans Steuer setzte.

Wahrscheinlich hat er gedacht, ich wäre nur ein kleiner geblendeter Scheißer, der so sein wollte wie er.

Criado Navas war zweifellos ein Meister der Schmeichelei, aber ich war ein guter Schüler und nutzte meinen Vorteil aus.

Immerhin war es sein Spiel. Es heißt zwar, daß Eigenlob stinkt, aber ich spielte nicht schlecht.

Hab ihm Mut gemacht, ihn getröstet und ihm vorgegaukelt, er sei der einzige Mensch auf der Welt, mit dem ich gern zusammen war. Und so erschlich ich mir langsam, aber sicher seine Freundschaft.

Um durchzuführen, was ich bereits bis ins Detail geplant hatte, brauchte ich nämlich Zeit.

Als ich ihn so weit hatte, rief ich eines Tages mit ernster Stimme bei ihm an.

Ich fragte ihn, ob er zu einer kleinen Bar in der Nähe seines Büros kommen könnte. Innerhalb von einer Viertelstunde war er da, und wir setzten uns an den abgeschiedensten Tisch. Als er wissen wollte, warum ich ihn so dringend sprechen mußte, ließ ich die Bombe platzen.

Ich sagte ihm, es täte mir wahnsinnig leid, aber meine Partner in Bogotá hätten mich angewiesen, jeglichen Kontakt zu ihm abzubrechen. Alles deute darauf hin, daß er auf der Abschußliste der US-amerikanischen Drogenfahndung stehe.

Er wurde kreideweiß, und das Glas in seiner Hand zitterte.

Dann erzählte ich ihm, unser Spitzel bei der Drogenbehörde hätte uns berichtet, ein gewisser Rudy Santana sei in Spanien mit mehr als dreißig Kilo Kokain hochgegangen. Er hätte ausgesagt, daß Carlos Alejandro Criado Navas der Boß seiner Organisation sei, und den Bullen jede Menge Information geliefert. Sie wüßten bestens darüber Bescheid, wie er operierte und wieviel Ware er binnen der letzten Jahre ins Land gebracht hatte.

Ihm wurde so übel, daß er im Laufschritt zur Toilette mußte. Als er zurückkam, stank er wie die Pest und war leichenblaß.

Ich heuchelte Besorgnis.

Schließlich eröffnete ich ihm – als hätte er es nicht schon längst geahnt –, daß ich im Drogengeschäft war, aber im großen Stil. Da ich einen direkten Draht zu den oberen

Etagen hätte, könnte ich unmöglich riskieren, daß die Bullen wegen eines kleinen Fisches auf eine Spur kamen, die sie sehr weit bringen konnte.

Aus meinen Gesten mehr als aus meinen Worten mußte er schließen, daß es höchstens noch eine Frage von Stunden war, bis sie ihn einbuchteten.

»Ich jedenfalls verlasse dieses Land noch heute nacht«, schloß ich. »Und ich gebe dir den guten Rat, ebenfalls so schnell wie möglich zu verschwinden, sonst kommst du hier nicht mehr raus.«

Hast du schon mal beobachtet, wie die Luft aus einem Luftballon entweicht, bis er am Ende aussieht wie ein runzliger, gebrauchter Pariser? So ähnlich erging es Criado Navas in diesem Augenblick.

In seinem Kopf muß sich in diesen Minuten seine schöne Welt aus Luxus, Geld, Frauen, Kokain, Champagner, Macht und Abscheu gegen alles, was nicht vom Besten war, in ein Gefängnis voller Mörder und Süchtiger verwandelt haben, die nur darauf warteten, sich auf ihn zu stürzen. Hätte er ein bißchen mehr Mumm gehabt, hätte er sich auf der Stelle eine Kugel durch den Kopf gejagt.

Ich dagegen hatte meinen Spaß.

Das ist die Wahrheit.

Wenn es in meinem Leben je einen vollkommen glücklichen Tag gegeben hat, abgesehen von der Zeit in Cartagena mit meiner Kleinen natürlich, dann den, an dem ich Carlos Alejandro Criado Navas erledigte.

Und wenn ich je sadistisch und grausam war, dann ebenfalls an diesem Tag.

Aber er war Abschaum, Dreck, er hatte es verdient!

Rudy Santana, der Schwule und selbst der Jamaikaner hatten ihren Mann gestanden. Sie wußten, daß der Einsatz in diesem Spiel hoch war, und hatten ihr Ende tapfer akzeptiert. Aber dieser Schönling, dem das Leben alles in den Schoß gelegt hatte, wurde nicht damit fertig, daß er plötzlich nicht mehr auf der Seite der Gewinner stand.

Und das gibt es nicht. Das weißt du. Es wäre ungerecht gegenüber denen, die immer verlieren.

Er fing an zu heulen.

Glaubst du das? Er hat geflennt wie ein kleiner Junge, den sein Vater beim Wichsen erwischt hat. Ich hatte nicht übel Lust, ihm die Fresse einzuhauen.

Statt dessen beruhigte ich ihn und sagte, er müsse jetzt vor allem einen klaren Kopf behalten und die Staaten sofort verlassen. Dann würde sich sicher alles wieder einrenken lassen. Schließlich hatten sie nichts weiter als die Aussage eines Drogenhändlers, der auf frischer Tat ertappt worden war. Ohne stichhaltige Beweise würde ihn kein Land der Welt ausliefern.

Ich sagte, ich würde ihn als Freund und einen von uns betrachten, und deswegen werde er keine Schwierigkeiten haben, sein Vermögen im Handumdrehen wieder auf den alten Stand zu bringen und noch zu vervielfachen. Immerhin habe er großes Geschick bewiesen mit seiner Schmuggelmethode. Für so einen fähigen Mann gebe es in der Organisation immer Platz. Er könne Millionär werden.

Wie erwartet nahm er meine Einladung an. Noch in derselben Nacht wollten wir das Land verlassen.

An Diana verschwendete er keinen Gedanken.

Er rief sie nicht mal an, um sie zu warnen.

Keine Ahnung.

Vielleicht wußte sie es, aber vielleicht glaubte sie wirklich, daß er sein Geld mit Schallplatten machte. Weiß der Geier! Aber wenn man schon eine solche Frau flachlegt, dann sollte man sie auch beschützen und dafür sorgen, daß sie nicht den Bullen in die Hände fällt.

Das war natürlich ausgeschlossen, weil sowieso alles eine Finte war. Trotzdem will ich mir lieber nicht vorstellen, was mit Diana passiert wäre, hätte man sie verdächtigt, in Drogengeschäfte verwickelt zu sein.

Criado Navas beschloß, nicht mehr nach Hause zu gehen, sondern nur mit dem zu flüchten, was er bei sich hatte. Ich mußte losgehen und ihm neue Wäsche kaufen. Den ganzen Nachmittag kutschierten wir im Wagen herum, um uns zu vergewissern, daß wir nicht von irgendwelchen DEA-Agenten beschattet wurden.

Angst stinkt, man kann sie riechen.

Er badete im Meer und zog sich um. Aber nach zehn Minuten war er schon wieder vollgeschwitzt. Man hatte das Gefühl, daß der ganze Dreck, den er seit Jahren verdrängt hatte, jetzt geballt aus seinen Poren hervorbrach.

Ich fragte ihn, warum jemand wie er im Drogengeschäft war, aber darauf wußte er keine Antwort.

»So ist das Leben«, war alles, was er sagte.

So ist das Leben!

Was wußte dieser Idiot schon vom Leben!

Was hätte Carlos Alejandro Criado Navas getan, wenn er in den Abwasserkanälen von Bogotá hätte überleben müssen, so wie wir?

Ich will nicht einmal daran denken.

Am späten Nachmittag war es dann soweit. Er bekam seinen Migräneanfall.

Er schluckte drei Kapseln auf einmal. Nach zehn Minuten redete er nur noch Blödsinn und hämmerte mit der Stirn gegen die Windschutzscheibe.

Das kannst du mir glauben. Noch nie hatte ich jemanden gesehen, der so fertig war.

Er und María Luna hätten in dem Augenblick ein glänzendes Paar abgegeben. Sie, die keinen Ton herausbrachte und immer nur auf einen Punkt starrte, und er, dessen Kopf an einen dieser Bälle erinnerte, die mit einem Gummiband am Schläger befestigt sind.

Ich mußte ihm aus dem Wagen helfen, und als er sich ins Boot legte, verlor er das Bewußtsein.

Er war groß und schwer. Während der folgenden Stunden kam ich ganz schön ins Schwitzen.

Viel schwerer, als ich gedacht hatte.

Ich stieß das Boot ins Wasser und ruderte in der Dunkelheit los, vorsichtig, um nicht gesehen oder gehört zu werden. Ich, der keine Ahnung hat vom Rudern oder von Booten. Schließlich machte ich an der Schiffsschraube fest und hievte ihn sechs Meter hoch.

Nicht viele Schiffe haben eine Luke wie die, in der wir nach Miami gelangt waren. Deshalb hatte ich so lange warten müssen, um meinen Plan in die Tat umzusetzen.

Es war eine Sauarbeit, und ich war ziemlich fertig hinterher. Doch als ich an den Strand zurückkehrte, schlief Carlos Alejandro Criado Navas in einer Hängematte sechs Meter über der Schiffsschraube eines Öltankers, der am nächsten Morgen zum Persischen Golf auslief.

Ich hatte ihm sogar Wasser und Proviant dagelassen, eine Taschenlampe und einen Brief, in dem ich ihm alles erklärte, bis hin zum traurigen Ende von Román Morales und María Luna.

Ich hatte mein Versprechen eingehalten und ihn außer Landes gebracht.

Sicher, ich hatte ihm nicht gesagt, wie, aber das hatte ich damals in Cartagena auch nicht gewußt.

Wäre er ein Typ gewesen, der noch einigermaßen gut beisammen war, hätte er überleben können, aber später hörte ich, er sei nie wieder aufgetaucht. Eigentlich war ich nicht überrascht.

Manchmal wenn ich nachts nicht schlafen kann, nur daliege und an die Decke starre, denke ich über alles nach, was ich durchgemacht habe. Dann versuche ich mir vorzustellen, wie er krepiert ist, und es gibt Augenblicke, wo ich es bereue.

Es war brutal. Ich geb's zu.

Hatte das arme Schwein das wirklich verdient?

Wahrscheinlich hätte es genügt, ihm in einer dunklen Gasse einen Kopfschuß zu verpassen. Ich hab mir das alles doch nur aus Langeweile ausgedacht.

Natürlich auch, um Román Morales und María Luna zu rächen, aber hauptsächlich als Zeitvertreib und um mir zu beweisen, daß ich mehr war als ein Sicario.

Ich wollte mir auch beweisen, daß ich mehr war als eine dumpfe Maschine, die auf Befehl tötet.

Mehr als ein häßlicher, ungebildeter Mörder, wie ich im allgemeinen gesehen werde, und ich will nicht leugnen, daß einige solcher Eigenschaften ganz gut auf mich passen.

Ich bin Abschaum, ich weiß, Dreck, den diese Gesellschaft so schnell wie möglich loswerden muß. Aber ich bin auch wie ein Furz auf dem Klo, der uns daran erinnert, was wir gerade tun. So sehr die Scheiße stinken mag – sie stammt von uns.

Ausgestoßene wie ich, die schon von Geburt an draußen sind, sind ein Schandfleck, den man nicht los wird. Wenn es uns nicht gäbe, müßte man uns erfinden.

So wie ein Mensch auf seinem Lebensweg überall Häufchen hinterläßt, scheidet auch die Gesellschaft ihre Exkremente aus. Und manchmal sind es so viele, daß sie drohen, die Gesellschaft zu ersticken.

Wenn Politiker, berühmte Sänger und sogar Maradona höchstpersönlich ihre Hits brauchen, muß es jemand geben, der das Kokain besorgt. Dann muß einer her, der die Aufgabe hat, genau das zu verhindern, und ein anderer versucht zu verhindern, daß es verhindert wird. So einfach ist das. Einer macht den anderen kalt und so weiter.

Wenn die, die Koks nehmen, wüßten, wieviel zerstörtes Leben sie mit dem Zeug hochziehen, würde manch einer die Finger davon lassen. Wer es trotzdem nimmt, darf sich nicht beklagen, wenn die Gesellschaft Abschaum wie mich produziert. Oder wie Carlos Alejandro Criado Navas.

Es heißt – und darüber bin ich ganz froh –, daß in den letzten zwei Jahren der Kokainkonsum in den Vereinigten Staaten gesunken ist. Kokain ist nicht mehr die Modedroge der Erfolgreichen und Gutaussehenden.

Aber eines will ich dir sagen: Der Konsum hat nicht deswegen nachgelassen, weil die Nachfrage zurückgegangen ist, sondern weil es der Regierung nichts mehr ausmacht, daß das Angebot so groß ist.

Die Reagan-Administration hat das Geschäft mit dem Kokain ebenso für sich genutzt wie Nixon damals den internationalen Heroinhandel. Rauschgift war schon immer ein Mittel, um Regierungen und Regierungschefs zu kontrollieren.

Der Schah von Persien, die Politiker in der Türkei, Thailand, Vietnam oder Birma steckten bis zum Hals im Heroingeschäft. Nixon hat das nicht nur gewußt, sondern tatkräftig unterstützt, weil ihm ein Heroinabhängiger lieber war als ein Kommunist.

Reagan, der sich gern an Nixon orientierte, war ein Kokainsüchtiger lieber als ein Kommunist.

Als der Kongreß die Gelder für die Contras strich, die gegen die Sandinisten kämpften, fädelte der CIA die Iran-Contra-Affäre ein, um die Contras mit Drogengeldern zu finanzieren.

Genauso haben die Vereinigten Staaten zugelassen, daß Jamaika zu einem bedeutenden Marihuana-Lieferanten wurde. Ohne die Milliarden Dollar aus dem Drogengeschäft wäre die jamaikanische Wirtschaft zusammengebrochen und Premierminister Seaga, ein treuer, antikommunistischer Verbündeter, womöglich gestürzt worden. Dann hätte die Insel in die Hände von Fidel Castros Anhängern fallen können.

Du glaubst mir nicht?

Warte ab.

Ich bin lange genug in dieser Scheiße gewesen und weiß, wovon ich spreche. Für Reagan war Rauschgift an sich kein Thema. Aber wenn seine Regierung Vorteile daraus ziehen konnte, kam sie gern darauf zurück.

Jetzt liegen die Dinge anders. Nicht weil der neue Präsident anders denken würde, sondern weil sich die politische Lage verändert hat.

Der Kommunismus ist tot, die Sandinisten sind besiegt, und Fidel Castro träumt schon lange nicht mehr davon, seine Revolution zu exportieren.

In den letzten beiden Jahren hat die strategische Bedeutung des Kokains in den Staaten stark abgenommen. Und damit ist auch die Nachfrage spürbar gesunken.

Geblieben sind die alten Drogenhändler. Sie haben natürlich keine Lust, das einträgliche Geschäft zu verlieren, und suchen jetzt nach Absatzmärkten in Europa. Aber das ist eine andere Geschichte, damit kenne ich mich nicht aus.

Will ich auch gar nicht.

Ich hab in meinem Alter schon so viel durchgemacht und gesehen, daß mir dieses Geschäft wie ein gigantischer Strom vorkommt, der alle Hoffnungen und Möglichkeiten, mit denen wir geboren werden, mit sich reißt.

Seit der Geschichte in Miami hab ich alles Interesse am Leben verloren. Das einzige, was mir vielleicht helfen könnte, wäre, Luna wieder gesund zu sehen oder Abigail Anaya wiederzutreffen, doch weder das eine noch das andere ist passiert.

Mit Ramiro telefoniere ich noch gelegentlich. Er hat zwei Kinder. Mit dem Geld, das angeblich von Abigail kommt, schmeißt er »El Sótano« und ernährt seine Familie.

Wozu?

Meinst du, er würde den Rest meiner Geschichte hören wollen?

Wie bereits gesagt, Reden ist Silber, Schweigen ist Gold.

Er glaubt wirklich, daß es mir gut geht, daß ich auf meine Art glücklich bin und eines Tages zurückkomme, um seine Kinder kennenzulernen und zu sehen, wie es ihm ergangen ist.

Ich erzähle ihm nichts von meiner Einsamkeit und davon, daß in diesem großen Haus nur die Schatten derer wohnen, die mich auf meinem Weg vom Straßenjungen zum Mörder begleitet haben.

Keine Ahnung, wie viele. Ich kann mich nicht erinnern. Aber vielleicht will ich es auch nicht.

Wen interessiert das schon?

Die meisten waren Dreckskerle. Die Gesellschaft sollte mir dankbar sein, daß ich sie von ihnen befreite, ohne daß sich sonst jemand die Hände schmutzig machen mußte.

Ich habe gelernt, viel über die Rolle nachzudenken, die ich

im Leben spielen mußte. Zugegeben, ich hatte die mieseste Rolle, andererseits war der ganze Film so schlecht, daß es darauf auch nicht mehr ankam.

Zumindest stehe ich zu meinem Unglück und dem, was ich daraus gemacht habe. Andere haben weder den Mut noch das Glück.

Mit einer Nutte.

Außer mit Luna hab ich mein Leben lang nur mit Huren zu tun gehabt. Die hier ist weder besser noch schlechter als die übrigen. Sie leistet mir Gesellschaft für eine Weile, stiehlt, was sie kriegen kann, und verschwindet eines Tages. Dann bin ich wieder allein.

Geld, ja, das ist das einzige, was ich im Überfluß habe. Ich, der sich als Kind nicht einmal eine *arepa* leisten konnte.

Dann bist du gekommen und hast mich überredet, mein Leben zu erzählen. Irgendwie bin ich dir dankbar. Es war eine Hilfe und auch ein Trost für mich.

Falls all dies eines Tages veröffentlicht wird und ich es nicht mehr sehe, möchte ich noch eine Sache klarstellen. Ich war zwar ein eiskalter Mörder und auf das Verschwinden von Leichen spezialisiert, aber ich hatte weder mit dem Verschwinden von César *Galindo* noch mit dem von Abigail Anaya etwas zu tun.

Galindo, der Lump, ist mir verdammt auf die Nerven gegangen, aber Abigail hab ich aufrichtig geliebt.

Nicht daß ich meinen guten Ruf verteidigen möchte. Aber weil es so war, sollte niemand etwas anderes behaupten.

Möglich, daß ich ein paar Dinge vergessen habe, die wichtig für dich gewesen wären. Aber wenn es stimmt, was die Leute sagen, daß man im Augenblick des Todes sein ganzes Leben noch einmal vor sich ablaufen sieht, kann ich es bald nachholen.

Vielleicht rufe ich dich deswegen an, noch bevor dein Buch in Druck geht.

Mein Leben ist schmutziger gewesen als alles, was man sich vorstellen kann, und mir bleibt nicht mehr viel Zeit.

Und wenn ich ehrlich sein soll, geschieht es mir recht. Ein müder Sicario kann genauso pathetisch sein wie die alten Nutten, die an der Ecke stehen und ihren flachen Busen und ihre geschminkten Gesichter zur Schau stellen.

Ich sterbe als reicher Mann; Ramiro und »El Sótano« werden keine Probleme mehr haben. Trotzdem möchte ich dich daran erinnern, daß ich mein Geld nicht mit dem Morden verdient habe. Das war stets ein brotloses Gewerbe. Ich hab nur im richtigen Augenblick mein bißchen Verstand gebraucht und meine Fähigkeit, unter allen möglichen Umständen zu überleben. Bis mich der verdammte Magenkrebs erwischt hat.

Wären wir damals anders »gereist«, hätte ich wahrscheinlich nur die Ware abgeliefert, meinen Anteil einkassiert und mich umgehend wieder nach Cartagena begeben.

Ich hätte Luna deutlich zu verstehen gegeben, daß ich ihr den Hals umdrehen würde, wenn sie nicht meine Frau wird, und ihr fünf kleine Bengel gemacht, die es einmal besser gehabt hätten als ich.

Und mit dem Geld hätte ich eine Pizzeria eröffnet.

Ja, du hast richtig gehört.

Das war der einzige Traum, den ich in meiner Kindheit hatte, jetzt kann ich es dir ja sagen: der Traum von einem Leben mit dem herrlichen Duft frischer Pizza in der Nase.

Caracas – Bogotá – Cartagena – Lanzarote, 1991

Nachschrift: Jésus *Chico* Grande starb am 30. April 1991 in Caracas.

Unterhaltung von der schönsten Seite bei Blanvalet

Tom Clancy
Im Sturm
Roman. 750 Seiten

Elizabeth George
Denn keiner ist ohne Schuld
Roman. 672 Seiten

Charlotte Link
Die Stunde der Erben
Roman. 540 Seiten

David Mason
Schatten über Babylon
Roman. 544 Seiten

Sidney Sheldon
Die Pflicht zu schweigen
Roman. 400 Seiten

Anne Rivers Siddons
Licht über den Hügeln
Roman. 420 Seiten

Straße der Pfirsichblüten
Roman. 672 Seiten

Scott Smith
Ein ganz einfacher Plan
Roman. 406 Seiten

Wilbur Smith
Das Grabmal des Pharao
Roman. 750 Seiten

Danielle Steel
Verlorene Spuren
Roman. 352 Seiten